U0480494

燕赵秀林丛书·文学

"现在"的现场

吴媛 著

河北出版传媒集团
河北教育出版社

吴媛

河北保定人，天津师范大学当代文学专业博士。多次获河北文艺评论奖及其他各类奖项。在《文艺报》《博览群书》《诗选刊》等报刊发表评论文章二十余万字。

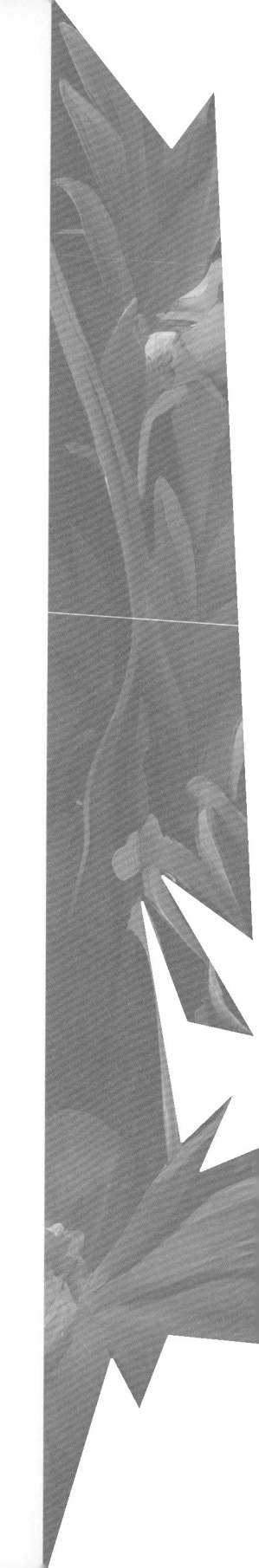

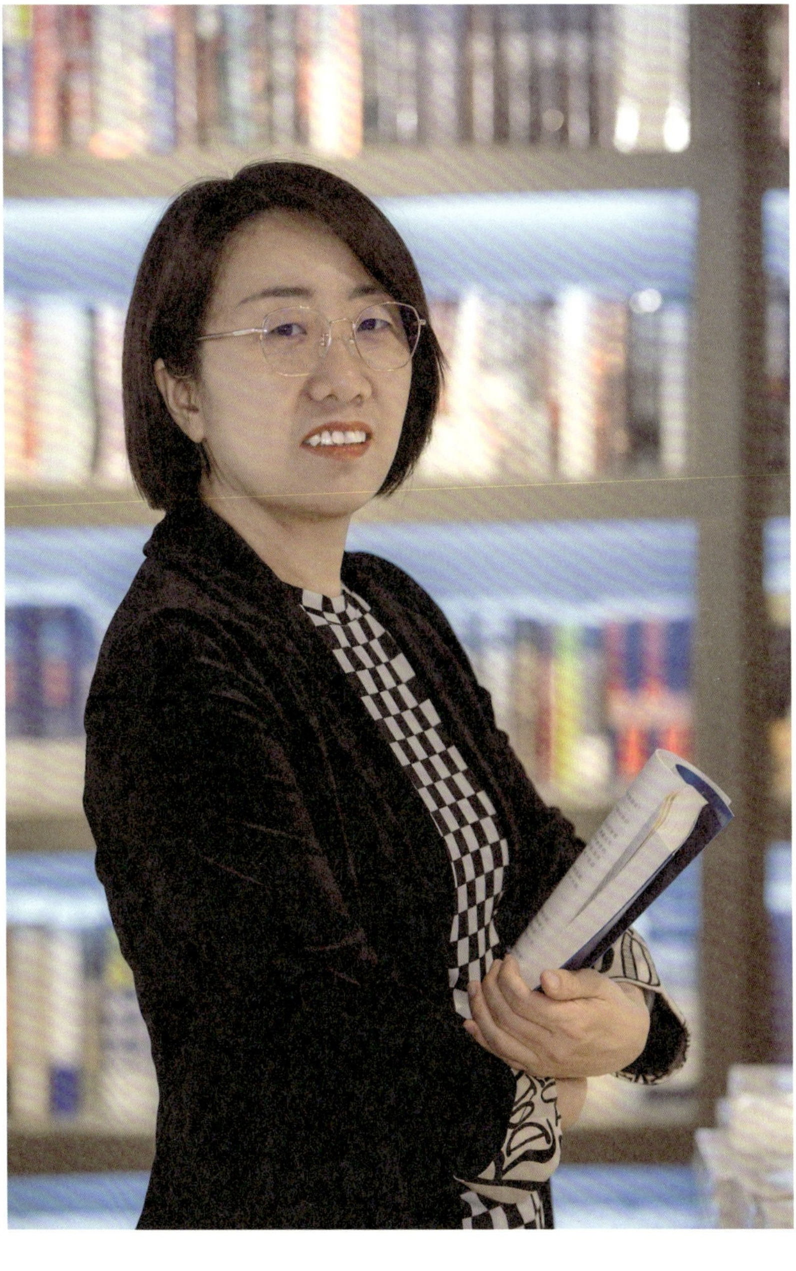

燕赵秀林丛书·文学

编委会

主　任

王振儒　高　天　史建伟　丁　伟

副主任

刘建东　孙　雷　董素山　郝建国

编　委

王志新　刘若松　李　彬　汪雅瑛
杜卓晃　郭家仪

序言

人才兴则事业兴、人才强则国家强，人是事业发展最关键的因素。文艺事业要实现繁荣发展，就必须培养人才、发现人才、珍惜人才、凝聚人才，培育造就大批德艺双馨的文学艺术家和规模宏大的文化文艺人才队伍，构建出成果和出人才相结合的工作格局。

为了进一步推动文艺人才培养和队伍建设，打造一支德艺双馨的文艺冀军，河北省坚持以习近平文化思想为指导，组织实施了文艺名家推出工程、中青年文艺人才"秀林计划"、文艺后备人才"春苗行动"、文艺名家情系河北"故乡创作计划"，构建起文艺人才培养的四梁八柱，形成了老中青梯次衔接、省内外交相辉映的文艺人才格局。在各界共同努力下，河北的文艺人才如雨后春笋般不断涌现，全省文艺事业呈现出蓬勃发展的繁荣景象。

作为中青年文艺人才"秀林计划"的重要内容，省委宣传部会同省文联、省作协开展了"燕赵秀林丛书"的编辑出版工作，将按照"一人一书"或者"一类一书"的原则，为我省优秀中青年人才出版代表性作品，并配套开展作品研讨、专场演出、展览展示和媒体宣传等活动，形成文艺人才培养、宣传、使用一体化格局，努力推动更多优秀中青年人才脱颖而出，在新时代的文艺道路上挑大梁、当主角。首批图书，将为11位青年作家各出版一部文学作品选集，并从戏剧、音乐、美术、曲艺、舞蹈、民间文艺、摄影、书法、杂技、影视、文艺评论等11个艺术门类中各遴选中青年艺术家代表，分别出版一部优秀作品合集。

　　青年是事业的未来。只有青年文艺工作者强起来，文艺事业才能形成长江后浪推前浪的生动局面。希望此次入选的中青年优秀人才，能以出版"燕赵秀林丛书"为新的起点，再接再厉、接续奋斗，立足河北丰厚的历史文化资源，聚焦中国式现代化在河北可视可感可行的火热实践，创作推出更多充满时代气息、具有河北特色的精品力作。也希望全省的作家、艺术家们，既秉持学习前人的礼敬之心，更树立超越前人的竞胜之心，增强自我突破的勇气，迈向更加广阔的创作天地，努力攀登新时代文艺新高峰！

丛书编委会
2024年9月

目录

本书序 / 1

第一辑　诗意之所从来

现代性视域下的新时期河北女性诗歌 / 7

"现在"的河北诗歌现场 / 27

边缘与坚守 / 36

新世纪以来诗人的城市群落式生存 / 69

民间写作的进阶或被规训 / 92

讲述乡土，抑或自我 / 122

李磊诗歌印象：关于"不确定性"的个人书写 / 132

诗歌的可能与阐释的可能 / 138

地域和代际遮蔽下的个体经验书写 / 143

第二辑 叙事的魅力

时代变迁与阶层上升中的"自我"迷途 / 159

对秩序与存在的召唤和回应 / 171

出离与重返：故乡是一个永远画不圆的圆 / 183

我读出了吴长青对网络文学的爱 / 191

主旋律创作的多样话语表达 / 195

对"关系"的沉溺与书写 / 204

"进入"视角与全景呈现 / 219

当代河北文学的个体书写与家国情怀 / 224

把握时代脉搏　书写乡土中国 / 229

关于困境与温暖的对白 / 233

评刘素娥《搬进城里的房子》：错位的人生 / 237

因为我对这土地爱得深沉 / 240

山村孩子的音乐世界 / 243

"80后"女作家的民间想象 / 248

沿着日常的脉络，匍匐或者飞翔 / 256

叙写生活的"向光性" / 262

胡不归 / 266

第三辑 对话与升华

文学批评不只是写，同时它也是行动本身 / 273

感性批评与文体学自觉 / 287

需要对自我的局限性保持充分警醒 / 298

本书序

多年以前,因为联络基层作家的职责要求,结识了文学硕士、青年批评家吴媛。后来,她担任了保定市文联办公室主任,从此手中便有了两支笔,一支笔写评论,一支笔写公文。斗转星移,冬去春来。当《"现在"的现场》编成付梓时,吴媛已经是文学博士、保定市政府研究室副主任。其中的"变"与"不变",表明繁忙的行政工作没有磨蚀她的批评锐气。

这本评论集包括"诗意之所从来""叙事的魅力""对话与升华"三个小辑。

"诗意之所从来"包括九篇诗歌研究论文,引人注意的是其中五篇为地域诗人群体研究。在《新世纪以来诗人的城市群落式生存——"新保定诗群"形成、发展及其创作研究》一文中,作者分析了"环境"和"体制"在青年诗人成长过程中的重要作用,认为"青年诗会""文友会"的制度化实施,使"基层作者得以在这个环境中出离其日常身份,摆脱日常生活对诗意的遮蔽,得以获得对日常生活的诗意凝视并以诗意语言实现对日常生活语言的反拨。某种程度上来说,'青年诗会''文友会'在现实生活的喧嚣中为诗人建构了一个'异托邦',辟出了一片不在'世外'的'桃源'。正是这种鲜活的诗歌话语'异托邦'的存在,使得一大批基层业余作者在很短的时间内实现了自身创作主体性的确立。"这里所说的,正是文联、作协组织营造创作环境和学术氛围的工作,也是被许多人认定为事务性工作没有学术价值,因而长期被学术研究所忽视的部分。指出体制环境对于青年作家成长的助力作用,是跳脱窠臼、有见地的创新之论。

"叙事的魅力"包括十八篇评论文章,涉及小说、散文、纪实文学、创作综述以及网络文学研究等多个领域。在这些分析论述中,作者的许多见解都给人留下深刻印象。

比如对胡学文长篇小说《有生》"伞状结构"的分析。她认为,这种结构可以上溯到中国传统史传文学的写法,一如《史记》"因人立传""集传成史"的体例。运用"互见法"叙事,使各篇互为补充,有利于人物形象的塑造。再比如对刘建东"工厂系列"与"董仙生系列"的比较分析。她认为,小说中存在一种赖以为基石的"关系",从"师徒关系"变成"董老师"与周遭各种各样人物间的"自我"与"他者"的关系。不仅微妙地折射了当下独特而丰富的时代性。同时写出了"董仙生们"在追求自我的过程中反而失去了自我,不得不在无数"他者"的指认下确认自己的体面,维护自己的体面。又比如对杨献平《南太行纪事》写作中"原乡"情结的分析。她认为,当时代发展到今天,高铁、飞机让空间缩小,模糊了地域之间的区隔;新媒体手段让所有人,无论山南海北,贤或不肖,都面对并处理着近似甚至雷同的日常经验;人们谈论同一条热搜,为同一种时尚潮流所驱动,主动趋附或者被动跟随某种意识形态和审美立场,几乎被湮没在大众中的个体还能在多大程度上拥有独立的主体性?作家还能在多大程度上依赖"原乡"给予他的养分,又有多大可能真正呈现或者建构一个有效的文学原乡呢?可以看出,吴媛的批评固然是对语言文本的分析,但这种分析中,又分明融入了她对现实世界的洞察和理解。离开文本的批评是无的放矢,但止于文本、囿于文本的批评,终归是纸上谈兵。

"对话与升华"包括作者与张莉、胡亮、王士强的三篇文学访谈对话。在访谈中,吴媛更多的时候是一个访问者、一个提出问题的人。不难看出,对受访学者,吴媛做足了功课。提问思路清晰、有针对性,且理论视野开阔,在引导受访者充分输出思想观点的同时,也以自己的见解与受访者形成对话,显示出理论素养的日臻成熟。

《"现在"的现场》是吴媛的第一本评论集,是一个很好的开始。所以许一个"好"字,因为这本以"现场"命名的集子,"名"与"实"都表明了作者对文学现场的注重与坚守。"现场"是批评的"本",是批评的价值与活力所系。唐人徐凝说:"天下三分明月夜,二分无赖是扬州。"如果批评可以有光,"现场"便是它的扬州。

是为序。

王力平

2024 年 1 月 石家庄

第一辑
诗意之所从来

现代性视域下的新时期河北女性诗歌

◦ 一 ◦

河北女性诗歌这个命题中首先包含着两个主体性，一个是河北，一个是女性。就河北来说，这个空间本身并不是一个文学意义上的限定，而仅仅只是一个地理的行政区划而已。新时期以来，我们并没有以丰富而独具特色的作品给予"河北"以响亮的文学命名，就像诗歌世界中的"云南"甚至"昭通"，就像小说世界中的"陕西"或者"灞桥"。文学作品实际上一直在参与空间的建构，它为空间提供更加多元的叙述，从而赋予空间以丰富的文化想象。而人类所向往的地域多依赖于这种空间想象。就河北而言，似乎我们的文学作品在建构这个地区的文化想象方面还是非常薄弱的，这也从另一个方面说明我们的文学作品的地域特征并不明显，或者说我们作家的地域认同感与共同的文化意识并不强。再者，在信息以光速传播的今天，地域对文学的限定能力实际也已经被严重地削弱了，河北诗人与海南诗人完全可以向同样的诗歌范本致敬，也可以分享同样的写作技巧和语言结构。但我们仍然以河北、河南这样的地域来划分诗歌写作，一方面是因为这是一个十分简洁明了的考量条件，它为我们很快就划定出一个可供提取样本的范围，对于我们的批评和研究提供了确定的实践条件；另一方面这些作家、诗人毕竟生活在同样或者相近的地理环境中，分享着共同的生活经验和时代背景，将他们放置在这样一个以地域为参照的背景下进行考量，不仅有其实际合理的一面，也为我们从中总结出某种文学中的地域共通性提供可能，使得我们在这种共通性中进一步甄别作家的个体性成为可能。当然，从另一个角度来说，对"河北"女性诗歌进行研究本身也是文学批评参与到地域文化空间建构中的一种有效方式。

再一个主体性就是女性。今天作为我们研究对象的"女性诗歌"究竟是说凡女性创作的诗歌皆可，还是特指女性主义的诗歌写作，抑或是其他？若仅以作者性别来区分，未免太过宽泛，也缺乏衡量价值；若仅限于女性主义的诗歌，又不足以展现当下河北女性诗歌的价值多元。唐晓渡在评价翟永明的组诗《女人》时首次提出"女性诗歌"的概念，用来描述翟永明诗歌中的"女性意识"。他说："真正的'女性诗歌'不仅意味着对被男性成见所长期遮蔽的另一世界的揭示，而且意味着已成的世界秩序被重新阐释和重新创造的可能。"[①]后来许多诗人、评论家都有关于何谓"女性诗歌"的论述，但过分纠结于廓清"女性诗歌"概念并无益于我们今天的讨论，我们讨论的重点是新时期殆至当下河北女性诗歌创作现场这一具体语境下的"女性诗歌"概念。张莉教授曾经参照《女性文学教程》对现代女性文学下过这样的定义："中国现代女性文学以五四新文化运动为开端，是具有现代人文精神内涵，以女性为经验主体、思维主体、审美主体和言说主体的文学。"我们不妨将今天的研究对象也如此加以限定："河北女性诗歌，是指新时期以来，在河北地域范围内，具有现代主义精神内涵，以女性为

---

① 唐晓渡：《女性诗歌：从黑夜到白昼》，见《诗刊》1987年第2期。

经验主体、思维主体、审美主体和言说主体的诗歌。"在这样的限定下，女性创作的古体诗，与新时期以来现代主义精神内涵相悖的应制颂歌等便不在我的考量范围之内了。而现代性精神内涵和女性主体性则成为我选择研究样本的重要依据。

苗雨时在《河北诗歌七十年》中指出："新时期以来，女性诗歌也是河北诗苑一道亮丽的风景。河北女诗人们跟踪起伏涌动的女性诗歌潮流，一路走来，她们的诗歌也犹如临风绽放的一朵朵玫瑰。……众多女诗人探寻女性生命内在隐秘的花序，绽放出各自她们独特的精神华光。"特别值得注意的是，苗先生说，"河北女诗人们跟踪起伏涌动的女性诗歌潮流，一路走来"。新时期以来，随着"新启蒙"运动的兴起，各种文艺思潮你方唱罢我登场，各领风骚三五年，这也造成各种思潮引导下的诗歌创作其艺术样式、风格、内涵甚至还没有发育成熟便已经被新的文本所取代。诗歌写作风潮迭代之快，为历代文学史上所仅见。旧的传统被批判、被打破，新的传统并未建立，恐怕也不可能再有新的权威化的传统被建立起来了，因为现代性天然地认为没有一种传统比其他传统更有效，诗人们可以完全自由地按照自己的意愿选择她所服膺的前辈。

再者由于地域发展不平衡，河北虽然也一直受着各种文学思潮的影响，但诗歌创作特别是女性诗歌创作并没有亦步亦趋，紧随这种急剧的变化而变化。而且由于河北内部地域特征和文化发展的复杂性，各地的诗歌发展水平有很大差异，以至于各种历时性的诗歌风潮实际上在河北范围内处于一种共时性的存在。以"朦胧诗"为标榜的写作和以"后殖民"为标榜的写作可能在不同地区同一时段内并存，这也形成了现代诗歌写作独特而复杂的景观之一。因此，我们在评价河北女性诗歌创作的时候，就很难以历时性的诗歌思潮演变为线索，而只能在充分考虑河北内部诗歌发展不平衡的基础上以具体的作者及其创作为对象，由具体到一般从而形成对河北女性诗歌总体性的归纳和提炼。

如果暂时不去考虑河北女性诗歌写作千差万别的具体性，我们大致可以区分出两种创作趋势，一是不断在诗歌中发现并书写女性自身存在，致力于对"性别"和"身体"为表征的女性世界的重建以及对女性与外部世界关系的探索，这种探索随着世易时移呈现出更复杂多样的态势。在河北诗坛，伊蕾肇其端，胡茗茗、施施然、青小衣、李点儿、梧桐雨梦、范小青、东方晨阳等很多女诗人都致力于这类书写并有着各自独特的收获。另一种则体现为在更加深邃的哲思支撑下的对更为广阔的社会现实的关注，这些诗人在充分确认自身存在之后，以个人为切入点，深入这个时代、这个世界那些宏大叙事的褶皱处，言说人性的幽微、日常的驳杂、个体的孤独，世界的喧嚣，不断探寻灵魂救赎和回归诗意栖居之路。这些女性诗歌中，以李南的作品成就最高，马兰的创作有很明显的向李南致敬的痕迹，白兰在禅宗影响下有很多关于"静"与"真"的书写，林荣也有许多禅意诗写作，还有幽燕对现实之痛的表现、薛梅理性而睿智的诗歌表达、唐小米对社会生活的深切同情、李磊对个体生命追问式的书写，等等。此外，还有在河北女性诗歌写作中充满异质色彩的赵丽华，她以其高扬的先锋性和主动的语言意识形成了其诗歌鲜明的辨识度，她本人也一度成为有关现代诗讨论的事件中心。这些女诗人为我们展现了女性诗歌写作的多种可能，也同样不断拓展着现代诗歌写作的边界和可能抵达的深度。

二

埃莱娜·西苏说:"妇女必须把自己写进文本——就像通过自己的奋斗嵌入世界和历史一样。"伊蕾已逝,但她给河北乃至整个中国诗坛留下了极为鲜亮的色彩。她诗歌中那独特而强烈的主体性色彩和前所未有的反叛精神,不仅刷新了当时人们对诗歌的期待视野,也在其后很长时间引领着女性诗歌创作的方向。诗评家陈仲义关于中国自白派诗歌的一段评价很适合用来解读伊蕾,他说:"20年来,黑夜意识最先触发的情欲诗写一路烂漫,形成以独白为主要倾诉方式的诗写路径……其正面意义,在意识形态层面上,是以狂野放肆的面目抗拒威权主义、菲勒斯统治,打开强固的话语霸权缝隙;在生命层面上,挣脱长期禁欲不绝的'紧箍咒',宣泄巨大的生理、心理能量,引入欢娱快感的写作风气;文化层面上,官能的全方位开放,开通了与世界联系的新管道,也为欲望的私密表达付出了代价;诗学层面上,将宏大叙事转换为充满女性特有的敏感、精细、绵密的日常化,带来了独特的日常诗写魅力。"[①]

对于那场声势浩大、高潮迭起的思想解放运动,很多人猜中了开头却没有猜中结局。诗人们远离政治,批判主流价值的选择使得诗歌失去了政治威权的庇护,而随着市场经济发展,资本逐渐显示出它对人和整个社会的驾驭力量,诗歌的边缘化已成事实。伊蕾渐渐成为80年代思想启蒙、90年代欲望书写的空谷回音。市场经济条件下女性地位得到了很大提高,但这并不是知识分子所期待的女性话语权的获得,反而更多呈现为

[①] 陈仲义:《中国前沿诗歌聚焦》,北京:中国社会科学出版社,2009年,第241页。

一种建立在消费主义之上的虚假繁荣。作为物质社会中有力的消费主体，女性在消费的同时被消费，她们的审美和情感诉求都在无形中被商业时代所左右。与此同时，政治权力也从来没有对诗歌中那些带有强烈批判色彩的现代性因素放任自流，随着体制的日趋合理、有序发展，政治也以更加隐蔽和温和的方式，更加复杂多样的手段对诗歌写作进行着新的驯服。骑士们连风车都失去了，女性对自身的认识与书写进入了一个更加含混、复杂的阶段。

个性鲜明、情感炽烈如胡茗茗者，也变得节制并努力在更加多维的实践语境下观照自身。在一首名为《孤岛，及海啸》的诗中，她说："数年来，我小心翼翼看护向内的火苗 / 不使它苏醒、愤怒 / 并融化铁。"当然，她的诗里仍然有强烈的情感爆发，所以她接着说："今夜 / 我是铁水，火红并缓缓涌动 / 只想流向死 / 流向，死后的死 / 海底的熔浆 / 以及面具下的邪恶。"但她也会将个人放置在日常生活的烟火中，在生命和历史的长河中去考察，在他性中确证自我，在自我中发现存在，在存在中诘问意义。诗人更关注自己作为时间和空间中孤独的存在，而并不着意强调自己作为女性的存在。她写《老白干》："我们都是有备而来的狂徒 / 作为饮者，我是你的终极 / 作为粮食，你是暴力的发源地。"写《翻墙去看松花江》："我诞生于水的黑暗 / 也返身于它清澈的表白 / 这围困已经太久，庭院杂草 / 缺乏爱情与道德的修葺 / 广阔天地，无为无力 / 剩下的时间已经不多 / 我一边节节败退 / 一边自我宠溺。"她的诗里不再像她的前辈一样，有关于黑与白、男与女的决然对立，诗人已经消弭了过多的愤怒，她可以从容自如地热爱自己。《夜深沉》里，她写道："女人摸着生育过的肚皮 / 结实的横膈肌，肥美的腹股沟 / 魔鬼与天使曾同时抖动翅膀 / 那里是一个男人的祖国，也是寒庙／'我的故事结束了／它开始于一无所有'／管他呢，越痛苦越怒放／经过洗礼的女人／将另一只手，叠在手背上。"

当男人、女人都作为现代人被日常生活遮蔽，女性对两性关系有了更加深入的思考和探究。王安忆说得好："生活越来越被渺小的琐事充满，佩剑时代已经过去了。"[①]距离诗集《诗地道》出版十年之后，胡茗茗出版了她的新作《爆破音》，她说："我的声音常常因为哽咽而受阻，又常常冲破阻碍，有时是呼喊，有时是停顿，有时近乎沉默，有时是带一点羞怯的自我克制。"人类终归是在语言中存在，胡茗茗在她的声音中发现并实现了对自我新的表达。

施施然是一个致力于用她自己和她的诗歌向美致敬的诗人。她的诗常常有很强的空间感，她的诗是拥挤的，里面充满了物象，而人在其中，一举手一投足，将空间填得更满，让空间变得生动。她很擅长赋予空间以灵动，以美。她的《立春记》《春夜》等都有此类书写。如《春夜》："春夜也有翅膀，它飞上你的阳台／钻进了你的梦中／春夜的梦，没有大门／死去的母亲像笑声，在里面进进出出。"如果说"阳台""大门"还只是宣示了诗歌中空间的存在而已，"飞上""进进出出"则使得空间活了起来，使其成为诗人思想和情感的依附之所。

施施然诗中的空间建构很大程度上取决于叙述者的位置，她的叙述者时而是固定不动的，于是她的空间也是稳定的，这样的诗多呈现为静观，有哲思，有体悟，如她的《在苗寨写生遇见马厩里的马》："这是匹刚成年的马。隆起的肌肉在／漂亮的棕色毛皮下若隐若现——在这里／群山锁住路，马厩锁住

---

① 王安忆：《关于家务》，见《文学自由谈》1995年第4期。

野性和美。"时间是不断推移的,于是诗歌的空间也会随着移动,这样的诗也就显得充满变数,情感丰富,心绪游移。最集中体现这一特点的就是她的《饮茶记》:"躺在大地的床上/隔着两层窗玻璃,她能听到空气/微弱的喘息。'一切都乱了,世界/仿佛被注射了过量的激素。'/她端起白瓷茶杯,上面印着烟紫的印度玫瑰/……而今/透过迷失的外部世界,她逐渐看清/宁静,只和眼前的茶水温度相关/她立起身,把额前发丝抚到耳后,再一次/为杯中续上滚烫的清水。窗外,视线以外的山那边/一缕橘色的光,铺过来,洒向平原/她知道,夜晚就要来临。"这首诗的叙述节奏、空间变换完全依叙述者"她"的举手投足而动,我们仿佛在镜头前,不断看着主人公被拉近拉远,放大缩小,那如同整个世界般的叙述空间就这样以一个女人为中心被建构出来。这首诗里也并非没有时间,但叙事中的时间脉络变成了诗人心理时间的绵延,而在被她特意强调的那句"2013年8月17日,墙上的日历穿越时间碎片"中,被挂在墙上的时间,明显是被空间化了,成了安置这个叙述场景的那枚"挂小说的钉子",从而产生了一些反讽意味。

　　青小衣的诗歌里有烟火人间。她是日常生活柴米油盐中的女性,又是去除日常生活遮蔽,在琐碎中发现诗意的歌者,还是语言的魔法师,善于将最日常的材料调理成美的语言和形式。她的《我用手指弹生活》,宣示一般昭告了女性主体所选择的与诗歌、与生活的相处态度:"我用手指弹奏面粉,瓷罐里的盐……在夜晚,我的手指/弹奏一个人的身体,滑翔或轻拢慢捻/勒紧,沦陷/反复在他堆满冰和石头的心里/弹奏春的序曲/然后,把春天捧住,举过头顶。"基于此,她才会写《月亮,是一个喜欢在夜晚晾床单的小女子》《过年记》《五步之内的时光》。她的这些诗里,欣喜也好,愁绪也罢,都是平和朴实的。

也许，在中国的文化背景下考察诗歌，除了酒神的迷狂、日神的庄严，还应该加上茶圣的淡泊隽永。青小衣的诗里既有这种继承自中国古典文化的冲淡，有"却道天凉好个秋"的年龄赋予的平和，也许还有东方女性天性中的宁静安然。"静女其姝"，某种程度上说是中国女性的一种民族记忆。不过，青小衣其实还远未修炼到不喜不惧的内心境界，在她的《一个人的道具》里，我们可以看到一个服膺于传统文化的知识女性对自我的冷静逼视："我走在街上，广场上，公园的石子路上／我站在人群里，排队买车票，坐车，拎回几包中药……我，一个人／我周围的人，或事物／像我活着的道具／一只小鸟，从我头顶飞过／它没有看我。此刻，我也只是它的道具。"

李点儿是从温馨的家庭生活中走出来的一位诗人，她在诗歌中塑造的女性形象是女人也是母亲。她以女人的天真和母亲的宽厚，将自我向整个世界敞开，在作品中表达她对整个人间的爱怜。所以她会写《我仍愿在春天去谈一场恋爱》："大雪过后／晨风清冽／昨日的泥泞已踪影不见／什么也不能拦住啊，在春天／小草在腐叶下绿意萌动，跃跃欲试／想念也似一只牢笼里／关不住的老虎／历尽迷途，我仍愿在春天／去谈一场恋爱。"进入诗坛的李点儿很快凭借她敏锐的诗思和才情获得认可和关注，其诗作的表现情境也早已脱离了家庭和个人，转向更为广阔的自然。在《海口短章》中她写道："这是我到过的最远的地方／大海清澈，令人振奋／肺也获得了真正的呼吸／阳光毫无遮拦地洒下／覆盖到我的身上／北方、冬天、倾颓以及伤心事／正被迅速遗忘／有些什么不请自来／有种美好值得记叙。"

显然，当下的女性诗歌在书写自我，表现女性与男性、个体与世界的关系上更加理性，技巧更加成熟，方式更加多元，但与此同时也不难看出，女性诗歌中的主体性与八九十年代相比不是更加张扬而是更加收束。中国强大的主流意识形态和传统文化影响下各种男性叙事对女权主义的不断妖魔化固然是重要的原因之一，但也应该看到文学自身规律的原因。先锋对传统的颠覆和破坏之后，未来并没有自行到来，文学面临着重建自身的问题。女性诗歌写作亦然。这也使得女性对自身的书写愈发多元。

◦ 三 ◦

前面提过，我们今天在这里讨论的女性诗歌绝不仅指那些指向女性自身的诗歌，特别是河北这块土地，自古多慷慨悲歌之士，燕赵风骨，梗概多气，志深笔长。新时期以来女性诗人的作品中多有超越了性别意识，站在更加宏阔的宇宙人生视野观照万物之作。女性诗歌从反躬自省到眼光向外，进而视通万里、神游万仞。

李南的诗被许多评论家认为是充满了宗教悲悯和敬畏的作品。刘波在论及李南诗歌的这一特点时，将诗人救赎的意志和诗歌实践归结为"从爱出发的公民精神"，并认为"李南诗歌的宗教情怀"，源于诗人的"大爱、智爱与博爱"[①]。魏天无也提到了"李南诗中传递出的悲悯与愧疚、渺小与无助、良善与敬畏等隽永意味"和"宗教意识与情怀"[②]，这些观点

---

① 刘波：《拒绝背后的坚守与信念———李南论》，见《诗探索》2012年第7期。

② 魏天元：《李南："我的苍老梦见了我的年轻"———评李南的〈在广阔的世界上〉》，见《文学教育》2016年第8期。

都不约而同强调了宗教对李南诗歌的影响，也都有着一定的合理性，但李南的诗歌并不是一味地平和博爱，以宗教作为其诗歌主旨未免会令人仍有不足之叹。

我认为与其说李南是服膺于基督教教义，不如说她是从她所真诚热爱着的阿赫马托娃、茨维塔耶娃那里接受了俄罗斯知识分子思想，接受了他们那种在东正教与社会革命之间矛盾挣扎了一个多世纪的知识分子传统意识。拉吉舍夫在《从彼得堡到莫斯科的旅行》中写道："看看我的周围——我的灵魂由于人类的苦难而受伤。"而在俄罗斯知识分子中有广泛影响的霍米亚科夫神学，其基础便是"自由和共同性的思想，是自由和爱和共同性有机地结合的整体"①。

李南在她的《世界残酷又美……》中写道："世界残酷又美/有时罪行需要树荫遮蔽……世界被一只魔掌控制/幸好大海的言辞安慰了我/矮小的阿提拉，挥舞着弯刀/在马背上咆哮。"诗中的爱和悲悯自不待言，但诗中的情感并不平静，诗里有欲望，有燃烧，有弯刀，有咆哮。而"阿提拉"（上帝的鞭子）显然也是属于俄罗斯文化的语汇，俄罗斯人一面对鞑靼的入侵铭心刻骨，一面认为正是鞑靼塑造了他们文化中刚硬果敢倔强的一面。在李南的诗歌中，很容易找到与俄罗斯知识分子那种既是贵族化的、优雅的、自由的，又是始终眼光向下的、悲悯的人生态度相一致的审美表达。放置在中国具体的社会和语言环境下，我们看到，李南诗歌中有先锋精神的、不同于流俗的审美，有拒绝被规训的自由的人格。通常，逃离有形的制

---

① [俄]尼·别尔嘉耶夫著，雷永生、邱守娟译：《俄罗斯思想——十九世纪末至二十世纪初俄罗斯思想的主要问题》，北京：生活·读书·新知三联书店，1995年，第27、161页。

度约束容易，逃离无形的审美规训难，而李南成功抗拒了这两种归化。她真诚地面对大众，但却时刻保持着自己的先锋姿态。她并没有陷入悲悯的陷阱，她的悲悯是因为清楚看到了大众的蒙昧、社会的堕落以及自身的独立，是因为清醒地看到："这个世界的创造者不可能是善良的，因为世界充满了苦难，无辜者的苦难。"[1] 于是，她的悲悯和忏悔始终是向下的，向着大众的，但却无时无刻不保持着对大众审美的警惕。

马兰的诗有着类似于李南的频率和脉动，她近年来的诗作一直向着辽远、悲悯的方向努力，用温暖的文字一点点抚平时间流逝带给人的焦虑和不安，像一位母亲，以博大的爱的胸怀拥抱万物并赞美生命。她写《吹拂》："墙根下晒太阳的老人／晒着晒着就没了／阳光依旧照着矮墙／照着矮墙上的枯草／一段时光就此停住，不再移动……"似乎只有诗人有这样的特权，可以轻易让时光停住。在诗人的笔下，一个生命的消失是再自然不过的事了，属于她的那段时光也就此停住，而属于无数个他者的时光仍在继续，在忙碌中溜走，等待着下一次死亡所带来的时光暂停。永恒不变的，只有阳光，只有风。诗人将时间与个体的生命相对照，以包容一切的博大坦然面对永恒的时间困境，渲染出淡泊宁静的氛围。

白兰的诗歌中也流露出很强的悲悯情怀，但与李南倾向于异国宗教不同，白兰植根于中国本土文化，她皈依佛教或者说是在中国传统士人的"禅道"中找到了自己的精神家园。诗歌从诞生之日就与神启有着紧密的联系，只是随着现代社会发展，

---

[1] [俄]尼·别尔嘉耶夫著，雷永生、邱守娟译：《俄罗斯思想——十九世纪末至二十世纪初俄罗斯思想的主要问题》，北京：生活·读书·新知三联书店，1995年，第78页。

技术理性甚嚣尘上，从结构主义到解构主义，诗歌逐渐失去了神启的神秘和庄严。但是总会有人能够聆听到宇宙万物中蕴藏着的神的声音。本系外来的佛教在中国本土化过程中形成了禅宗，这几乎是与中国传统文化和诗歌写作关系最密切的宗教了。"菩提本非树，明镜亦非台"，很多佛偈本身便是诗歌，宋诗讲"理趣"，也受到了禅宗的很大影响。白兰的诗歌创作，上承中国古代士人参禅悟道，以佛理入诗一脉，又有现代人鲜明的主体意识，其写作不离日常，却又超脱日常，于万事万物中得证自身存在，正如禅宗："心中有佛，万物皆菩提。""青春翠竹，总是法身，郁郁黄花，莫非般若。"

像她写《云雾》："道士把道风给了岩石／神仙把仙气给了山雾／这一路下来／峰上的山雾一直撕扯着云彩／山林把隐居者的心藏了又藏／把无限的空远遮蔽／一座山有多少玄机／这云雾／每一次翻动都是一种暗示。"《朝山路上》："小隐者／在山水之间／把出世的心捧给春天／绝佳处满眼都是道骨仙风／一座山这样如如不动／我们何须万丈豪情／在陡峭的人生中／滚一身的风尘……"出世入世始终是中国知识分子人生道路上的二难选择，白兰尽管皈依佛教，也会聆听大师开示，但从她诗中多次提到的"隐居者""小隐者"来看，她更多的是将佛教作为自己的一处精神休憩之所，是逃避凡俗日常"人生陡峭"的一条退步之路。恰恰在这种进可攻、退可守的人生立场上，白兰得到了与众不同的对大千世界的观照。正如苗雨时在评价她的诗集《草木之心》时所说，白兰以佛家情怀入诗，不仅改变了她的生活方式和生命情态，而且也由内心的清净、空寂，生长和舒展出她诗歌明朗、澄澈的艺术境界。

林荣近年来对禅意诗颇有研究，但她的诗歌作品却是"心有猛虎，细嗅蔷薇"。"老虎"是林荣诗歌中非常有意思的意象,她写过《一条带有老虎图案的围巾陪伴她整个冬季》:"她其实一直都隐身在老虎的额头／如果他奔跑／她也会血液奔流／她知道她一直都爱着这只金黄的老虎——／爱着他帝国的霸气。"写过《幽禁之诗》:"每次写作／她都在写一首老虎之诗／但每一次／她都把老虎隐去／害怕老虎猛然间从文字里跃身而出,她害怕自己／会因此受惊而高烧不退／隐去的老虎被她幽禁在一个巨大而结实的笼子里／以'人不为己'或'飞蛾扑火'的方式。"老虎这样一个凶猛的意象在林荣笔下却不得不跟幽禁、隐藏相联系,无论诗人在作品中究竟要表达什么、要隐藏什么,都绝非禅意二字所能概括。诗人激烈的情感情绪与对这种情绪情感的理性克制构成了她诗歌内容上的张力,这也使得她的诗歌往往篇幅不长,语言斩截有力,总体呈现出一种刚性或者说力度感。

幽燕的名字总让我想起"大雨落幽燕,白浪滔天"。尽管我并不知道她的笔名或者她对个人文学风格的期许与这首词是否有某种联系,但她的诗里的确别有一番风骨气魄,那种强烈地关注并介入现实人生的精神从深度和广度两个方向拓展了她诗歌的表现领域。《不动声色》是解读幽燕处理个体与现实人生关系的一首佳作:"……万达广场的灯总是闪烁／有人满意,有人心有不甘／迷局括弧套着括弧／我绕到了一条小路,这里更安静些……"幽燕诗里的叙述者常常会被放置在一种具体的情境中,二者之间既交融又隔膜,叙述者入乎其内,又出乎其中。诗中那些具体的及物的细节支撑起世界的具象,而幽燕依托诗歌语言去寻找属于大地的悲鸣。

在《新春》里,她说:"地铁里不再站满疲惫的人群／连妖怪的脸上都贴着福字／荧屏负责制造魔法世界／从头演到尾的叫乾坤大挪移／忽然就忘记了／仰面喝下的究竟是药还是酒／

性命攸关时我从混乱的牌局脱身/要做的事依然数不清/纷扰的手和花枝就要在清晨醒过来。"萨特说:"写作,这是某种要求自由的方式。"幽燕显然一直强烈关注个体的存在之痛,但这种关注并不是形而上的。幽燕不会将个体抽离他所处的境遇,人在现实中存在,文学通过介入现实来介入个体生命。当然,这种介入绝非浅表式的政治言说似的介入,这是一种深层次的介入,是萨特所谓的"无形的间接介入",是一种作用于个体的灵魂召唤。文学必然要介入现实,通过写作揭示个人的种种不自由的存在,最终目的就是为自由说话,甚或争取自由。一如幽燕诗中令人沉溺的"迷局""牌局"和种种试图清醒、逃离的努力,诗人在作品中通过对不自由的书写来揭示写作者的自由,同时召唤读者对自由的承认和响应。

唐小米诗歌的取材和书写向度也是非常丰富的,她会写《旅程》《村庄》《亲人》,也会写《随意的清晨》《在光辉里静坐》《与秋风舞》,我们可以把她的那首《我有多少女人味儿》看作她诗歌写作的方向性宣言:"我有多少女人味儿就有多少大海味/眼中有十万颗盐粒,十万顷波涛/连沙都是咸的,连沙都在荡漾/我有多少女人味儿就有多少蜂蜜味/舌尖有甜,甜里藏着狡猾的小刺/——蜜蜂爱过花朵后留下的毒/我有多少女人味儿就有多少奶水味/体内有万亩良田/粮仓饱满,我有每个人都看得见的丰收/我有多少女人味儿就有多少尘土味/从肥美的臀部到日渐松弛的腰身,仿佛沟渠围绕着盆地/仿佛从生到死都未曾离开过尘土。""大海""蜂蜜""奶水"隐喻了女诗人生命的各个维度,这些既是女性的存在方式,也是她们的书写和表现对象,是生命中的"重",也是"轻"。

21

四

赵丽华在整个河北女性诗歌谱系中是异质的存在,她的诗歌带有强烈的先锋性,鲜明的语言意识和个人化的写作风格。诗人把解构的矛头对准旧有的一切权威、固定的情感模式、高雅的审美或者审美本身,直到诗本身。她写《肠胃决定诗歌走向》:"人死之后 / 真正浪漫的人会在天上飞 / 现实主义者会安稳地栖居在地底下 / 那些既浪漫又现实的人在天空中一阵乱飞后 / 会一一掉落,像水饺一样挤满尘世的大锅 / 我现在突然用水饺一词来形容他们是因为我饿了 / 我满脑子里都是水饺扑通扑通下锅的意象 / 想到不论是国家政要、商业巨头、贩夫走卒还是平民百姓 / 他们都在同一个锅里煮着,在煮熟之后还会被一并捞走 / 我就疯狂地想吃下些什么,比如一盘热腾腾的西葫芦馅水饺。"在这首诗里,诗人嘲弄浪漫主义、现实主义,嘲弄人的存在,同时也解构了诗歌写作本身的崇高感,当我们准备分析"水饺"这个关键意象的时候,诗人却告诉我们:"我现在突然用水饺一词来形容他们是因为我饿了。"这里隐含着诗人对于创作主观性和必然性的怀疑,这也就引出了赵丽华诗歌写作的另一个特点,就是作品中主体的局外人态度。在她的《不知天上宫阙,今夕是何年》《一条巨大的鱼》以及上述《肠胃决定诗歌走向》中,作为主体的"我"一直在诗歌营造的空间中存在、行动、感受、思考,但她的立场始终是疏离的。诗人刻意割裂了她与书写对象之间的情感联系,竭力呈现出一种淡漠的、无动于衷的写作态度,从而实现对情感、思想本身的反讽。

赵丽华的语言意识主要体现在她的口语化写作。朦胧诗以降,诗歌中的隐喻象征等修辞手段和浪漫主义的情感表达几成诗人与读者之间心照不宣的阅读契约，但这样的诗写逐渐成为新的套路并随着越来越大众化走向新的庸俗。口语入诗的魅力在于打破诗歌语言的界限，体现语言对世相书写的多种可能。但这也给诗人们提出了更大的挑战，就是如何在对传统诗性语言进行解构的同时，实现对口语的诗性赋魅。在所有人关于诗歌的预期视野下，完成对浪漫主义抒情诗歌的去魅和对新的语言形式下诗歌的返魅。从这一点上来说，就后来的"梨花体"事件来看，赵丽华在这方面考虑得并不充分，其语言实验也很难说是成功的。她的创作形成了对传统观念和大众意识中关于诗歌的审美预期的冒犯，当然这种冒犯本身是非常可敬的。具体说来，和很多口语诗一样，赵丽华一方面表现出对隐喻等修辞的警惕，一方面表现为对高度凝练的诗歌金句的摒弃。也许正是基于这种主动的语言探索意识，她写下了《廊坊下雪了》："已经是厚厚的一层／并且仍然在下。"她的这首诗让我想起顾城的《一代人》："黑夜给了我黑色的眼睛，我却用它来寻找光明。"同样短小的结构，简洁的语言，如果剔除顾城诗歌中的隐喻象征，将抽象的语词换成日常用语，会不会就是《廊坊下雪了》的样子？《廊坊下雪了》真的没有更丰富的可被探索的内涵空间吗？即使赵丽华广为人诟病的"毫无疑问／我做的馅饼／是全天下最好吃的"，在"一个人来到田纳西"这样一个题目引领下，似乎也远没有那般不堪。

赵丽华的语言探索之所以会溢出诗歌圈子成为一起社会事件，一方面与大众在对先锋的戏仿中获得的戏剧性狂热和快感有关，另一方面也的确是触及了现代诗的原罪，从而引发了对现代诗的群嘲。中国现代诗自诞生之日就面临着古典诗歌和西方现代诗歌的压迫，自由的形式和白话的表达方式，使得现代诗不得不在古体诗词格律和西方诗歌韵律面前一再为自身的合法性辩护。甚至，格律派的确曾在形式方面做出过非常有益的探索。时至今日，当口语入诗成为一种潮流，关于什么是诗已经成为诗人和读者神经中非常敏感的一环。而赵丽华的写作，显然是稍显莽撞地突破了诗歌语言与日常语言在形式上除了分行之外的界限。不过，从她后来的创作中可以看出赵丽华本人对这种语言探索在一定程度上的纠偏，她的《小引说：为了认识蓝，必须先认识其他颜色》《不知天上宫阙，今夕是何年》《埃兹拉庞德认为艺术涉及到确定性》《肠胃决定诗歌走向》等都在保持了她一贯的先锋性之外，非常注重对进入诗歌的日常语言的重新赋魅。

五

　　河北女性诗歌的丰富性是很难一言以蔽之的，更何况女性固然是她们的身份标签，但与男性诗人一样，她们还可以被区分为知识分子、工人、农民、全职主妇等。身份的不同决定她们的视野和审美同样是复杂的、多元的。即使同一个人，在不同时期、不同情境下的创作倾向也是不完全相同的。所以，总体性的评价本身就是不完善的，是有遗憾的。但是，从具体的诗人诗作的分析中，我们也不难看出，河北女性诗歌还是有着比较突出的总体性，当然，这种总体性也令人喜忧参半。

　　一是诗写题材丰富与审美取向单一并存。河北女性诗歌的诗写题材十分丰富，这一点毋庸置疑。广袤的河北大地，多样的地理环境，地域发展的不平衡都为女性诗歌创作提供了丰厚的资源。幽燕笔下紧张喧闹的城市景观和马兰笔下丰收的田野互为映照；青小衣诗中的平原与白兰诗中的山路河流各擅胜场；胡茗茗描绘的沸腾的内心世界与施施然远涉他乡的异国情调各具特色。但在审美倾向上，赵丽华的诗歌之所以具有如此强烈的异质性，恰在于河北女性诗歌整体审美取向上的"温柔敦厚"。河北地处京津之间，大部处于内陆，从古到今地缘政治和区位特征决定了这个地域受政权更迭影响较大，特别是近代以来，拱卫京畿的浓郁政治色彩赋予河北文化更多的正统思想，使其在文学创作中很容易从中国古代文学的"雅正"传统中找到文化渊源，所谓"怨而不怒、哀而不伤"者也。特别是对于女性创作而言，这种"温柔敦厚"的"雅正"之风符合社会对中国传统女性美好形象的集体想象，也在很大程度上是女性对自身形象的期许，或许正是基于此，这样的诗风在当下河北女性诗歌写作中蔚为大观。

二是多样的表现手法与单向的私人化叙事倾向并存。在各种文艺思潮余音并存的今天，女性诗歌写作的表现手法和写作技巧是空前多样的，浪漫主义的、现实主义的、现代的、先锋的……文无定法，诗人大可根据具体情况具体分析，将各种表现技巧为我所用，但是在花样翻新的手段背后，也不难看出当下河北女性诗歌写作仍然存在偏于内指性、私人化叙事的倾向。私人化叙事一度是我们对抗宏大叙事、诗歌政治化的有力武器，但是随着时间的推移，当多数人都在言说自身的时候，私人化写作所带来的同质化倾向就成为当下诗歌的流行病，个体叙事正在成为新的公共叙事。瓦莱里论诗时强调诗应追求超越个人的无限、普遍的价值，他认为"仅仅对一个人有价值的东西是没有价值的，这是文学的铁律"[1]。在这一点上，当下的河北女性诗歌还有很大的拓展和进步余地。

---

[1] [法]瓦莱里：《诗与抽象思维》，伍蠡甫等编：《西方现代文论选》，上海：上海译文出版社，1983年，第37页。

三是语言的精致锤炼与主动的语言意识的欠缺并存。对于女性诗人来说，锤炼语言几乎是她们的天赋本能。就语言的精致和各种语法、句法的奇妙变化、魔术般的使用而言，男性诗人常常很难望其项背。但是须知语言并不只是书写的工具，时至今日，我们应该意识到语言就是存在本身。我们说出的、写下的语言很多时候并不是由我们个人说出，它是我们所受到的文化影响、意识形态规训、民族集体无意识的总和。很多时候我们实际上一直在说别人告诉我们的话，所以，不是我们在说出并书写语言，而恰恰是语言在说出我们。我们在语言中存在。跳出这种存在不易，刚刚获得诺贝尔文学奖的彼得·汉德克被认为是一位试图跳出语言束缚的作家，瑞典学院认为："他兼具语言独创性与影响力的作品，探索了人类体验的外围和特殊性。"对我们的很多诗人来说，即使我们不一定能做到这种探索，起码在充分意识到语言的自维和个体与语言的关系时，我们的诗歌创作可以站立在更高的认识层面，诗人在写作中也可以更加谦逊，不至于陷入一味迷恋或者迷信自我的泥淖。

老诗人郑敏曾撰文写道："当她们成为一种新式的闺怨，一种呻吟，一种乞怜时，她们不会为女性诗歌带来多少生命力。只有在世界里，在宇宙里，进行精神探索，才能在20世纪里找到真正的女性自我。"[①]这样的论说，在21世纪依然令人警醒。站在历史与现实更深广的维度上来看，未来河北女性诗歌的写作仍然任重而道远。

---

① 郑敏：《女性诗歌，解放的幻梦》，见《诗刊》1989年第6期。

"现在"的河北诗歌现场
——本期"河北诗人专号"阅读印象

河北诗歌发展到今天,也与中国新诗发展历程一样,经过了纷繁变换的写作潮流的洗礼。自20世纪70年代末文学进入新时期以来,朦胧诗、后朦胧诗、第三代诗歌各领风骚,整体主义、他他、莽汉……各擅胜场,诗坛几成各种流派主张的竞技场,众声喧哗却莫衷一是。这些主张很多仅仅停留在主张层面,并没有真正落实到诗歌创作实践中,也并没有对新诗发展产生任何深远的影响。而今天河北诗人专号的这些诗作,充分体现出河北诗人在种种繁华落尽之后力图回归真淳、绘事后素的创作尝试。

存在主义哲学家梅洛·庞蒂认为,人类的自我是世界这块布上被临时折成的一个小袋子,我仍然有我的隐私,但我是世界这块布的一部分,只要我还在这里,就始终由它构成。[①] 诗歌与哲学永远是近邻,它必然要对人与世界的存在和关系发声。一旦新诗从种种浅表浮华的流派主张中抬起头来,它就必然要重新建构人与世界的关系。诗歌要与自然和他人对话,要处理具体的时代语境和生活经验,但它仍然是个体的,是想象性的,

---

① [英]莎拉·贝克韦尔著,沈敏一译:《存在主义咖啡馆:自由、存在和杏子鸡尾酒》,北京:北京联合出版公司,2017年,第327页。

是超越现实的。

一、个体与自然

　　自然是客观的又是主观的，是历史的又是现在的。国人与自然的关系从几千年古体诗所建构的天人合一的诗歌境界中走来，在西方传入的启蒙主义和科技理性支配下变成人定胜天的浪漫主义理想，然后又在现代主义、后现代主义解构面前溃不成军，不仅当年的和谐境界不再，甚至一度麻木僵化，失去了将心灵向自然敞开的力量。今天的河北诗歌，则试图重新在语言的世界中实现人与万物的同频同构。

　　同样是写人与自然，大解的诗是有"我"之境。世人皆知王国维论诗"有我之境，以我观物，故物皆著我之色彩"，却常常忽略他还说"有我之境，于由动之静时得之"。《去帕米尔高原途中遇雪》《抱走西藏一块石头》《走铁轨》，甚至表面看上去是静态的《活着》《正午》，实际也都在由静至动的过程中，从动态的具体的现实走向宁静深邃的超现实哲思，诗中充满内在的冲突性和动荡感。他说："在西藏拉萨夺底沟，我捡到一块石头 / 山石，黄色，四十二公斤，空运至石家庄 / 我走后，地上留下一个坑 / 我走后，西藏变轻了。"

　　这种由动至静，从具体到超越的过程也存在于韩文戈的诗中，他的《在一种伟大的秩序与劳作中》："当我登临燕山，不经意地四处环顾，俯瞰 / 我看到了我的来路、陌路与歧路。"《回声》："多年前，我们一起来到太行深处 / 嶂石岩，东方最大的回音壁 / 群山中，面对刀削的绝壁，我喊出我的名字 / 而回声迟迟没有传来 / 一对双胞胎，一个迷失了 / 另一个就再也找不到家，在人世流浪。"大解和韩文戈都将亘古不变的自然拉到现实语境，拉到个体经验之中，同时又通过超越性的暗示和想象，加深并拓展了自然带给我们的现实感受。

从艺术手段来看，大解、韩文戈建构人与自然的关系更多依赖时空的交错和转换，对诗歌来说，时间从来就不仅是钟表上的刻度，它更是主体体验着的时间，正因如此，时间才能越出线性轨迹，按照主体的感受、情感的流动和心理的变化而交错更替。"河滩里有一个影子，是我去年留下的"（大解《正午》），"一代代人在转瞬变旧的房屋里繁衍／我们处在同一时空，但或许仍将陌生"（韩文戈《我们是陌生的》）。那些存在于被遗忘生命中的经验，那些我们称之为历史的东西，在新的触发下突然走进意识，与当下的感受形成刹那间的融合。这种对话一旦形成，诗歌就显示出超越现实的深邃和辽远。有趣的是，大解诗中的时空交错不仅是时间、空间自身的切换，甚至包括时间空间化和空间时间化的转换。"其他人晒着，没办法只好走进黄昏"（大解《世上最沉的，是自重》），"正午，阳光从头顶灌下来"（大解《正午》），"已经翘边的华北平原正在卷曲，像一张饼。而一个老人背对时间，选择了顺从"（大解《大风》）。

与他们不同，郁葱的诗里也有我，但却看山是山，看水是水，山水清音自在自得，"我"在其中。缙云山、嘉陵江、宽窄巷……都与诗人一起被编织进这个纷繁的世界，诗人在每一处自然里都看到自己，他阅读自然并接受自然对自己的解读和阐释。"爱你的时候，我从年长竟然又重新长成了孩子。""融在缙云山的夜里，突然觉得／微弱，是一种幸运／喧闹的，往往是浮浅的／在秋夜的缙云山，我不再作声。"

李南笔下的自然与郁葱有异曲同工之妙。《冬日在卧佛山脚下散步》："散步到卧佛山脚下／不能再往前走了……枯叶

29

尽头，仿佛看到了我们的晚年——/分不清性别，看不出成败。"《早春二月，在龙泉湿地公园》："驱车跑了六十里路/龙泉湖静默，湿地公园清冷/在这没有人声的世界中/麻雀们集体创作了第一首春歌。"郁葱、李南建构人与自然的关系更多依靠叙事性表达，在具体的时间空间中写生活日常，但叙事恰恰是为了实现对叙述本身的越出，一如写泥土是为了写出泥土中生长的花树。

青小衣的诗里可以清晰看到她试图与世界建立新的联系的努力，那些频繁出现的月亮、雪、水等都作为意象，体现出诗人直观感受和理性思索在语言中刹那间的相互融合。北野的诗是空间化的诗，具有与其他河北诗人明显的异质性。他笔下的自然被牧场、马、牛、羊代言，世界喧腾而丰富，"我"躬逢其盛。北野对待自然的态度是谦卑的，诗人从不刻意在世界打上自己的烙印。韩闽山诗里的异域风物和传奇想象交叉融合，不过他似乎有些用力过猛，要将这些风物的传奇可能压榨殆尽。毕俊厚的诗里自然与历史现实相勾连，他的诗写是反向的，不是由个体生发开去见天地众生，而是由宇宙、历史一步步回到具体而微的人、事。施施然写自然是富有身体感和画面感的，她说："冬日空气收紧了皮肤/红枫和桂花喷吐着颜料。"（《杜甫草堂》）苏小青写秋声、写夏末，在自然时序的变化中记录下自我意识的流动。宁延达写"透过我的后窗能看见半个山的轮廓/和半个天的轮廓"在个人化的视角下窥视天空和万物。蒲素平的诗里有对自然的静观姿态。刘福君的文字间则体现出对古体诗意境的追慕。梅驿的《黄昏深处》似乎可以作为一首关于如何书写人与自然问题的元诗，她说："走进黄昏深处的人只有一条路/她用路旁的丁香花描述深情/用树上的野葡萄描述过往的日子/用满地枯叶描述生老病死/至于孤独/亲爱的，她只能用你的离她而去／她把你从万物中一点点抽离／又一点点还了回去……"

二、自我与他者

并没有哪个西方国家像中国这样，在长达几千年的时光中建立并完善了超稳定的封建制农耕文明体系。生产方式决定了在农耕文明中人与自然的关系是第一位的。中国人携带着这样的文明传统进入现代社会之后，其自然性和感性的一面受到了通过契约精神、秩序法则等建构起来的现代社会组织的挤压和逼迫。人在现代社会中是生存而不是栖居，个体的自足性遭到了严重破坏。社会组织无所不在地监督控制着个体存在，人们在学校、工厂、机关中习得并且接受、遵守各种权力规训，以获得与他人共同在拥挤的城市和严密的现代社会运行体系中生存的必要空间，一切溢出和超越都必然受到遏制。我们民族的历史并不能妥善处理今天这样的生活经验，因而我们一直在学习，试图找到让个体更舒服的存在方式，让心灵获得平静。

我们一度服膺自由主义，并以此抵御宏大的政治叙事对个人生活领域的侵犯；但随着时代的变迁，特别是后疫情时代的到来带来了新的问题，我们意识到个体自始至终并不能脱离他的社群而存在，社群关系内化于每一个个体。人是有故事的叙事性自我，人无往而不在关系之中。列维纳斯说："当我遇见你时，我们通常是面对面相见，而你，作为另一个人，通过你的面部表情，可以对我提出伦理要求。我们真的在与彼此面对面，一次面对一个人，而这种关系，就成了一种沟通和道德期望的关系。"① 每一个自我都同时是别人的他者,尽管我们不可能完全抵达对方的灵魂深处,但我们仍然可以彼此接近,并建立有效的连接。九叶派老诗人郑敏说:"在'自己'与他者之间必须维持一种张力,若即若离,相互关怀与思念而并不合一。"②

　　河北诗人的创作体现出了对自我与他者关系的不同角度、不同层次的书写。父母是最早为个体赋形的人,我们承袭自他们,也在他们身上发现自己。李南的《雪夜想起父亲》将"我"的现实存在与对父亲状况的想象并峙陈述,通篇无一字评论,却让我们在父亲身上看到自己。她的《你的孤独淹没了我的道路》说:"妈妈,你的疾病催生了我的白发/你的孤独淹没了我的道路。"陈赫《以母为名》:"我真怕有一天回去,屋子里只剩屋子/却没了她的痕迹……他们都叫她'桂林嫂''贵芹''老郑''二妮'/而我叫她——娘。"雁南飞《我的泪水被一个细节洗劫》:"母亲和历史深处的村落/一次次被看望,然后被浅浅遗忘/我和那些游客没什么两样。"对父母的质疑和反叛曾经是诗歌中重要的主题之一,但如今诗人们表现出更多的理解和接纳。就像同是存在主义哲学家——萨特当年抗拒一切束缚,试图摆脱所有阻碍、限制和黏滞的东西;但他的朋友梅洛庞蒂则认为,只有通过妥协,我们才能存在

---

① [英]莎拉·贝克韦尔著,沈敏一译:《存在主义咖啡馆:自由、存在和杏子鸡尾酒》,北京:北京联合出版公司,2017年,第274页。

② 郑敏:《诗人必须自救》,《郑敏文集 文论卷》(中),北京:北京师范大学出版社,2012年,第470页。

——而这可以接受。①

幽燕建构自我和他者联系的语境与很多河北诗人不同,她对都市人际交往有着冷峻、透彻的洞察。她的《人脉》:"推杯换盏,酒肉穿肠过 / 小兽与虎共谋一张蜘蛛的网 / 亮面的寒暄和暗处的算计 / 就看谁能见招拆招,左右逢源 / 打通任督二脉。"《恒温季》:"不是做密友的温度 / 不是能拥抱的温度 / '不必再升温,我们之间 / 这个温度,刚刚好'。"这种具有鲜明时代性的切近观照如果能体现出一些对现实的超越性就更有意义了。辛泊平的诗里有一个反复出现的"孩子"或曰"少年"形象,这个形象就像一个布满灰尘的镜子,诗人一直试图在里面照见自己,并借此建构起关于故乡的回忆和想象,以抵抗当下的遗忘、麻木和寂寞。刘厦《寄居》说:"我在别人睡过的床上脱壳 / 在别人站过的窗前苍老 / 当我的忧伤和房间里残存的忧伤 / 撞击出声响 / 我分不清哪是我的哪是别人的。"裴福刚的诗多面向日常经验,四四书写的是自我的内在冲突和与外界的龃龉。宋煜的诗中有更多的文本间性,来自桑塔格、李洱的文本记忆在他的诗里舞蹈。

三、河北诗歌的未来面向

尽管河北不缺少优秀的诗人、诗作,但遗憾的是河北并没有建立起属于自己的诗歌地理形象。地域性在文学作品中本应是不言自明的,它经常会与文学的精神原乡等同,以其独特的山水和历史文化为创作赋魅。雷平阳说:"所谓云南,我视其

---

① 转引自[英]莎拉·贝克韦尔著,沈敏一译:《存在主义咖啡馆:自由、存在和杏子鸡尾酒》,北京:北京联合出版公司,2017年,第320页。

为世界的灵魂。它的天空住满神灵，让我知敬畏。"河北当下的很多诗人都会在作品中谈到故乡，但他们的故乡却没有鲜明的空间性，而是常常被与童年记忆相勾连，成为一种时间性的存在。然后经由时间距离的美化，成为与当下经验甚至城市经验相对立的过去或者乡土，被放置在二元对立的机械框架下观照，从而丧失了其作为具体地域的独特性和丰富性。这自然与当下传媒时代经验的同质化有很大关系，当诗人们都在处理同样的日常生活，表达类似的情感体验而又缺乏独特的哲理思维的时候，那么，缺乏鲜明的地域特色也就不足为奇了。但优秀的诗人应该能够从同质化、空洞的地域抒情中越出，以更加具体的地域书写表达更加个人化的情感和超越性的思想。

另一方面，个体化的时代经验不足也是河北诗人创作的一个缺憾。所谓处理时代经验不是要让诗人做国家发展战略的传声筒或者宏大事件的机械记录者，而是说诗人从开始写诗，掌握话语权的那一天开始，就必然负有对时代发声的使命和责任。个体化的时代经验则更强调诗人决不能人云亦云，被主流话语带入大众叙事与审美的潮流中，丧失其个性化和思辨性。郑敏认为：诗是诗人介入人类命运的"入口"，而不是诗人退出人类命运的"出口"。介入的意识愈强愈能写出有深度的诗，即便在创作过程中诗人常需要一种超越现实的、独自在山海面前思考的暂时的退场，但这只是在强烈的介入之后，而且只是为更深入的介入做准备。①

再者，历史感也是诗人创作中必须不断深入思考的课题。自现代主义、后现代主义传入中国，"自白派""嚎叫""垮掉"

---

① 转引自郑敏：《诗人必须自救》，《郑敏文集 文论卷》（中），北京：北京师范大学出版社，2012年，第470页。

都曾经一度引领创作风尚，即使在热度消退后，也仍然留下了诗歌对自我的高度关注和放大式的书写习惯。但是我们的很多诗人自身并没有建构起一个如地层般深厚、坚硬、层次丰富，可供不断开掘的自我。这个自我既不能回应来自历史的呼喊，也很少响应现实的诘问，反而常常从古代诗歌和西方作品中截取一些关于自我的片段，然后在诗歌中表达某种浮泛熟滑的士大夫般的田园意识或者炫耀痛苦的黑暗意识。"自白派"代表人物普拉斯的《拉扎勒斯女士》中有这样一句话："我的皮肤透亮，若纳粹的人皮灯笼。"[1]这句话明显是指向二战期间纳粹对犹太人的屠杀，指向属于整个人类的灾难经验和悲剧意识。由此足以看出，普拉斯的自我并不是孤立的、封闭的、私密的自我，正因如此，她的自我才是经得起不断袒露和挖掘的自我，她的作品才能够成为在更广泛的人群中引起共情共鸣的超越性作品。陈超先生论诗曾提到要建立个人化的历史想象能力，惜乎我们的一些诗人只看到了历史想象又遗漏了个人化。历史记忆不能囫囵着进入诗歌，它必须经由个体肉身，在痛苦的炼化中与个人经验融合在一起，才能成为创作的材料。保罗·策兰的《死亡赋格》也许可以为我们解决这个问题提供某种帮助。

　　在中国新诗不同时期、不同地域的佳作珠玉在前的背景下，河北诗人也许要更多地思考如何创作出既体现时代性、地域性，又能够超越时代的阶段特点和地域限制的作品，以期为河北这片文学热土奉献更多的经典之作。

---

[1] 陈超：《当代外国诗佳作导读》，石家庄：河北教育出版社，2002年，第119页。

边缘与坚守
——"燕赵七子"诗歌阅读印象

关于"燕赵七子",官方的说法是:"此次集体出发的'燕赵七子'分别来自河北唐山、石家庄、承德、邯郸、衡水、保定等地,横跨'60后'和'70后'两个年龄代际。他们不仅代表了各个写作方向和诗歌美学,而且从河北地缘文化上而言也接续了一个坚实的诗学传统。"不仅如此,"燕赵七子"的出现,也代表了一种诗歌写作的姿态,一种让诗歌脱离政治,脱离娱乐,脱离哗众取宠,回归本源的写作姿态。"七子"里没有一个职业诗人,他们作为河北诗坛的重要力量,却只是一群"业余诗人"。或许,诗歌和诗人的所谓"边缘"其实根本无须惊慌失措,诗歌只是回到了它应该待着的地方。而"燕赵七子"显然也"自觉意识到自己的边缘地位,始终从民间社会的良知与艺术的立场展开自己的艺术创造"(王光明《现代汉诗的百年演变》)。他们的诗歌里有独立自主的人文精神和对宇宙人生的哲理想象,他们批判并且反省,在对个体与世界关系的把握中构建起独立自足的诗歌世界。

一、士大夫的前世今生——东篱

士,是中国古代社会具有一定身份地位的特定社会阶层,

《白虎通·爵》说："通古今，辩然不，谓之士。"《汉书·食货志》说："学以居位曰士。"在中国几千年悠久的文明历程中，士一直承担着支撑整个社会价值取向和文化责任的重任。士是精英，是与沉默的大多数相对的少数人。较高的文化素养和较强的社会责任感是他们的最基本要素。杨庆祥在《80后，怎么办》一书中曾批判"80后"这一代人："因为无法找到历史与个体生活之间的有效关联点，所以不能在个人生活中建构起有效的历史维度；另一方面'暂时性'的参与历史的热情又不能持久和加固，这一切导致了一种普遍的历史虚无主义。"显然，身为"60后"的东篱正好相反，尽管知识分子的边缘化是当下中国的常态，五四时期文化精英启迪民智的伟大使命也已是明日黄花，但当东篱们进入诗歌世界的时候，明确的历史定位和文学身份感仍然轻易地左右了他的创作。

对社会民生的关注和责任意识已经深入这一代人的骨髓，主动的文学使命意识更让他们无法沉默。在东篱身上，传统中国"士"的良知和悲悯成为诗歌的重要主题，而"士"的审美取向也在很大程度上影响了他诗歌的风格特点。东篱也许是七子之中最注重营造诗境的诗人。与很多当代诗人强调人在世界中的割裂和荒诞不同，东篱努力地向着中华文明的上游回溯，寻找足以完善个体缺憾的民族记忆，寻找能够打开人与自然沟通之门的那把密钥，寻找更加丰富的诗歌语言并企图获得更开阔的诗歌想象能力，然后，营造一个属于自己的自足的诗歌世界，以花为媒，以爱为名，在诗的世界里修行，并完满。

说东篱，不能不说唐山。面对这样一个"重伤的城市"，种种负面情绪诸如沉重、悲凉、绝望、无助等似乎都是题中应有之义，东篱生于斯，长于斯，其体验愈深，则其悲悯愈深。然而，读东篱的诗，又绝不仅止于此。他的诗里固然有"当年一列绿皮火车/把那拨儿人带往了天国/抛下一截儿铁轨/一滩水洼/几块碎石/像星星一样被栽在大地上"（《家园——在唐山地震遗址公园》）这样直面惨剧的句子，但诗中那不知是有意无意的"儿"话音，却微妙地透出几分真正勇士的底气和淡然。就像一位什么都经过见过的大叔，微眯着眼，不紧不慢地念叨着：都过去了，都过去了，明儿早起吃什么啊……而他的《读碑》更是远远超越了一己和一城的悲哀，在大理石般的坚硬品质下折射出对人生的追索和探究。

  这长方形的石盒子
  原本是放书的
  后来放了人
  再后来是瓦砾和杂草

  那一年一度的秋风
  是来造访黑暗和空寂吗？

  一本书
  也会砸死一个人
  一个人
  终因思想过重
  而慢慢沉陷到土里

  如今，我不知道
  是愿意让书籍掩埋
  还是更愿意寿终正寝

  M形的纪念碑
  有点儿晃

仿佛三十六年来
　　我一直生活在波浪上

　　如何能翻过这一页？
　　汉白玉大理石的指针
　　太重了

　　这首诗起手仍是在讲述地震的余悲，但从"一本书"开始转向了更深层次的思考，"我"的出现更是直接引出诗人对人的生命和存在的质疑，多年以后，那么多生命的瞬间消逝留给生者的重压与生命本身的负担相叠加，使得"我"这样的个体在生活的瞬息万变和命运的不可知中载沉载浮，迷茫无措，诗的最后如喟叹般的"如何能翻过这一页/汉白玉大理石的指针/太重了"带着来自灵魂深处的疲惫，流露出对命运的无奈。

　　一直很佩服唐山人，不仅仅是他们从废墟上站起来的勇气，还有这个城市骨子里的自信、热情和幽默。冯小刚拍《唐山大地震》，徐帆一口唐普，五味杂陈地问女儿："你是从哪儿冒出来的？"又是"儿"话音，又是带着泪的轻描淡写，唐山人天生就有消解重大历史题材的能力，偏偏越是这样，越让人发自肺腑地感动和钦佩。东篱也一样，废墟是拘不住唐山人的心的。

　　东篱是爱花人，"东篱把酒，有暗香盈袖"，也许从东篱成为东篱的时刻起，花与爱就成为他一生的谶语。越是经历过失去的人越懂得珍惜，东篱的笔下，花无高低贵贱之分，野生野长的山丹丹、高贵典雅的紫玉兰，桃花艳、李花浓、杏花茂盛，每一种花都可怜可爱，每一次绽放都令人感动。花，其实就是盛放的生命，绚烂而短暂，美好而悲凉。如他的《谷雨日》：

"暮春之雨，清洗着自然万物／和人间这座巨大的垃圾场／你我身在其中，看牡丹正含苞／悬铃木待葱茏，而玉兰和海棠们／已花骸遍地……"

面对花和如花的生命，东篱最迷恋的一个动词是"挥霍"。他说："……正宜缱绻，一刻千金／我们挥霍吧，挥霍即珍惜……"在《海棠树下》，他也写道："……想前几日，它开得还那样恣肆／像个孩子，任性、顽劣，永远不懂大人的隐忧／现在竟是花骸遍地／生命的消亡如此迅速，仿佛来不及挥霍……"在诗人看来"挥霍即珍惜"，独有的生命体验造就了诗人独特的生命态度，挥霍却不放纵，珍惜却不耐烦小心翼翼，一如对待爱情，"……爱你时，喜欢看你，看你不够／就软软地吸附在你身上／恨你时，就想向你吐尽我的黑／用藤条，用月光／像凶恶的狱卒／鞭笞他囚禁了一生的犯人……"（《无题之七》）。诗人热爱生命，也热爱这种挥霍生命的痛快，而这种热爱的能力恰恰就是生命的本质力量之一。

但东篱又是平静的。他爱过，恨过，伤怀过，人到中年，他和他的诗，在中国传统文化中寻到了静谧和安详。他应该是很偏爱古典诗词的境界和意象的，在他的诗里，"好风凭借力，送我上青云"（《湿地之风》），"锦鳞游泳，岸芷汀兰"（《秋风还乡河》），"相看两不厌"（《晚居》）之类，毫不鲜见。难得的是，诗人这样明目张胆地向古典诗词致敬，在现代汉语的语境下却并不令人感到违和。我想，这与他整体的诗境有关。东篱这些引用古典诗词的诗作都极重完整性，整首诗是一个完满的圆状结构，诗中气韵一以贯之，而且在语言上通过副词、介词的使用突出句的整体性，淡化词的割裂感，使诗歌的语言形式与诗人内心世界的完满相呼应，给人以神完气足之感。

但是，在东篱的诗作中，《家园——在唐山地震遗址公园》

《游清东陵有感》这些诗里也仍然存在着"同质化"抒情的倾向。一些特定的题目、题材似乎自带抒情预期，在地震遗址面前感叹生命，在皇帝陵前品味今昔，都很难带给读者新鲜的体验，尽管东篱这两首诗在词的使用和句的编排上都有对叙事套路的刻意突破，但仍没有逃脱几千年来的抒情窠臼。对于这种抒情的隔膜，诗人自己其实也是有所感的，他抒情过程中常见的"我"在这两首诗里都退居幕后，没有切肤之痛，自然难以感人至深。

二、知识分子的良知——晴朗李寒

晴朗李寒骨子里应该是个不安定的灵魂，就像晴朗遇到严寒，抵死纠结，矛盾丛生。尽管人到中年的他会写《饮食男女或生活的艺术》，貌似恬淡地寻找柴米油盐中的幸福味道；尽管他会写《林中雨》，通篇自然意象，显得宁静悠远；尽管他会写《风中的自行车》以半新不旧的自行车上的中年男人自拟，满纸重压和无奈；但晴朗李寒依然是一个自由的灵魂，自由而且真诚，没有矫饰，没有虚伪，是"大雨中奔跑的男人"，是那个"与雨水比赛着速度""有自己方向"的男人。

个人感觉，晴朗李寒身上有着继承自五四时期的有良知的知识分子的清醒、悲悯和难能可贵的独立人格。在晴朗李寒的作品中最为突出的就是对人的真切关注，他的诗作中往往都有一个鲜明而丰满的"我"，作为一切苦难和幸福的感受者和承担者，作为诗人与世界沟通的代言者，成为诗人为自己营造的诗歌世界中的主人。

于是，他说："这些年，我把生命抵押给了文字／试图让它代言／说出我的苦乐与悲欢／试图让它流着我的血／说着我的话/和我保持相同的体温/发出和我的心灵/同样的呐喊或呻吟。"(《文字》)"亲爱的，这么多年，我的固执/丝毫没有改变，有一些所爱的事物/我始终未曾放弃。"(《况味——给小芹》)"我厌倦了光滑和细腻，厌倦了精致和完美/我爱上了单一的事物/和它们粗糙的部分/我爱上了残缺，没有结局的故事/爱上了棉布、笨拙的黑陶、露出草梗纹理的白纸。"(《我爱上了……》)

诗人有着强烈的言说欲望，他有太多的思想和感情，他的眼睛一直热切地关注着这肮脏而又火热的尘世，他和他所观察着的众生既是同构的，又是异质的，有时候，他就是他们，有时候，他是他们身后冷静的眼睛。程光炜引欧阳江河的话说："诗歌中的知识分子精神总是与具有怀疑特征的个人写作连在一起的……但它并不提供具体的生活观点和价值尺度，而是倾向于在修辞和现实之间表明一种品质，一种毫不妥协的珍贵品质。"(转引自《百年中国新诗史略》)正是这种观照社会人生的角度，使得晴朗李寒的诗具有很强的批判现实精神，并且体现出一些叙事学意味。

如他的《走着走着就散了》是以第三人称"他"为叙述对象，诗人是"他"的人生的全知全能的记录者，故而整首诗充满冷峻的观察和严厉的审视。《风中的自行车》也是第三人称叙事，诗人可以放肆地表达自己对自行车上男人的同情，即使那个男人也许就是诗人自己。而《大雨中奔跑的男人》"我"和"他"并存在同一首诗里，"我"以限知视角关注"他"，所以诗中铺陈男人在雨中奔跑的情状："他双手抱紧了头，双腿像飞速闭合的剪刀/但是，他无论如何剪不掉/大雨对他的追赶/天空如墨，闪电劈开的缝隙瞬间弥合/看来大雨不会很快停止/这个男人丝毫不敢放慢脚步。"却因为"我"的视角所限，对于男人奔跑的原因和目的不置一词，甚至在结尾处说："或许，这场倾泻的暴雨，以及这个雨中／奔跑的男人，根本就不存在，它们／只是燥热夏日，我的一次短暂的幻觉。"这样的写法隐然有几分荒诞派先锋小说的意思，留给人咂摸不尽的言外之意。《蜂巢》《况味——给小芹》《你能把时间怎样》以第二人称的口吻写诗，前两首是与老友、爱人相对，将人生况味、理想信念娓娓道来；最后一首则将第二人称本身的优势发挥得淋漓尽致，一句句质问，直指人生的虚无，复沓的结构，一步步将生活中各种伪饰刺穿，露出枯槁的真相，而最后的最根本的迷障仍然是——"你能把时间怎样？"

时间是晴朗李寒诗歌中挥之不去的主题，《流年》里，诗人站在时间的纵的坐标上，看着"后面的村庄"，前面的"单车下的道路"，以及没有来的风雪，"那些我们无法预知的事物"，短短的一首诗容纳了过去、现在、未来的各种意象，自然而然生发出"尘世恍惚，时光新鲜"的感慨。大解在评价晴朗李寒的诗时说："这次收入'燕赵七子'诗选中的诗，较他以前的诗歌追求温馨、干净、纯粹，有着较大的变化。"我想。这种变化，大概来源于身处中年之境的诗人对生命归处的思考。诗人很少在诗中直接谈论死亡，但他也总是习惯性地探究生命的线性轨迹，从来处来，到去处去。死亡意识或者叫生命意识充满了他的诗作，而这种终极思考显然也软化了诗人的一些棱角，使他显得更温和，更包容。诗人无可避免地想道："多年后，我的这些诗句／肯定会和我的肉体一样／化作烟尘／然而，我仍旧奢望／有人会读到它们／并且叹息：／'哦，茫茫世间／还有这样一个过客／这样一个借文字取暖的人。'"（《文字》）"如果／这是我们最后一个夜晚，啊，上帝——／也没有什么遗憾了：／最爱的人，都在一起／最喜欢的书籍，堆在枕边/诗歌、爱情、温暖、光明，我们都曾享有过了/此刻，就让我们松开双手吧/向世界告别/疲惫而安然地入梦。"(《最后》)郁葱老师说，一个能记录自己心灵史、生存史、思想史的诗人一定是一个出色的诗人。他说，李寒做到了。

不过，读诗的人总免不了不足之叹，尤其当我读到他放在网络上这首《给逝去的诗人周，纪念他离开两周年，也给越活越没出息的自己》时，我倒更喜欢这个充满讽刺、自嘲的有些辛辣的李寒。

  周，我还在。
  还在喘息，
  还在生活，
  还在爱，
  还在写着
  你在世时
  也曾迷恋的分行文字。
  我继承了你的遗志，
  但这也没什么
  值得你欣慰的。
  想想你为这没用的东西丢了性命，
  也真是可怜可憎。
  （你哪怕裸奔也好，
  哪怕装死也好！
  哪怕拍卖诗稿也好！
  这都会让你出名！
  你个傻蛋，
  谁料想竟动了真格的！）

你走了两年，

我的体重增加了十公斤，

每天骑车一小时上下班，

也不管用。

我对尘世的爱

也加重了几层。

妻子越来越让我依恋，

比结婚前还爱得带劲儿，

一天不听她的唠叨，

我就像丢了魂灵。

女儿渐长，我正在努力

使自己

成为一名合格的父亲。

我们让她学数奥，

学舞蹈，

学美术，

让她加入少先队，

五讲四美三热爱，

成为一名听话的好学生。

我不再轻言厌倦，放弃。

想想年轻时虚度的时光，

懒散，颓废，混沌，

真如同一场弥天的大雾，

什么也看不清。

周，你太伟大了，

谢谢你的死，

让我一下子清醒，
告诫自己，
今后的岁月，
应该学会珍重。

有时，死亡的闪电，也会突然
在我的心头掠过，
想到顷刻间
眼前的繁华化为乌有，
一切事物都没入虚空，
从头凉到脚底，
心里也是陡然一惊。
我成了一个
对生命心怀敬畏的人，
一个贪生怕死的人，
面对死亡，我永远不会
有你那样的决绝和从容。

我不会去干涉
命运决定下来的事情，
再不敢去扼住命运的喉咙，与之抗争。
不再牢骚满腹，
不再怀才不遇，
不再愤世嫉俗，
不再牛逼哄哄，
一切都顺其自然，
一切都听天由命。

我如今的理想是——

（我竟然还是一个有理想的人！）

夹着尾巴，做一个人，

低俗地享受点人生的小乐趣，

努力挣点钱，

让妻子女儿幸福和快乐。

愿你的在天之灵保佑

让我苟延残喘着

度过狗屁不如的一生。

三、自然之神——北野

  燕山山脉，山势陡峭，山脉间有承德、怀柔、延庆、宣化等地。我地理学得不好，只知道河北的山多属太行山脉，保定市文联所在的大楼顶上赫赫然四个大字"太行大厦"。没有雾霾的时候，站在楼顶西向眺望，可以看见一座座连绵不绝的山包，仿佛远古遗留下来的巨人的坟包。

  燕山是不同的。首先，燕山山脉，山势陡峭，少见连绵的馒头形，天生不俗；其二，这里自古是中原屏障，兵家必争之地，遥远的冷兵器时代的战火增其神秘沧桑；其三，在文化心理上，燕山虽然在行政区划上有很大一部分属河北，但对很多并不生活在燕山脚下的人来说，燕山已是远方。李白说"燕山雪花大如席"，那是因为陌生化。所以，对很多河北人来说，燕山自古便是异乡。

  北野的幸运，是他不仅就生活在燕山脚下，而且有足够的力量将自己整个向燕山敞开，让这份独特的风骨为自己洗筋伐髓，铸就一副特异于整个河北的诗歌筋骨。北野，是不同的。

霍俊明说："'燕赵七子'没有写作的投机性，他们都是经过十几年、几十年的扎扎实实过来的。""将这些诗人整体性放置在河北这样一个空间里面和历史维度进行考量，朴素、坚韧、踏实、可靠成了包括'燕赵七子'在内的诗学禀赋。从这方面来说，河北诗歌以及'燕赵七子'是有传统的，有历史感，有地方精神支撑和文化资源的。"但是，支撑北野的燕山毕竟与太行不同，北野的诗也与很多沉实厚重、风格上倾向温柔敦厚的河北诗歌不同。诗人北野不敦厚，他的诗野性、思辨，有巫风，嬉笑怒骂，调侃戏谑皆成文章，却又鞭辟入里，令人痛入骨髓。他的诗里，融合了西方哲学思想、中国传统文化和民间原始的种种野记传说，即大解老师所说："他的诗有着复杂纠结的辩驳和互否，在意象的相互撞击和摩擦中环环相扣，强力推进，把读者推到无法置换的境地。"

如他的《家族孽运记》，将历史，信史也好，传说也罢，统统用最荒诞的笔法炖成一锅杂烩，冷眼看几千年文明，所有一切世事纷扰，离合遭逢，生旦净末丑，你方唱罢我登场，终究都抵不过无意义三字。"乱纷纷都是旧容颜"，与"他们"的"惊慌失措""被摧毁的碎片"相对的，是"我"的完整、淡定乃至逍遥。诗在，诗心在，诗人在。此诗读罢，直欲令人拊掌大笑，当浮一大白。

诗是生命存在的支撑，诗是纷纷乱世中人的救赎。除了诗，在北野这里，人类更重要、更贴近根本的救赎是"空旷的田畴""低垂的云朵"，是草原和大海，是深井和天空，是最广袤、最无私、最宽容的自然。

如他的《大雪落幽燕》，读来给人以荡气回肠之感：

黄帝正用他浩浩荡荡的仪仗

向中原行进，这黄金和白银的仪仗

这猛兽和鬼神的仪仗

带着雷霆、闪电和种子的光

我有千百种理由也不能阻止它

草木的瀑布里，漂流着山峰

白云的河流中大地在沉浮

只有我自己是身不由己的

像命运里随波逐流的碎片

被肉体禁锢的是桑林

蛙鸣、月光和大脚女人的乳房

被我禁锢的是身体、性爱和幻想

燕山以北，巨大的阴影

突然跳起，像一场突如其来的风暴

一个人被抛在后面是什么感觉

一个人被仇恨粉碎了还能控制结局吗

一个人的忧伤，一个人的切肤之痛

一个人的孤寂和流浪，这茫茫的人海啊

让我的血肉之躯突然卷起波浪

北方，一座山岗被时间压塌

一座新的山岗，或将在远方耸起

一个生机勃勃的人间

还会留在春天和鬼神的身旁吗？

这浩浩荡荡的雪啊

像一股暖流，在大地上

重新安排了一座座神秘的山岗

这带着巫风的诗啊，简直是唱给鬼神的歌吟。诗人在诘

49

问:"北方,一座山岗被时间压塌／一座新的山岗,或将在远方耸起／一个生机勃勃的人间／还会留在春天和鬼神的身旁吗?""春天"和"鬼神",亦即自然性和神性,似乎就是我一直寻找的北野诗歌中最本源的力量和最本质的特点。他的诗歌始终在这两极之间徘徊游荡,每每给人以最强烈的冲撞感和刺痛感。

他的《要有光》也是一首颇具神性的作品。《旧约·创世纪》中说:"起初,神创造天地。地是空虚混沌,渊面黑暗;神的灵运行在水面上。神说:'要有光。'就有了光。"北野的《要有光》却并非一首宗教颂诗,他的诗中有神性,却始终恋念万丈红尘,不忘芸芸众生,诗自俗世中来,最终仍要归入尘世中去。这首诗里,描画的是一段人类在世俗中挣扎浮沉的历程,人类忘记了自己的来路,忘记了自己的归途,将自己与神灵等同,但却在追逐光的同时,也"有了我们肚腹里滔滔不绝的黑色"。对光的追逐本身就蕴涵着一个巨大的悖论,北野成功地用诗的语言为我们再现并强化了这个悖论。

北野在语言上一直抗拒着传统汉语的所指惯性,并成功拓展了很多被悠久历史符号化、模式化的语词的内涵和外延。

《月亮的旷野意义》着意对"月亮"进行新的命名和解说,诗人以大胆的反讽消解传统汉语对"月亮"的抒情性的默认:"垂柳并不杀人,它贡献的／月亮暗淡下去,几乎让占据了／抒情角色的人,突然就／耗尽了仅有的月光。"这几句似乎是"月上柳梢头,人约黄昏后"和"月黑杀人夜,风高放火天"在"月"这根枝条上的嫁接,北野是跟一切思维定式有仇的,他的反讽瞬间丰富了这有限的文字,显示出巨大的语言张力。原生态的自然一直被自以为是的人类拖累,"言论"苍白而虚弱,以言论表白的爱情也近乎虚妄,真正的爱,在旷野,在夜空,

50

在自然中，所以，诗人说："但对岸并不懂得夜空已经 / 备下了爱的洪荒。"唯有读懂了自然的博大、纯粹、真挚的人类，勇于正视自身，摒弃一切遮羞布的人类，以赤子之心坦诚相对的人类，才能像诗人一般"我返回视野 / 那个巨大的世界啊，像一场 / 浩荡的感恩或谢意，它们 / 轰隆隆地碾过我寂静的胸膛"，至此，人类方能得到大自然无私馈赠的最真实的感动。

北野就像是大自然鲁莽的孩子，在这个不洁的人生中闪躲腾挪，笑谑无忌。也许他可以写得更凝练，更纯粹，但我怀疑，那时候，他还是北野吗？

四、玄想之神——见君

见君说："靠近我的拥抱，我的 / 被你猜测到的致命的呓语。"这句话几乎像宣言一样指示了见君整个的诗歌创作——呓语即诗语。呓语，或许在见君看来，恰恰是最接近神灵的语言，每一句都看似对抗逻辑和理性，乃至正常的语法规则和语言习惯，但其实每一句都是对现实世界痛苦最真实的折射，通过这些梦境般迷离破碎的只言片语，诗人以打破常规的姿态靠近生活的真相，描摹碎片化的生命历程。《在河之北——"燕赵七子"诗选》选录了他的三十三首诗，其中"梦""臆想""呓语"等语就出现了二十多次。"梦"是诗人处置自己与现实世界关系的方式，是对生命中种种困厄进行救赎的渠道，是在一片严酷的冰冷中保存温暖的假想地。"我只是在已经预设好的情节里，从噩梦中提前惊醒的人"（《梦见，在死亡路上》）；"所有的事物，都在无动于衷中，通过穿越黑暗的方式老去，寒夜漫长，梦生动且真实"（《流逝》）；"装点我们生活的 / 只有梦，和梦里的纸花的快乐"（《悼陈超先生》）。梦是见君

51

诗歌中堪称主宰的东西，也是诗人选择和神灵沟通并向众人宣讲神示的方式。

是的，见君的诗总让我想到"神示"，他的《晌午，一个陌生人走进我的血管里》，似乎是在一片超现实的空间里，在绝对的静谧中实现自我升华，诗中充满了神秘和悖论，画家画着的"没有飞回的鸟"却在"远远地笑着，灿烂地笑着／把玩敲门的声音，高高低低……"具有强烈隐喻意味的"走进我的血管里"的那个陌生人，是发自于内的人类自我否定之后的另一个自己，还是来自于外的自然之神的某种化身？诗人没有给出答案，也许兼而有之。

而他的《河岸边的空宅》，也延续了这种对生命的终极思考和神秘主义色彩：

没有人站在窗内，
窗外，有一片乌云被风吹得疾跑。
前几天，我还在水里，
露出头颅，和那片空宅对视。
隐隐地，有一些东西飘出来，
将我围困、包裹，我变得越来越小。
而变得荒芜的事情，
涂抹了满身的玄色，舞动着，
走进水里，河面便结成了白色的冰，
它们和我的身体，在冰层下拥抱——
青石门槛，锈色铁锁。
门前坐过的那个少妇，多么年轻美妙，
她的孩子躺在屋内，
均匀地呼吸着，睡着了——

> 一直以来，河水就这么轻快地流着，
> 少妇偶尔望向远处的目光，
> 在与河水的交接处，有树叶
> 慢慢地落下来，一片两片地被流水冲走后，
> 在远方变老。
> 河岸边的空宅，这几天晚上
> 天天唱歌。呆滞的眼神，麻木的表情，
> 逝去的人排着队从水里走出来。
> 这时，满天星星都成了月亮开的花，
> 落下来，在半空与歌声相遇，开始燃烧。

在这首诗里，运动着的在窗外，静止不动的在窗内；变化的是河水，凝固的是河岸边的空宅。"青石门槛，锈色铁锁。门前坐过的那个少妇"，与这条不停流动变化的河相比，都不过是过眼云烟。这条河既是时间之河，也是自然之河。诗人说："在与河水的交接处，有树叶 / 慢慢地落下来，一片两片地被流水冲走后，在远方变老。"人的生命与自然界中的物象在河流中融为一体，唯有在共同走向衰老乃至消逝的路途中，二者才终于达到真正的同构。诗人似乎有意为人类寻找一个合适的存在点，使其能够在生前死后都紧紧地与自然融为一体。所以，才有了"满天星星都成了月亮开的花，/ 落下来，在半空与歌声相遇，开始燃烧"。

"河流"这个词在现代汉诗的语言谱系中本身就极富寓言性，见君显然接纳了这种寓言性并赋予它更加丰富的所指。《梦的通道》里说："天空会一点点融化，太阳掉在河里，大口大口呛着水，金黄色的光芒挣扎着，拽住河岸的草。星星变成人的灵魂，一个个从岸边走过，它们喝醉了，跳着舞，扑捉

着头顶上飞过的黑鸟。"然后，这条河又出现在了《悼陈超先生》中，"那条焦虑的河流上，属于我发现的痛苦在等待"。河流是人生，是永恒，是变化发展着的我们身边的一切；河岸是片段，是暂时，是可以让人获得短暂喘息的静止。河与岸，永远在人类的生命中交错纠结，左右着我们永恒的痛苦和短暂的欢乐。

在语言风格上，见君似乎是有些暴力倾向的。他说，"而我，依旧在院内唱十八相送／唱完了用刀剁碎，撒些盐／挂在树上"（《梁兄》）；"被暴打后的傍晚／捂着伤口，突然来临"（《去南方》）；"锋利的刃／一下，一下地，割碎那张纸"（《惊心动魄》）。这些坚硬、冰冷、残酷的词语在见君的诗中并不鲜见，他似乎很乐意用这样一些刚性的语言来表达他对这个世界的决绝，但另一方面，似乎也是在伪装自己的柔软，一种类似于"这个杀手不太冷"一般的情感。

这样的语言习惯也使得他的诗歌在某种程度上表现出较强的先锋性，从而以强烈的自在感区别于大多数河北诗人。见君是尖锐的，是冷酷的，是与温柔敦厚的大雅之风大相径庭的。张柠在评价先锋文学作家时说："他们的形态很奇怪，既像兄弟又像父亲，所以给年轻一代留下的是一群'恶童'的形象。他们充满了善良的恶意，并将这种特征转化为符号的编织，供人们敬仰。他们表面给人一种不稳重、不成熟的印象，但是他们的不妥协、不屈服，给了年轻一代精神成长强有力的支持。""善良的恶意"，也正是我在见君的这些呓语中读到的。

见君把诗歌对个体的思考和表现推进到了一个新的深度，但有时我也忍不住要追问，诗人对"个我"的探究到哪里才是边界？生命还有多少秘密可以在诗歌中言说？当我们过于关注诗歌的内指性，会不会放弃了更多？越来越深邃的理性探究会不会因为过于狭窄而失去它应有的力量？我想，诗歌终究是要从"个我"中升华，去寻找与大众情感的交汇，与人类思想的共鸣，在更为辽阔的空间和更悠远的时间维度上释放出亘古不变的意味。

五、状溢目前——李洁夫

刘勰《文心雕龙》论诗有"隐秀"，可惜原文只余残篇，什么是"隐"，什么是"秀"不甚明了。倒是张戒《岁寒堂诗话》中引用了两句保留至今："意在词外曰隐，状溢目前曰秀。"拿这个"秀"字给李洁夫，实在是再合适不过了。李洁夫的诗好铺排，形式上喜复沓，回环往复的句式较多，一首诗20行轻而易举。

如他的《放下》："放下书本、青春 / 放下 1986 年，马儿踏过 / 渐行渐远的蹄音 / 放下荣辱、沮丧 / 放下肉身、紧攥的拳头 / 放下谷物、爱情 / 放下本该静躺着的路 / 放下河流、山岚 / 让水展开、伸直……"再如《决定》："第一个夜晚 / 我说我要走了 / 我必须得走 / 第二个夜晚 / 我打碎了好多星星 / 我的影子立起来 / 与我久久对视 / 第三个夜晚……"其他像《生活啊，总有什么让我感动》《一滴水》等很多诗歌都不同程度存在这种形式上重章叠句的复沓结构。诗歌句式回环往复并非现代诗的发明，而是向中国传统诗歌的致敬。最早且最典型的代表就是《诗经》，《周南·芣苢》有云："采采芣苢，薄言采之。采采芣苢，薄言有之……"读来令人不知不觉间平心静气，只觉情意绵绵，岁月静好。类似这般在相同或相似的句式中反复皴染，以利于表情达意，在诗歌中形成韵律感，体现节奏感，几乎是抒情诗的最佳模式。

语言上，李洁夫的诗言之唯恐不尽其意，擅长将各种平凡朴素的语言放在一起，熔铸出华美的抒情效果，他的用语一般明白晓畅，但有时似乎过于追求语义的确定性，即使已经"状溢目前"，仍忍不住阐释的欲望。在"七子"之中，只有李洁夫试图在诗歌中解释词语，解说诗意，他使用"（）""——"这些非常明显的符号对抗诗歌语言的多义和含混。如《一只鸟在工地一闪就不见了》："一只鸟在工地一闪就不见了／在诗中，我这样写下／民工兄弟整天想着年底回家／迎亲的日子／他们的手却不敢闲着／（手里攥着的是回家的车票）……"

《在城市，对一棵草的命名》："就像征集这个城市的名字／一棵草／高过烟囱（你敢说不是你曾经踩扁过的那棵草吗？）／它现在带着露珠／路灯般照耀着城市／楼房高了／街角亮了／树木绿了／唯独一棵草／猝然地躲闪着来往的车辆／在一座城市的楼顶（三十层啊！）……"

再如《菊花：我们当它是一个动词》："亲爱，你看，有了爱，这个世界的一切都会动起来／——我的意思是说，在我们爱时，菊花，阳光，季节，相思／我们都可以允许它是一个动词……"

很难说这种阐释癖对诗歌来说是喜是忧，就像复杂多义的诗歌在接受领域冰火两重天一样，对于一首诗来说，最重要的从来就不是形式。李洁夫的诗中满满充溢着各种悲喜情绪，他就这么旁若无人、大张旗鼓地抒情，勇敢而真诚地袒露整个内心世界，构建出属于自己的情感王国。不过，如果诗人对这些饱满丰富的情感稍加提炼，适度地给读者留下一些想象空间，也许效果会更好些。

李洁夫的诗几乎使用了所有美好的、善意的、柔软的词语来歌唱生命中的一切美好，尤其是爱情。读完见君的诗，再来读李洁夫的《突然想收起心去好好爱一个人》《梨花》和《美好》,就像从大雾弥漫的黑森林来到晨光熹微的草地,忽然间陌上花开,令人直欲潸然泪下。如《美好》:

时常想起那年我们一起用过的牙膏、牙刷
蓝色的膏体里茶洁的味道
深秋的火车呼啸让季节有一丝恍惚
秋天、汽笛、牵手的车站和广场、滔滔的江水和油轮
——他们都像记忆里挤了一半的牙膏。每每想起它们
我的目光就成了温柔的井。我承认,这么多年,我一直
固执地待在自己的井里,刻意深陷,不愿自拔
此刻,沸沸扬扬的杨絮飘满了石家庄的天空
喧嚣的人流随着这座庞大城市胃部的蠕动
我突然发现自己这么多年居然从来没有赞美过
请原谅我的麻木和失语,我决定从今天起开始赞美
我承认我曾经的无奈和彷徨是美好的。犹如我人生的膏体
挤出来的那段清香
值得用全部的爱赞美和歌唱
未挤出来的
就让它在心里凝固

从来"穷苦之言易好,欢娱之辞难工",单凭李洁夫敢大张旗鼓地把"美好"列在诗题处,便足见其不凡。李洁夫笔下

的"美好"有形状，有颜色，有味道，不是概念，不是口号，更不是"为赋新词强说愁"。我们很难想象怎样在一首诗里让人对美好产生具体而鲜明的印象，但自李洁夫之后，美好，也许就是"蓝色的膏体里茶洁的味道"。

此外，一个无法逃避的事实是，"燕赵七子"平均年龄40岁，这个年龄的男人，大都事业小有成就，家庭稳定和谐，有固定的经济来源，在这个年龄，他们基本上已经与生活达成了某种程度上的和解。从一方面说，他们找到了面对现实的复杂荒诞的最佳方式，他们对人生的体悟透彻深邃，他们的诗就像真正武林高手持有的钝剑，不伤人，不伤己，只是剑气逼人；而从另一方面来说，就是他们不再具有直面惨淡人生的尖锐和力度，稳定必然对抗动荡，和谐融化了龃龉，年龄折旧了生命本身的疼痛。

所以，李洁夫不写人生的晦暗，不写现实的不堪，只是一再地像催眠自己一样，反复书写着美好和比美好更美的爱情，只是偶尔，仍不免流露出正能量之外的一些东西，让人看到他的隐藏和分裂。在他的《单身汉》的最后一节，在励志的"亲，人生短暂，你要快乐！"之后，诗人写道："每当这时 / 我就感到自己 / 有着使不完的力量 / 让我敢于在白天 / 攥紧拳头 / 而不让别人看到 / 手心的汗以及眼睛里的荒芜。"也许，这才是40岁男人内心深处最真实的懦弱和坚强。

六、意在词外——宋峻梁

中国古典诗歌讲究"含不尽之意，见于言外"，中国画也讲究留白，而要达到这种境界，避不开的途径就是练字。放到现代汉语诗歌中，就表现为对语义的提炼，对语言的锻造和词、句的安排。于此一道，宋峻梁显然深有体会。宋峻梁的诗深邃、凝练、朴实无华，选本中十行左右的短诗比比皆是，诗中的情感和思想含蓄内敛，引而不发，有一种繁华落尽见真淳的底气和淡定。

宋峻梁和李洁夫都是善于并且惯于处置个体经验的诗人，但二者面向生活的姿态和处理生活经验的方式都极不相同，相比于李洁夫对生活不遗余力地热爱和歌咏，宋峻梁似乎更愿意与生活现场拉开些距离，以严肃冷峻的目光，关注并思考个体在现实中的种种存在状态和生活体验，呈现出真实而痛切的个体生活史。

个人化的生活现实必然是碎片化、场景化的，宋峻梁显然很乐于撷取这些场景入诗，就像他在《两个人》里说的："我累了，停下来……"从纷繁复杂、扰攘喧嚣的世事中剥离出来，在相对静止的状态下勾勒一个孤独的思想者的形象，于宋峻梁来说，既是易事，也是乐事。

他在《大风中》写道："……我独自驾车，独自／在停车场打火／朋友行走在向北去的路上，他们一言不发／我穿越大街本能地躲避／无关的事物，看到他们退向身后／有灯光，也有流浪。"无疑，这是一首写动的诗，大风中的任何事物、人或其他，都动荡不安，然而即便在如此飘摇的氛围下，宋峻梁仍然成功地渲染出一种静止的状态。诗中的"我""看到他们退向身后"，这是最基本的相对论吧，当自身高速运动时，自己反而感觉不到，而只能看到参照物在后退，一如在动车上。于是，"我"明明在驾车，在"穿越大街"，在"躲避"，但在诗里，"我"给人的感觉却是静态的、沉思的、旁观的。这首诗从题目到内容都在动，偏偏生成一种静止的、电影截图般的效果。在大风中，在急速摇摆的不稳定环境中，诗人面对快

59

速运动的自己和"他们",仍然力持镇定,仍能心有余力地打造一个相对静止的现场,仍能在其中静谧地思考,令人叹服。而这一切都源于诗人对思想的迷恋和切入生活现场时刻意保留的距离感。

《不知道那是些什么花》说:"我坐在那个校园/凉凉的石凳上/周围的花真多,都开着/这个早晨/校园里的湖南少女/在一个水池边走来走去/看自己的倒影/和游在水里的鱼/而那些花呀/一副情窦初开的样子/碰我的脚踝/看她们空空地摇晃/我真不忍心走开。""我"一来便坐下了,静静地看着少女、倒影、游鱼和那些摇晃的花,任尔东西南北风,我自岿然不动。

《疼痛》里说:"……疼痛在一开始/还不真实/直到闪着金属光泽的钢丝/把一片片骨头/连缀起来/手术室很干净/窗帘把阳光严严实实地挡住/他亲眼看到/戴蓝色口罩的女医生/穿针引线/像缝一只/露脚指头的布鞋。"实际上,终这一首诗,疼痛仍然不真实。"穿针引线/像缝一只/露脚指头的布鞋",在肉体被物化之后,疼痛带给人更多的是违和感。

理性和距离感,是宋峻梁的诗给我的最鲜明的印象,对美,他是有距离的欣赏,淡淡地流露情绪;对痛,是有距离的描摹,不动声色地勾勒感受;对生活,他始终竭力拉开距离,客观而又敏锐,他的热情从来不像李洁夫那样直白,倒更像是掩藏在冰冷花岗岩下的熔浆,滚烫却从不肯溢出。这样做一面是尽力保持生活的本来面目,不让自己的情绪遮蔽生活的本质;另一面却是努力给自我留下一段安全距离,让"我"不致被生活的变化多端、扰攘复杂所湮没。

这种距离感的确使诗人的思考更加冷静、深邃、透彻,如他的《公交车行驶在大街上》:

公交车行驶在大街上

车门总是夹住最后一个人

一块钱就能

坐到终点站

这在理论上是可行的

可是那么多人提前下了

有人手里拿着喜帖

有人两手空空

公交车依次报着站名

超市，政府机关，幼儿园

学校，公园，汽车修理厂

中介服务中心

一个寺庙

或者一个莫名其妙的地方

当然，也有人从终点站上车

以那里作为起点

车门也总是夹住

最后一个上车的人

  在当代诗歌背景下，公交车是一个极富象征意味和生命内涵的工具，伊丽莎白·毕晓普的《麋鹿》也是以一辆巴士为媒介，描绘了一场生命的旅程。线性的特点，对旅程的隐喻，这条纵向的时间轴足以承载诗人对人生和现实从何处来、往何处去的无限思考，在这段旅途中，人被抽象成一个概念，只有不断报出的一个个站名证明人类的存在或者曾经存在。当生命历程被极简化为单调的线条，人类反而能够从中更加清晰地看出存在的荒诞和生命本身的无意义。

　　但是对诗人来说，恐怕理性和距离感是一柄双刃剑，对于这一点，宋峻梁自己似乎有所感悟："是什么禁锢了自己……我在夜晚踩住了晃动的大街。"（《是什么禁锢了自己》）挥之不去的禁锢感究竟源于现实的桎梏还是自身的纠结，在吃掉瓶子，撕掉衣服，割开皮肤之后，诗中的"我""没有看到黑暗"，他看到的是："壁虎在屋檐下吞吃苍蝇 / 鸽子悄悄地敛住翅膀。"而"我"，"在夜晚踩住了晃动的大街"。所谓的"禁锢"，终究还是在于他进入现实的角度和姿态，那只"踩住了晃动的大街"的脚，仍然是企图在不稳定中寻求一种相对的稳定，一种暂时的静止，一种隔离的冷峻，这种努力至少现在看来收效甚微。冷静对人来说从来就是一把双刃剑，对于诗人，伤害就更大了。宋峻梁的诗从某种程度上来说，还是欠缺了一些主动的诗歌史意识。他似乎很满足于自己边缘化的处境和进退自如的处事方式，表现在诗歌里就是缺少了一些人间烟火气，没有对现实强烈的批判精神，也缺乏对美的热切歌颂，虽然真水无香，却到底失于太过平淡。

　　从诗歌语言上来说，宋峻梁像个高超的魔术师，他从不过分着迷于词语本身的隐喻性，但是通过对诗歌内容的驾驭和节奏的安排，他成功地让这些诗作达到了"含不尽之意，见于言外"的境界。韩文戈说："他诗歌节奏、气息的不紧不慢、舒缓自如，语言的质朴，既是他现实生活里的真实状态，又应该看作是来源于他生活中的那种自信在他作品中的反映。"窃以为然。

七、最后的骑士——石英杰

石英杰的诗歌最大限度地呈现了一个诗人的野心，或者叫抱负，他的诗歌史抱负。他一直力图透过光怪陆离的现象直抵生活的本质；力图穿越时光之河的片段追溯这个多舛民族的历史在个体生命中的投影；力图通过种种探究将历史和现实，现象和本质叠加、对照、比较，从纵的和横的角度观照整个人类文明的发展史。在这个被现代化的日新月异碾压的时代，在一切现实被空间的叠加分割得支离破碎的时代，在人类沉溺于庸常、挣扎于庸常又死于庸常的时代，他执着地挥舞着自农耕文明继承下来的镰刀和弓矢，妄图撼动所谓现代性加诸这些黄土抟就的人儿身上的锁链。他的背后，那些生锈的刀和弓拼成一个大写的词——历史。

石英杰的诗歌写作，很容易从当年的白洋淀诗群那里找到根脉，当年那些"流窜"到白洋淀的知识青年，凭着"这最基本的人性要求折射了一个时代的匮乏，造就了一代的诗歌英雄"（王光明《现代汉诗的百年演变》）。北岛说："我并不是英雄/在这没有英雄的年代里/我只想做一个人。"在泯灭人性的年代公然将作为个体的人大咧咧地写在诗歌里，诗歌和诗人自然就成为时代的先锋和英雄。只是，这样的诗歌英雄主义发展到石英杰这里的时候，英雄面对的已经不再是政治权威的大棒而是消费时代的众声喧哗。所以，石英杰写："我背负的河流之上，正刮过一场秋风/它席卷着黄沙，又被黄沙所遮蔽/它不会认出这条河流/不会看到葬在河流下面的我/不会看到瓦解的英雄、损坏的竹简、生锈的镔铁剑。"英雄没有对手，却被一群宵小夜以继日的腐蚀侵扰。沉重的历史感，个人的英雄情怀与荒唐烦琐的日常在石英杰的诗歌世界里开战，以至于

63

我们每每在他的诗里读到一片白骨无人收的苍凉，听到他心在天山、身老沧州的无奈。

石英杰的幸或不幸都源于他的故乡，那个以"易"为名的地方。这里足以载得起他再多再重的追思和回溯。千年前的风云变幻熔铸成诗歌中的荡气回肠，成为燕赵儿女的集体记忆和文化积淀："风萧萧兮易水寒，壮士一去兮不复还。"其实，我在很多年后才渐渐懂得了这几句诗里那种生人作死别的悲壮惨烈，但这并不妨碍"易水"以此深入人心。"易水"因它的"寒"而闻名，因一首诗而闻名。自此，这条河在两千多年的时光中被一层层反复皴染，涂成了今天堪堪代表整个燕赵风骨的颜色，成了除黄河长江之外，中华民族文明史上知名度最高的河。易水，早已不是自然地理意义上的河流，它是被无数膜拜英雄的人们神化、史化、诗化的一个符号，一个象征。出生在易水河畔的石英杰，何其有幸，得此地利之便；又何其不幸，自人之初便被浓浓的历史人文气息包围，自觉不自觉地皈依了某种被历史认为合理的道德法则和伦理标准，再不肯将一个自然人的嬉笑怒骂、肉身欲望入诗。他几乎一直是自觉自愿地把自己献祭给易水，他的故乡，他的精神家园。如《易水，我深爱的河流》：

  我深陷于版图——
  你在我的背上
  流淌着。漩涡裹挟着泡沫
  抚摸着龟裂的朝代
  抚摸着密密分布的丘陵、平原
  背负起上游和下游，背负起断代史
  河水荡漾，掀开伤口

一百年，一百年

露出星光照耀下的异乡

你像泪水流淌着

在我的脊背上刺青，文身

你像流民呜咽着

用狼毫笔写下草书与楷书

写下八卦、传说、族谱、庙号

我匍匐着，拿出整个胸脯

去爱满地的沙砾和卵石

去爱消失的倒影、淤泥

我这样爱你：用后背替代河床

为你持守，为你湿润，也为你干涸

我的灰白的尸骨，抬着古朴的诗篇

抬着悲怆的河流，抬着怀抱落日的河流

抬着贫穷的喝劣质酒的父亲

抬着干瘦得能数出肋骨的父亲

抬着塌下腰来的父亲整夜整夜地咳嗽

我背负的河流之上，正刮过一场秋风

它席卷着黄沙，又被黄沙所遮蔽

它不会认出这条河流

不会看到葬在河流下面的我

不会看到瓦解的英雄、损坏的竹简、生锈的镔铁剑

石英杰就像传说中的小虫蝜蝂，"遇物则取而负之，虽困不止"。在他的背上，背负着对故乡的哀其不幸，怒其不争；背负着对以父亲为象征的家族命运的忧虑；背负着对历史文化传承的种种焦虑和不甘。现代社会，随着交通的便利，距离的

65

消失，异乡被日常化、庸俗化，远方的风景不再美丽；而人们所熟知的故乡，正在不知不觉中渐行渐远。但石英杰仍在徒劳地挽留曾经的"八卦、传说、族谱、庙号"，仍在"匍匐着，拿出整个胸脯/去爱满地的沙砾和卵石/去爱消失的倒影、淤泥"。因为，故乡就是父亲啊！贫穷、干瘦、塌下腰来的父亲就是故乡的化身，是诗人血脉的来处，是诗人灵魂的存放之处。可是，终究，"我背负的河流之上，正刮过一场秋风/它席卷着黄沙，又被黄沙所遮蔽/它不会认出这条河流/不会看到葬在河流下面的我/不会看到瓦解的英雄、损坏的竹简、生锈的镔铁剑"。诗的结尾无奈悲怆，诗人就像与风车战斗的堂吉诃德，又像孤身入秦充当刺客的荆轲，知其不可为而为之，明明是英雄末路的悲凉绝望，偏偏每一句诗里都是满满的壮怀激烈，令人感佩。

他在《荆轲塔是件冷兵器》里说："将枯的易水越来越慢/像浅浅的泪痕/传奇泛黄，金属生锈/那名刺客安睡在插图里/天空下，那个驼背人/怀抱巨石一动不动/他的头顶/风搬运浮云，星辰正从时间深处缓缓隐现。"来自亘古的呼唤萦绕于心，面对时间的流逝、岁月的更迭，诗人的笔端饱蘸历史感、沧桑感，浓墨重彩挥洒出的都是一个清醒的知识分子（也许还有一个新闻人）对中华文明的担当和责任。

也正是基于这种积极主动的责任意识和担当情怀，石英杰书写的从来就不仅仅是他个人的生命体验，他的诗里，既是个体的人生，也是他者的人生。他致力于把自我从躯壳中剥离出来，严肃审视这出离的灵魂，同时审视无数个与他相类的灵魂，寻找千千万万个"他"身上烙印的伤痕和苦楚。但这种审视的姿态和对群体共通体验的书写却往往对诗歌中可感可触的痛感和生命的热度形成了阻碍。石英杰的很多诗歌在批判现实和历史想象的维度上显得有些用力过猛，个别作品甚至出现了图解历史的倾向，牺牲了诗歌的温度和个性。

《桃花劫》，如此香艳的题目下引领的却是："谁都没有看到那个人。在半山坡，他穿着隐身衣／坐在冰冷的青石上，看着含嗔的女子们一一老去／从头到尾看完了一个又一个春天，匆匆看完了她们妩媚的一生。"这就是石英杰介入生活的姿态，站得也许不远，但始终如隔着冰冷的镜头，旁观，怀着同情、悲悯和清醒者的自负。当"他"面对美的时候，既不是李洁夫似的热情歌咏，也不是宋峻梁似的淡淡品味，而是习惯性地追溯探究，竟从这些妩媚中看出了沧桑，看出了荒凉，看出了几分红粉骷髅的佛心。这样的写作，深刻隽永，在更容易收获共鸣的同时，也在他的诗歌中形成了一种堂皇正大的氛围，一种"诗"无不可对人言的感觉，从而在一定程度上牺牲了诗歌的私人化味道。将他的《拔钉子》与《我的爱该从哪里开始》相比较，除了情感上直露与含蓄的区别，语言上口语与书面语的区别之外，《拔钉子》的写作显然更加私人。这首诗是诗人写给自己的，用来慰藉自己灵魂的痛楚，用来宣泄无处安放的思念，在写作之初显然没有一个预设的读者在诗人的书案旁，所以这首诗带给人的震撼也不同于另一首："妈，你走之后／我一直使劲往外拔钉子……可钉子居然越拔越深／妈，是谁死死咬住它不肯撒嘴。"尤其是最后一句，这一声"妈"，直抵人心。

东篱、晴朗李寒、北野、见君、李洁夫、宋峻梁、石英杰，"燕赵七子"在他们各自的职业身份掩护下坚持诗歌写作最少的也要在十年以上了，民间的身份和写作过程中日渐自觉的知识分子精神构成了他们诗歌态度的主要成分，所以，他们不约而同地选择了该边缘的时候边缘，该坚守的时候坚守。并且，不彷徨，不游移，不抛弃，不放弃。我想，这就是燕赵大地上几千年传承不灭的人文精神，所谓的"燕赵风骨"。

　　2017年，人们都在说新诗百年。这一段说长不长说短不短的时间，新诗却走过了足以把这段时间拉得很长很长的复杂曲折的路径。面对威赫赫绵延千年的古代诗歌，新诗在内容形式上都仍然难以媲美，这也让新诗承受了很多本不应有的非议和责难。但面对时下复杂多变的中国经验，也只有新诗和它的作者们一步步从精英回到民间，回到大众，回到烟火人间，回到心灵深处，艰难探索着真正的诗歌创作之路。"路漫漫其修远兮，吾将上下而求索"，在一百年的节点上，《诗刊》编辑、诗人刘年说："我们正处于新诗写作的黄金时代，也处于新诗传播的黄金时代。"

新世纪以来诗人的城市群落式生存
——"新保定诗群"形成、发展及其创作研究

新世纪第一个十年,"新保定诗群"的出现显然既非孤立也非偶然,几乎同时出现在河北诗坛的还有唐山的"凤凰诗群"以及邯郸、衡水、承德、张家口等地的诗歌群落,这些诗群的共同点是它们大都以平民业余诗人为主体,成员们生活经历相似,因在共同的城市居住而导致诗歌交往频繁,彼此间有较多的思想和诗艺上的交流与认同;诗群最初并没有共同的创作主张和审美追求,但在诗歌交往中逐渐呈现出趋近的审美倾向;因其组织的松散和审美主张的自发性,诗群还远未达到成为一种文学流派的程度,而仅仅呈现为一种松散的以诗歌为媒介的群落栖居形态。

这种以中小城市为中心的诗歌群落在新世纪的不断涌现,体现了在工具理性和消费主义主导的当下,人对自身主体性的追求和对存在空间进行诗意建构的企图。当中国人携带着几千年农耕文明中形成的人与自然的矛盾统一进入现代社会,通过契约精神、秩序法则等建构起来的社会组织和空间存在形式,在很大程度上对人的自然性和感性的一面造成了挤压和逼迫。人在现代社会中是生存而不是栖居。权力以新的方式无所不在地监督控制着个体存在,人们在学校、工厂、机关中习得并且接受、遵守这些权力规训,一切溢出和超越都必然受到权力的

遏制。与社会组织的高效有序相对，日常生活在个体身上往往显现出沮丧、颓废、迷茫、放纵的一面。于是，有条件并且有一定文化水准的人会选择文学艺术作为帮助自己追求并实现自身主体性，感受自由和公正的方式，并以此来摆脱日常生活的遮蔽。相较于强大的社会秩序和权力规训，个体显得越发渺小无力，他们本能地需要与其他兴趣爱好相似的人结成群体来确证自身追求的合法性，在对方那里发现自我，实现自己的目的，发挥自己的作用。从某种意义上来说，这就是基层诗歌群落不断出现的社会学背景。

"新保定诗群"的出现一方面源于诗群活动的现实存在性，诗人们在频繁的集会、结社（前期参加"文友会"诗歌组活动，后期成立了保定市青年诗人学会）等文学实践活动中逐渐形成了相近的艺术特点和趋近的审美追求；另一方面则得益于评论界对其进行的"群落"性归纳和命名。2010年第7期的《诗选刊》上，桫椤在他的《从"白洋淀"到"古莲池"——"新保定诗群"诗歌创作综述》中谈道："作为一个地域性诗歌群体，'新保定诗群'具有地域相近而人员广泛、活动紧密而创作自由、规模较大而成绩显著的群落特征，但没有形成流派。"[①] 在这篇文章中，桫椤对他认为属于这个诗群的十几位作者的创作情况进行了系统分析综述，为后续"新保定诗群"研究提供了宝贵的资料。霍俊明在《从地缘政治到本土场域的"北方"诗歌——论"新保定诗群"》里谈道："而我想'新保定诗群'作为诗学命名和写作现实的出现为我考察这种

---

① 桫椤：《从"白洋淀"到"古莲池"——"新保定诗群"诗歌创作综述》，见《诗选刊》2010年第7期。

特殊的诗歌地理图景提供了非常好的机会。"① 他从地域诗学的角度来看待"新保定诗群",将之与"白洋淀诗群"加以比较,试图勾勒出"新保定诗群"的历史传承与空间地理属性。

正是评论家的发力使"新保定诗群"的群落性质得到指认,并以此形式出现在诗坛。但桫椤和霍俊明的文章分别写于2010年和2011年,彼时"新保定诗群"尚处于爆发阶段,对于诗人们的创作情况和诗群整体发展的研究尚缺乏必要的时间距离,这也使得十年后的今天再重新审视这一命名并将之置于现代性和空间视域下考察其发展脉络及其阶段性历史地位成为必要和可能。"新保定诗群"是如何诞生在保定这样一个被认为是保守传统的北方城市,其成员的创作在各种文学思潮、市场因素以及权力影响下呈现出何种样态,诗群十年之后何以为继……这些都是本文关心并试图解答的问题。

一、文学环境与文学体制

(一)文学环境

保定曾经是一个文化繁荣、作家辈出的地方,作为原河北省会所在地,梁斌、孙犁、徐光耀等老一辈作家使得保定的名字与"红色经典"联系在了一起。罗兹·墨菲在《亚洲的城市化》中指出:"(亚洲)城市的位置是按照它的行政功能选择

---

① 霍俊明:《从地缘政治到本土场域的"北方"诗歌——论"新保定诗群"》,见《诗歌月刊》2011年第7期。

的，而不是着眼于它们的商业利益。"①省会对于保定城市建设和文艺发展的意义重大，省委省政府机构和大量文化艺术单位驻跸于此，使得保定不论是从文艺人才队伍、文化活动组织还是文艺作品的出版传播方面来看，都毫无疑问处于全省领先地位。但是历史原因造成保定后来失去了河北省省会这一重要行政功能，直接导致保定城市地位的迅速下降和文艺事业的日渐萎靡。

新时期以后，特别是80年代到90年代初，"保定地区文学讲习班"、河北大学作家班陆续举办，一大批文学爱好者从此走上文学创作道路。彼时，保定有《小说选刊》《荷花淀》《莲池》（刊物之间有先后相继关系）等文学刊物，有铁凝、谈歌、韩映山、陈冲、阿宁、申跃中、赵新等一大批专业作家，有徐顺才、毛兆晃、钟恪民等一批优秀编辑。莫言在80年代也曾经是保定文学活动中的常客。但大城市特别是正在发展中的新省会——石家庄的虹吸效应很快显现，铁凝、陈冲、谈歌、阿宁陆续调到石家庄，莫言到解放军艺术学院学习，韩映山、徐顺才在年富力强之时去世，薛勇、邢卓、李保田等专业作家提前离岗，保定文学人才出现严重断档。再加之随后的地市合并过程中，刊物被合并改版，最后仅存的正规出版物《小说选刊》被改为《青少年文学》，成为面向青少年的辅导性刊物。

90年代后期随着市场经济发展，在文学整体边缘化的趋势下，作家要么走向市场，要么返回书斋。保定文坛也很快沉寂下来，《青少年文学》再次改版为《推理世界》勉强维持，

---

① [美]罗兹·墨菲：《亚洲的城市化》，见[美]路易斯·芒福德等著，彭犀帧、刘传珠译：《城市化与现代管理：亚洲经验》，南昌：江西人民出版社，1991年，第28页。

文学活动也越来越局限在较小的文学圈子之内,保定文联、作协在文学领域内的影响力日渐萎缩。特别需要注意的是,即使保定文学最为繁盛之时,保定的诗歌创作也一直处于比较冷寂的状态。70年代末80年代初产生了重要文学影响的"白洋淀诗群",其交流和写作虽然发生于保定地域范围内,但他们真正产生社会影响却是在主要成员返京后。保定本土比较著名的白洋淀渔民诗人李永鸿,其作品有着强烈的民歌风格,更多的是与50年代"新民歌运动"保留着比较明显的血脉联系。相对于一度热闹非常的小说创作,保定诗歌显得分外寥落。当然,这并不意味着保定没有诗人和诗歌创作活动,只是诗人们分散各地,彼此之间并没有太多交往,也缺乏发表、发布作品的平台,以至于乍看上去保定似乎成了被诗歌遗忘的角落。

值得注意的是,新世纪以后,早已离开保定的"白洋淀诗群"成员展开了重回白洋淀的"文化寻根"活动。这些当年被白洋淀接纳的十几岁青年、少年,在走过人生和创作的漫长路途之后重新回到曾经孕育过他们诗情的地方。当年白洋淀给予他们的,是地理意义上的栖居之地,而此时他们则选择以文化反哺他们的创作原乡。

林莽、芒克、根子等人都曾回到当年插队的安新县大淀头、北何庄村寻访当年留下的足迹,访问当年的朋友。不仅如此,林莽任主编的《诗探索》杂志多次将各种诗歌采风、创作、研讨活动放在安新白洋淀举办,很多保定诗人参与了这些诗歌活动;他们的很多作品也得到了林莽、刘福春、蓝野等诗人、编辑的指点评校;《诗探索》还在保定徐水区设立了记者站,以便在保定发现、联络青年诗人。与"白洋淀诗群"成员的寻根活动相应,安新县在大淀头村建立了"白洋淀诗歌群落纪念馆"。地方政府以空间和实物的形式来纪念一种当代文学现象,显然不仅具有重要的文学意义，更是文学参与当地文化空间建构的重要方式，这使得诗歌在一定范围内拥有了重回神坛的可能。于是，"白洋淀诗群"登上文坛的三十年后，他们在新时期以来中国新诗发展中的收获逐渐在保定氤氲开来。

（二）文学体制

关于中国所特有的文学体制、机制对文学发展的作用虽然有过各种各样的讨论，但对于基层文学生态来说，文学体制的力量仍然是不可轻忽的。各级作协通过吸纳作家加入"组织"，成为"会员"，认可其作家身份；文学刊物通过发表作品来引导创作潮流，对作家的创作成就进行认证；各级各类文学奖项则是对作家成就更为明确的彰显和表扬。体制的作用在基层作家于创作的起步阶段尤为重要。在"新保定诗群"的形成过程中，河北省作协、保定市作协都发挥了体制所能发挥的最大的激励作用，特别是省作协"青年诗会"、市作协"文友会"都以其相对专业的组织形式为青年诗人的大量涌现打造了鲜活生动的话语现场。

2006年12月，保定市作家协会完成换届工作。刘素娥当选为第五届保定市作家协会主席，张劲鹰当选为秘书长。与以往不同的是，本届主席团中增加了一批年龄基本在"70后"的副秘书长，这些人甚至以前从未进入过传统上的保定文学圈子。石英杰、于忠辉（后改笔名桫椤）、袁军、闫逶迤、黑马（原名肖旭亮）、燕歌（原名石博）当时年龄都在45岁以下，都是业余作者，职业涉及记者、公务员、县域内刊主编、自由撰稿人，创作领域涉及诗歌、小说、散文、文学评论、通俗文学多个门类。今天看来，这些人的加入，是保定文学体制摆脱圈子化、贵族化，转而向基层和大众倾斜的一次积极尝试。文学体制和民间力量在对于保定文学的共同想象基础上形成了一定程度的共谋，这为新世纪保定文学的健康发展赢得了空间。

新一届作协集中力量打造的品牌活动，就是作协"文友会"。而正是"文友会"活动，为"新保定诗群"成员的聚集和整个群落的形成做了最好的准备工作。"文友会"始于2006年8月，作家协会换届之前，刘素娥以文联副主席的身份组织当时较为活跃的民间作家开会，讨论如何活跃保定文学创作，凝聚作家队伍。在这次会上，形成了关于组织"文友会"的初步设想。新一届主席团成立之后，每位副秘书长负责组织一次"文友会"活动，活动不设任何条件限制，所有热爱文学的人自愿参加，最初每月举办一次，后改为每两月一次，采取作品研讨、文学讲座、外出采风、诗歌诵读等多种形式，活动地点主要设在文联会议室，活动结束后所有与会人员AA制就餐。

这种分担活动费用的方式使"文友会"较少地受到权力直接干预而较多地保持了"同人"活动的特点。不设门槛保证了"文友会"活动影响人群的最大范围，来去自由保证了大家的确是在共同志向和爱好基础上聚集到一起的，而市作协的官方背景又使得这一活动不会因个别成员意见不一而致无法延续。正是这种半官方半"同人"的性质使得平等而较为纯粹的文学交流在"文友会"内部成为可能，这对于良好文学生态的形成是至关重要的。

在"文友会"组织的作品研讨活动中，诗歌组逐渐成为最为活跃的文学现场。为保证研讨的针对性，每次"文友会"活动都会分为小说和诗歌两组，分组之后主持人的作用逐渐凸显，小说和诗歌中都有一些成绩较为突出的作者逐渐成为掌握各组话语权的人物，而这种研讨也为优秀评论家的出现奠定了基础。桫椤文章中谈到的"新保定诗群"的骨干成员——石英杰、李点儿、霜白、七叶、陌上吹笛、苑楠、易州米、谷雨、蒲力刚、自明等人都是"文友会"诗歌组的活跃分子，其中石英杰以作协副秘书长的身份多次主持诗歌组的讨论。这些参加文友会的诗人不仅对自身的诗人主体性有了越来越明晰的认知，而且活动本身也是他们不断进行自我塑造的过程。在走过最初的蒙昧和迷茫之后，他们中的很多人都迅速找到了自己的创作方向，创作水平得到极大的提高。

随之，越来越多的保定诗人被河北省作协发现并接纳，很多人被邀请参加"河北省青年诗会"，从此走出了保定诗歌的小圈子，拓宽了他们诗歌交往活动的范围。"河北省青年诗会"是河北省作家协会诗歌艺委会依托《诗选刊》杂志组织的河北青年诗人的年度盛会。诗会遴选年龄在40岁以下，具有一定创作实力和潜力、已经在文坛崭露头角的青年诗歌作者参会，会议期间以交换作品、分组讨论、专家授课等形式开展诗歌活动，旨在培养并向全国推介河北青年诗人。诗会初办于2008年，前七届每年举办一次，截至2019年已经举办了九届，发展成为河北诗歌的一大品牌活动。历届参加的青年诗人达700多人次，凡已经参加过的青年诗人原则上不重复参会。截至目前，保定共有37名青年诗人参加，这些人几乎都成为"新保定诗群"的骨干力量。

关于"文友会""青年诗会"之所以对诗人具有如此大的吸引力，常常会被庸俗化解释为作品发表渠道、专家辅导等文学资源的获得便利，但这并不能令人满意。被称为"权力哲学家"的福柯认为权力总是通过对人的排斥、区分和隔离来发挥作用，他是在论及疯癫的时候谈到这一点的。商品经济和大众文化通过对诗人的妖魔化来实现对诗人的区隔，使之在大众视野下逐渐成为一种异类。而"青年诗会""文友会"的重大作用便是在其具体的活动现场建构起一个完全的诗歌语境，反其道而行之，实现对大众话语中关于诗人的妖魔化叙述的隔离。也就是说，在"青年诗会""文友会"营造的话语环境中，公然谈论诗歌是合理合法而且被鼓励和赞扬的，基层作者得以在这个环境中出离其日常身份，摆脱日常生活对诗意的遮蔽，得以获得对日常生活的诗意凝视并以诗意语言实现对日常生活语言的反拨。某种程度上来说，"青年诗会""文友会"在现实生活的喧嚣中为诗人建构了一个"异托邦"，辟出了一片不在"世外"的"桃源"。正是这种鲜活的诗歌话语"异托邦"的存在，使得一大批基层业余作者在很短的时间内实现了自身创作主体性的确立。正是随着诗人主体性的确立，基层作者们主动精研诗艺，迅速提升自身文学创作水平，并拥有了发展为职业作家的可能。

与此同时，作为文学体制的重要手段，文学刊物也对青年诗人的成长起到了推波助澜作用。保定市作协《荷花淀》于2017年复刊，复刊后的《荷花淀》只是获得了准印证的"内部资料，仅供交流"，但正是这种"妾身未分明"的状况使它保留了"同人刊物"的部分特点，纯文学标榜使它迅速获得诗人、作家们的认同。如果说"文友会"活动更多的是对诗人的培养产生作用，那么《荷花淀》就是针对诗歌作品发力。河北省作协主办的《诗选刊》也全力推介青年诗人，"新保定诗群"的正式亮相便是以2010年7月《诗选刊》专栏推出13位保定诗人的作品并配发重要评论为标志的。社会学和大众传播学家拉扎斯菲尔德认为，大众传播媒介具有"授予地位"的社会功能，它对任何事物的肯定性传播均能使后者"合法化"，并能使其重要性急剧上升。[①]随着刊物的传播,青年诗人的创作得到了来自意识形态部门、新闻媒体和读者诗友的广泛关注。

2012年,保定市作家协会决定从次年开始设立"荷花淀文学奖",用来奖励在《荷花淀》刊登过头条作品和为保定文学做出突出贡献的作家和诗人。首届荷花淀文学奖共设小说类、散文类、诗歌类一、二、三等奖,韩梦泽、杨守知、冬雪、刘川北、石英杰、苏北田禾获一等奖,共有44名作家和诗人获奖。颁奖典礼设在一年一度的"迎春诗会"现场,且该奖项一直延续至今。

文学体制正是通过组织机构、文学刊物、文学奖项不断实现对诗群成员身份的指认,并将其纳入体制的运行程序。一边是诗人们不断地走出去,参与其他地市和河北省的诗歌活动;另一边是保定成功邀请到了郁葱、大解、刘向东、李浩、霍俊明、刘汀等众多诗人、作家、编辑前来讲座、研讨、交流。这种对内有序、对外开放的良好文学生态直接酝酿并推动"新保定诗群"亮相河北文坛。

二、诗群的形成

(一)媒介的力量

前面提到文学体制对诗群成员身份确立和作品发表起到的重大作用,诗群成员聚集之后,逐渐开始了走出去的历程。2008年,霜白、李点儿、陌上吹笛参加了在张家口举办的河北省作家协会第一届青年诗会;2009年,张劲鹰、石英杰、

[①] 转引自许志英、丁帆:《中国新时期小说主潮》,北京:人民文学出版社,2002年,第42页。

苑楠、谷雨、七叶参加了在唐山举办的第二届青年诗会；此后每年的青年诗会都会有保定诗人参加，第五届青年诗会更是直接在保定市易县举办。正是在走出去的过程中，保定青年诗人看到了自身的成绩和不足，也逐渐产生了集团出发的设想与需要。作为诗群主要成员之一，石英杰的记者身份也为诗群与媒体之间的良好合作打下了基础。

媒体发达带来的传播业兴旺是现代城市的重要特征之一。即使在一个并不发达的三线城市如保定者，也充分感受到了新媒体后来又发展为自媒体的巨大力量。文学创作与接受从来就是不可分割的，如同建筑学上的互锁结构。只是，在传统的文学创作中，发表或者出版过程中的选择性和滞后性使得创作与接受被人为割裂，作家往往不得不在一个无人喝彩的环境下坚持创作。然而随着时代变迁，大众传媒的迅速发展为文学的传播和接受带来新的机遇，就在很多传统作家仍然无所适从之时，"新保定诗群"的诗人们已经不仅在博客上发表作品，通过网上交流形成庞大的诗歌创作群体，还成功地利用身边一切环境因素和媒介手段，在很短的时间内从隐性的诗人个体写作迅速崛起为显性的文学群体现象。

2010年7月，《诗选刊》开辟专栏，推出了保定本土诗人群落——"新保定诗群"，刊发了13位青年诗人的作品，并配发了桫椤的综述。中国新闻社专门对此进行了报道。随后，新华网、人民网、中国作家网、《文艺报》等30多家网络和平面媒体也跟进关注了这个群落。9月份，在河北省第三届青年诗会上，河北省作协党组书记相金科发言论及河北青年诗歌创作时，对"新保定诗群"给予了充分肯定。此后，在诗群个人博客和新闻网站上，桫椤的《历史传承、地域诗性与网络互动——作为个案的新保定诗群》（2011年）、《个体经验和市场封锁下的群体突围——再论新保定诗群》（2012年）、《保定诗歌30人点评榜》（2014年）等多篇文章以及他与石英杰关于"新保定诗群"未来发展多次隔空问答都在保定乃至河北文学领域内引起了较大反响。网络媒介以及后来的自媒体为诗歌写作、发表和传播扫清了障碍，没有门槛的准入催生了诗歌领域的一片繁荣景象。霍俊明曾说："2015年是名副其实的'微信诗歌年'，诗歌正在以不可思议的速度进入'微民写作'和'二维码时代'。"①

但这种繁荣背后却也潜伏着当下诗歌质量的良莠不齐和审美情趣的浮泛雷同。媒体已经不仅仅是作为一种传播手段来影响诗歌，它正在从审美、语言、结构等多方面形塑当下诗歌。"新保定诗群"的创作在这样的时代语境下，也面临着迷失的危险。在这种背景下，自2014年冬开始，石英杰领衔的保定青年诗人学会开始组织"保定诗歌年度排行榜"评选和"保定诗人群展"，邀请省内知名诗人、学者担任评委，对所有作品进行盲评，选出上榜作品并将作品辑印成册。排行榜和群展的出现意味着"新保定诗群"已经超越了最初的自发状态，主动进入对诗群作品经典化的过程。这也意味着诗群内部逐渐形成了趋近的审美取向和艺术追求。

（二）新的诗写群体

桫椤说："当下'新保定诗群的'骨干成员既有生活在保定市区的李点儿、霜白、七叶、雁无伤，也有生活在县（市）的石英杰、陌上吹笛等，他们中有工程师、教师、自由职业者，也有清苑县'四季风诗歌艺术创作中心'里的大量农民诗人；

---

① 霍俊明：《2015年诗歌：二维码时代：诗歌回暖了吗》，中国作家网：http://www.chinawriter.com.cn/zs/2016/2016-01-15/263266.html。

从年龄上看，他们多是 70—80 年代出生，正处在创作的旺盛期。"①新诗写作中常见精英书写与民间书写之分，但二者间的分野并非一成不变。既有精英知识分子始终坚持民间立场，也有民间写作者被权力话语招安后转向精英立场。身份和立场的驳杂带来诗歌形式内容上的多样。"文革"时期发生在保定的"白洋淀诗群"虽然一再被拿来与新保定诗群做各种追溯比较，但归根结底，以知识分子为主体，以"流窜""路过"为居住姿态的白洋淀诗群仍然属于精英化的诗歌写作，与"新保定诗群"在人员构成、身份自觉和创作角度上都有着本质差异。但这并不意味着"新保定诗群"就是民间写作，只能说诗群的成员的确是与传统知识谱系中"诗人"所不同的人，他们不是贺敬之、郭小川，也不是食指、多多。

陈平原先生在《近百年中国精英文化的失落》一文中曾论及"平民文学"，他说"'五四'先驱者心目中作为德谟克拉西精神在文学界的具体体现的'平民文学'，既反'贵族的文学'，也反'游戏的文学'……"②或许，"新保定诗群"的写作更类似于这种当年为"五四"先驱提倡而不可得的"平民文学"。他们毫无疑问是真正的平民阶层，但又有着近乎理想主义的坚持。90 年代以后知识分子和他们的理想主义在市场经济冲击下或被招安或躲进小楼成一统，通俗文学大行其道。但在新世纪的第一个十年，恰恰是在这些平民阶层中生发出了新的理想主义，他们用自己对诗歌的虔诚信仰，为理想主义添

---

① 桫椤：《从"白洋淀"到"古莲池"——"新保定诗群"诗歌创作综述》，见《诗选刊》2010 年第 7 期。

② 陈平原：《近百年中国精英文化的失落》，《当代中国人文观察》，北京：北京大学出版社，2010 年，第 15 页。

加了新的注解。

不过，平民身份使他们的作品中有着更加多变和不确定的一面。民间生存处境使他们先天具有对权力系统和主流价值观的不自觉的认同和敬畏，而诗人身份则要求他们发出来自历史与人性深处浑金璞玉般的声音。他们一边直面生存的物质需要，一边不断追寻精神世界的丰富和满足。他们往往都身处在权力的底端，被现代国家机器的各种制度所规训。在学校、工厂、机关等各个空间，在各种监督和考核中顺应权力对自身的塑造，成为现代国家体制中合格的秩序化的存在。但诗歌使他们获得自由，使他们得以暂时地部分地摆脱权力规训，在诗歌中寻找并得到自由，甚至召唤读者对自由的响应。

身份是"新保定诗群"的阿喀琉斯之踵，总在不经意的时候给他们带来伤害和痛苦。他们一面深陷在日常的泥潭中难以自拔，一面又竭尽全力完成灵魂的自我救赎。唯有在诗的世界里，他们才能修炼灵魂并力求完满。这些诗神的最朴实的信徒可能远比某些圈子的人更加纯粹，他们写诗更多的是因为他们要写，他们想写。但是，与现实的距离过近和对自身诗人身份的认同度不够，使得"新保定诗群"的部分成员缺乏历史感和使命感，他们的创作很容易在取得一定成就后遭遇瓶颈。

◦ 三、诗群的创作 ◦

"新保定诗群"在以保定为中心的地域聚集、交往过程中，逐渐有意识地以群落形式进行文学实践，他们始终坚持"纯文学"标榜，在诗歌中书写对乡土的诗意想象，注重表现人与自然的关系，关注个体的生命存在与灵魂救赎，有主动的时间、空间意识，语言上既反对繁缛富丽的雕琢感也反对过度口语化，呈现出一种中正平和的创作心态和审美追求。这种逐渐趋近、趋同的创作主张和审美取向是"新保定诗群"的"群落"性质得以确认的重要标志。

贺昌盛、吴晓玲指出:"'空间形式'往往呈现为一种相对'恒定'的特性,即在一种被限定的'区域/处所'内所呈现的人及其活动基本具有较为一致的统一印象和感觉;或者说,同一'空间'的'心灵'样态总是会呈现出某种较为稳定的'同质化'特征。"[①]"新保定诗群"的创作便充分印证了这种同质化的特征。

（一）断裂与继承

前面提过,历史上的保定文学即使最繁荣的时期,其诗歌创作也甚为冷寂。20世纪80年代的"新启蒙"运动及其后风起云涌你方唱罢我登场的各种文艺思潮在诗歌领域迭代迅速,远远没有真正深入到基层文学创作的神经末梢。80年代后期到90年代,保定也曾经出现张劲鹰、刘燕、刘欣、谢虹等一批朝气蓬勃的女诗人,她们受舒婷、顾城等影响,作品中带有比较强烈的抒情意味,追求语言的优美雅致,风格婉约浪漫。市区及周边也零星分布着一些诗歌作者,比如市区的霜白、唐县的康书乐、易县的石英杰以及清苑《四季风》周围的一些诗人,那时的作品中常见的是:"根深蒂固的灵魂纯洁如雪/守望着落叶纷纷的韶光 一笑解千愁"（康书乐《棉花》1989）;"仆俯的芦苇是弓/落水的瞬间,射穿我们心的/会是哪支带响而美丽的雕翎"（石英杰《信船》90年代）;"我站在空旷的田野上/我的爱人在远方/我站在荒芜的今天/满

---

① 贺昌盛、吴晓玲:《现代小说的"空间形式"——"城/乡"之于"心灵"的意味》,"南方文谈"公众号,2019年12月1日。

83

怀希望"（霜白《小调》1999）；"打开心灵的窗子/寻找水源，寻找河流"（云依朵《河流》1996）。这些诗作大都带有"朦胧诗"时代的烙印，注重对"人"的发现，"带有唯美倾向和过渡时代的理想主义"[1]。与这些作品同时存在于保定诗歌领域的还有受政治抒情诗影响的作品和受50年代"新民歌运动"影响的古典诗歌与民歌融合的作品。这些在文学史上本应是历时性存在的作品和它们所代表的创作倾向由于种种原因在当时的保定诗坛竟成为共时性存在，各领风骚。

尽管如此，政治抒情诗、新民歌甚至朦胧诗写作在新世纪终归已是强弩之末，诗群的成员们毫无心理负担便痛快地抛弃了这些写作倾向。2010年"新保定诗群"集体登上文坛之时，已经初步完成了对这些旧有创作倾向的批判，在诗群内部建立起了与之有着明显断裂关系的新的创作主张。早年写作朦胧诗的康书乐、石英杰等人也摒弃了当年的写作风格。大多数的诗群成员选择通过对时下一些重要诗歌刊物和知名诗歌网站作品的模仿来迅速建构自身诗歌形象。《诗刊》《诗选刊》《星星诗刊》等都一度被诗群成员奉为法典。

从某种程度上来说，诗群的发展是迅速接受时下现代主义乃至后现代主义文艺思潮的过程，是诗歌创作现代性追求的集中体现。80年代的诗歌写作与"新启蒙"运动紧密相关，与社会学意义上的现代化进程紧密相关。人们坚信科学技术可以造福人类，相信时间就是金钱，推崇理性、崇拜成功，人文主义、自由理想、实用主义成为时代思想的主流。所以彼时诗歌创作中充满着悲壮的人文主义和理想主义色彩，"朦胧诗"、

---

[1] 张清华：《中国当代先锋文学思潮论》，北京：中国人民大学出版社，2014年，第56页。

文化寻根、"整体主义"创作倾向此消彼长。但是随着市场经济的快速发展,资本逐渐显示出它对人和整个社会的驾驭力量,"人"被异化、被挤压,自由和幸福并没有随着经济的发达而自动到来。理想主义、工具理性渐渐成为文艺思潮批判的对象,尤其是当时西方文艺思潮大量涌入,达达主义、未来主义等后现代文艺思潮以及与大众文化交织在一起的颓废、媚俗种种倾向在不长时间内充斥文学艺术领域。"第三代"诗歌在致力于批判和解构的同时却导致了诗歌价值和审美的双重失范。"新保定诗群"面对的就是这样一个价值导向和审美标准莫衷一是的所谓"多元化"的文学现场。

哈罗德·布鲁姆所谓"影响的焦虑"对于任何有追求的诗人来说都是存在的,只是在程度和侧重点上有所不同。"新保定诗群"在经历过最初的模仿之后,很快批判地接受了这些文艺思潮中与保定地域特点和诗群成员身份与审美习惯相适应的成分,他们不满足于旧有的集体主义象征手法和政治抒情,也并不服膺"口语化""下半身"等时髦口号,甚至对诗歌的过度叙事化也有一定程度的纠偏。

从主体性方面来看,他们抛弃了高大上的理想主义、英雄主义叙事,勇敢面对个体的渺小和无力,更善于从个人的角度出发,以诗歌的方式探究人与自身,人与自然,人与世界的关系,书写其中的矛盾、痛苦和欢乐,他们主动承受着世界的重量,承担起生命本身的存在与消亡,在无限的绝望中发现美、希望和救赎。从形式上来看,他们尽力避免使用"理想""希望""远方""爱"等偏重所指的语汇,较少使用象征、隐喻等传统抒情手段,从偏重表现的诗歌写作方式转向意象和语言本身的自我呈现。从情感表达上来看,他们极力杜绝不加控制的情感宣泄,其表达偏向内敛、克制,有些作品甚至显示出隐没作者、零度叙事的艺术追求。

(二) 对乡土的诗意想象

现代社会对效率和秩序的依赖使得它严格管控个体的感性化和无序性。但人作为复杂的生命存在，其丰富的情感往往越在这样的压抑下越激越。"新保定诗群"的成员们一方面身处现代文明特别是城市空间的各种物质条件包围中，一方面又痛恨并批判着现代社会城市文明对个体情感的压抑，所以他们主动选择把诗写的目光从城市转向乡村便不足为奇了。对一个三线城市来说，城乡的距离并不遥远，不超过一小时的车程便可以实现城乡场域的转换，离开所谓城市的喧嚣，重回乡村田园的静谧（起码看起来是静谧的）。故此不难理解诗人常常会乐于书写滤镜下的乡村。距离感使诗意化的乡村想象成为可能，城市空间的压抑感和紧张感为诗人们投向乡村的目光戴上了滤镜。更何况对乡村的书写本就是中国传统文化的母题之一。怀乡、田园的民族历史文化积淀与诗人个人的童年记忆相交叉，就催生了一大批充满赞美诗意味的乡土诗歌："那块被称作麦场的地方/汲取了泥土的味道/像画卷在风口定格/被风吹开的糠皮/和被风削瘦的脸庞/揭开我懵懂的回望/我在城市遗忘的中央/与打着哈欠的时间交班/傻傻地守候着乡情"；"疲惫空寂的田野/一群麻雀扑棱棱飞起/又在远处落下/山川越见苍茫，芦苇全部白头"；"麦苗一天天长高/树叶一天天长大/青青的草色一夜间翻过了山岗"……

另一方面，他们致力于吟唱传统乡村的挽歌。再没有人比他们更真切地感受到城市在不断扩张过程中对乡村的侵占了。"乡村"正在日益失去其作为独立空间的封闭性和自足性，被作为附属之地纳入到了"城市"的整体系统之中。与这一过程伴生的是以农耕文明被工业化、资本化和信息化等为标志的

"现代城市"文明所消弭。对诗群的成员来说，乡村的凋敝既是事实也是想象。很多时候，诗人是站在"他者"的角度观照乡村的，他笔下书写的其实更多的是诗人自己的城乡立场："一个人站在渐渐凉下去的田野上／如同风中飘零的落叶"；"在这里，我无法找到自己的亲人／当我走过，不着痕迹，像个真正的陌生人"；"村庄眼看就要失守／街道上没有一个行人／空余独行的我：沉默、喑哑"……

（三）在时间与空间的维度上

现代社会将人在时间和空间的维度上固定于某一位置，人特别是中国人大概从没有像今天这样意识到自己在时空坐标中的渺小和无力。诗人们越是明确认识到自己的空间性存在，越是要在作品中展开对时间的追溯。石英杰一度想用陈超先生关于"个人化的历史想象能力"来引导诗群的创作，尽管这一努力并不十分成功，但他的主张和诗歌实践的确影响了诗群中的很多作者。他的《易水，我深爱的河流》《荆轲塔是件冷兵器》，都体现出诗人对故乡的历史化想象和批判性书写。

诗歌对时间的表现绝不是一个新话题，从张若虚的"江畔何人初见月，江月何年初照人，人生代代无穷已，江月年年望相似"，到苏轼"但愿人长久，千里共婵娟"，宏阔的时空在古人那里轻易就发生了交叉，这是讲究"天人合一"的传统农耕文明赋予古人的特权。现代人无比羡慕却只能徒唤奈何。霜白是一个对此有独特心得的诗人，他的《秋日的短歌》表达了现代人的时间之惑："我的身边是从前的旧河山／我的头顶是昨夜的星辰／……仿佛我也在代替另一个人／活在此时此地／做这些琐碎之事，写这些无用的诗歌／看玉米和小麦一茬紧跟一茬／迁徙的鸟群又一次飞过头顶／每一棵作物都在死命地开呀开／每一只鸟都在奋力地飞啊飞。"马兰也喜写时间，但有趣的是她往往从空间入手表现时间的流逝，她的《那些缓慢的生长》："麦苗一天天长高／树叶一天天长大／青青的草色一夜间翻过了山岗。""果实一日日变甜／枝条一点点变硬／秋风里又多了几枚钢针。"种种物态变化证明着时间的无情和多情，无数和而不同的人类个体以或顺或逆的姿态无奈承受，时间给予我们的，"是一个中年人的沉默／越来越深"。

　　要从历史和生命的角度把握时间绝非易事，诗群中的一些人，更倾向于切开时间之树的某一条枝丫，就着新鲜的断口，透视它的肌理和纹路，分析它的年龄和阅历。他们在诗歌里书写的生活，是空间性的、具体而微的，是私人化、碎片化的。这些截取的横断面，是活生生的当下，是文学里的现场。比如墨刚的诗里，颇有几首以时间为题，写的却是在漫长的时间之河里横截下来的空间的作品。像他的《夜幕降临》："一个趔趄，夕阳跌下了天空／北风紧了／那片失去叶子的槐树林／在喊冷／林子里有坟茔，有寂寥，有苍凉／有过夜的鸟雀，有疲惫的尘烟／除此，潜伏下来的，还有什么？大地在急剧陷落／夜色的潮水淹没了村庄／几声狗吠是水面露出的石头／高低不平／一个回家的人，提着纸糊的身影／摸石头过河。"在某一个时间片段的名义下，墨刚为我们呈现了一幅北方农村的空间画面。石振明在陈述自己的诗歌观念时说"撷取生命的断面，生活的剖面"，所以，他写《唐人李》，写"六七平米的微铺／夫妻档点燃整个小城冬季的火"。峡谷行云的《即景》、雪慈《街上的女人》等都体现了这种在断面中实现对日常生活去蔽的意图。

　　（四）问题与希望

　　从集体抒情、政治抒情到对个体经验的重新发现和命名，保定诗歌走过了一段艰难的探索之路，而这也几乎就是"新保定诗群"的崛起之路。但是,当"新保定诗群"迈入第十个年头,诗群的创作该如何避免重复性和套路化的陷阱,走向真正的复调和多元;诗群成员又该如何在群体中保持个体创作的独特面目,实现风格化的诗歌书写?

当下,诗群的作品中存在着过于迷恋个体经验、沉溺于私人化叙事的写作趋势。如这样的诗句:"阳光下,我的影子和你的影子/之间,并无障碍/它们随意拉长、缩短/远离、走近,或者重叠/——都无关紧要";"你试着用手和我说话/有时也用目光,多好/那条小路害羞似的/一下子跑到我们前面去了";"我曾经在梦里,千百次地呼唤你/把你思念/你却姗姗来迟,在我的梦醒时分/记忆中寻你,你却在树梢/绽放满树梨花,向我悄悄地凝望"……

私人化叙事一度是我们对抗宏大叙事、诗歌政治化的有力武器,但是随着时间的推移,当多数人都在言说自身的时候,私人化写作所带来的同质化倾向就成为当下诗歌的流行病,个体叙事正在成为新的公共叙事。瓦莱里论诗时强调诗应追求超越个人的无限、普遍的价值,他认为"仅仅对一个人有价值的东西是没有价值的,这是文学的铁律"[1]。作为一种抒情文体,诗歌的内指性从来就无可厚非,但是,将个体经验无限放大,反复咂摸,势必造成创作上的雷同和受众的审美疲劳。

此外诗群中还有相当数量的诗人貌似突破了自我书写的狭隘,将目光转向田园乡土,但实际上却是放纵自身沉溺在矫饰的经验和虚假的想象中。在自己主动营造的诗歌乌托邦里,明明面对的是被剥夺了象征意义的自然和人世,却自欺欺人地

---

[1] [法]瓦莱里:《诗与抽象思维》,伍蠡甫等编:《西方现代文论选》,上海:上海译文出版社,1983年,第37页。

向着田园吟唱农耕文明的颂歌。诗歌中貌似在书写家乡、土地、生活，其实不过是依靠人为加工过的经验表达对当下的逃避，求得对心灵的片刻麻醉。他们沿着传统诗歌的惯性写作姿态，在乡愁和怀旧的圈子里打转，消磨掉时代巨大变迁带给人的不安和阵痛。在这些诗人笔下，城市和乡村又重复着二元对立的老套路，一面是回不去的乡村，一面是融不进的城市。站在城乡接合部回望故乡，在记忆里加工过的袅袅炊烟和泥土气息构成了诗人自以为是的个体经验。

经验是诗人无可替代的宝贵财富，但一个优秀的诗人更要考虑如何处理经验，如何实现对经验的超越。时代生活日新月异，对于身边飞速变化、层出不穷的事件，如果不做形而上的深刻思考，缺乏对事物本质的探究和哲学层面的探究，而是满足于对外在现象与内心感受的浅层表现和一般性的道德批判，过分贴近日常生活和以生活形式出现的浅层经验，势必会被经验遮蔽，从而丧失诗歌中最可宝贵的穿透力，也就失去了诗歌无限抵达世界真相的原动力。

风格上，诗群目前的作品主要以含蓄蕴藉、温柔敦厚为审美取向，一般不展现与现实激烈的矛盾冲突。诗群作者大都熟练掌握基本的诗歌写作技巧，善于使用改变了正常语言表达模式的抒情语言，对用词练字等诗歌技巧颇为纯熟甚至稍嫌滑腻。我们当然期待诗群成员的作品都能拥有更高的辨识度，实现作品的风格化，但就目前而言，诗群成员的创作水平并不完全处在同等水平。作为一个更多是依地域划分的诗歌群落，其成员在文化修养和创作天赋等方面存在着很大差异，诗群内部发展的不平衡也是题中应有之义。

关于诗群的未来发展，我们固然不能在文学领域强调进化论观点，但从已有的经验来看，诗群的很多作者一直在不断反思自身，超越自我。有益的文学交往活动对他们提高诗艺、扩展眼界，乃至拥有更多的生命意识和哲学思考方面都很有助益。对河北诗歌产生过重要影响的诗歌理论家陈超先生曾对新世纪的诗歌写作有过充满希冀的想象，他说，在新的世纪，我们的诗歌写作有理由在获得自由轻松的同时，保持住它揭示历史生存的分量感；有理由在赢得更多读者的同时，又不输掉精神品位；有理由在对个人经验的关注和表现中，能恰当地容留先锋艺术更开阔的批判向度、超越精神和审美的高傲；有理由最终实现诗歌话语和精英知识界整体的话语实践之间，彼此的应和、对话或协同……这四个有理由也是我们为诗歌坚守的理由，也是我们对于"新保定诗群"未来的期许。

民间写作的进阶或被规训
——李洁夫论

　　成为"燕赵七子"之一，显然说明在河北的诗歌领域，李洁夫的诗歌创作方向和成就是得到认可的。省作协主席关仁山说："此次集体出发的'燕赵七子'分别来自河北唐山、石家庄、承德、邯郸、衡水、保定等地，横跨'60后'和'70后'两个年龄代际。他们不仅代表了各个写作方向和诗歌美学，而且从河北地缘文化上而言也接续了一个坚实的诗学传统。"[①]我一度以为，"燕赵七子"的集体出发，是因为他们不仅是各自城市诗歌群落中的代表人物，同时也代表了目前河北或者说北方诗歌写作的一种姿态，一种让诗歌脱离政治、脱离娱乐、脱离哗众取宠、回归本源的写作姿态。但似乎仅有共同的写作姿态仍然是不够的，"燕赵七子"要真正成为中国当代诗坛的写作现象之一，还要有更加明确的共同创作倾向和审美旨归。

　　苗雨时先生在评价李洁夫的诗歌时曾说："时至今日，人到中年，青春期写作被中年写作所取代，实现了华丽的艺术转身。中年，是一种人生秋季的风景。诗人的生命处于收获与迟暮并在、迷茫向通达转化、社会责任与个人自由相对和谐的状

[①] 关仁山：《在河以北——"燕赵七子诗选首发式暨作品研讨会"》，见《唐山文学》2016年第1期。

态。因此，对生存命运的洞察，更加透彻、了悟。"（《苗雨时眼里的他们》）那么，中年写作是否可以成为"燕赵七子"在诗歌美学上的共性呢？

单从年龄来看，"燕赵七子"平均年龄都在40岁以上，他们的确是人到中年，也都承担了社会学意义上赋予中年人的责任担当。从他们的生存状态来看，在各自的职业领域都小有所成，具有一定的知识积累，赢得了一定的社会地位和财富。换句话说，他们都是一些体面的人。这也意味着他们基本上已经与生活达成了某种程度上的和解，或者说他们找到了个体面对现实的复杂荒诞的最佳方式。这使得他们对人生、命运有了更深切的体悟，像罗兰·巴尔特说的"写作者的心情在累累果实与迟暮秋风之间，在已逝之物与将逝之物之间……转换不已"[1]。但从另一方面来看，人到中年带给"燕赵七子"的生命不能承受之重也让他们不再具有直面惨淡人生的尖锐和力度，稳定必然对抗动荡，和谐融化了龃龉，年龄折旧了生命本身的疼痛。缺乏鲜明独立的知识分子精神和与之相伴的对严肃社会生活的参与感、关注度，使"燕赵七子"的诗歌普遍欠缺楔入现实的力度和尖锐感。

欧阳江河在谈到"中年写作"的时候，是以知识分子写作为前提的。他说："我所说的知识分子诗人有两层意思，一是说明我们的写作已经带有工作的和专业的性质；二是说明我们的身份是典型的边缘人身份，不仅在社会阶层中，而且在知识分子中我们也是边缘人，因为我们既不属于行业化'专家性'

---

[1] 转引自欧阳江河：《1989年后国内诗歌写作：本土气质、中年特征与知识分子身份》，见《花城》1994年第5期。

知识分子，也不属于'普遍性'知识分子。"①除了身份，他还格外强调"中年写作"是相对于充满政治激情的青春期写作而言，是偏离政治、消解中心的，同时又从未放弃过诗歌与社会生活相联系的严肃性。

"燕赵七子"与"中年写作"之间最大的距离，恐怕不仅是他们并不明确的知识分子身份，还有对政治或者说严肃政治生活的更加主动的远离。"燕赵七子"开始诗歌写作的时候已经不再是当年的群众性写作和政治写作的年代了，朦胧诗、第三代诗歌可能给了他们最初的诗歌写作更多的滋养，个人化写作几乎是他们最早接受的诗歌观念。更遑论随着时代的变迁，不仅是诗人边缘化了，连诗歌都在边缘化。"以为诗歌可以在精神上立法，可以改天换日是天真的。"②由此可见，尽管"燕赵七子"已经具有了共同的创作倾向和写作态度，普遍取得了一定的创作成就；从他们的诗歌文本来看，他们也的确获得了一些中年写作的特征，比如对待死亡、对待生命、对待爱的态度和书写方式，但是作为集团出发的河北诗歌代表人物，他们还缺乏更加鲜明、更加一致的美学取向。

具体到李洁夫而言，与其他"燕赵七子"相比，尽管他也写到了对故乡和童年的回溯，写到了爱情从激烈到平淡的过程，如苗雨时先生所说，具有一些比较明显的中年特征，但他的诗歌创作从缘起到技法以及主题等许多方面具有更多更明显的与知识分子写作异质的成分。李洁夫的写作本身极为典型地体现

---

① 欧阳江河：《1989年后国内诗歌写作：本土气质、中年特征与知识分子身份》，见《花城》1994年第5期。

② 欧阳江河：《1989年后国内诗歌写作：本土气质、中年特征与知识分子身份》，见《花城》1994年第5期。

了诗歌写作是如何从自发的民间写作出发，逐渐被知识分子阶层和他们的审美标准规训，在主动靠拢的过程中又自觉不自觉地保留下了一些生动有趣的民间成分的过程。要正确认识李洁夫和他的诗歌创作，就必须把他放在这样一个动态的交互影响的过程中去考量。

一、从民间写作开始

鲁迅先生说："（我们的祖先）假如那时大家抬木头，都觉得吃力了，却想不到发表，其中一个叫道'杭育杭育'那么，这就是创作；大家也要佩服，应用的，这就等于出版；倘若用什么记号留存了下来，这就是文学；他当然就是作家，也是文学家，是'杭育杭育派'。"[①]劳动间隙的情感表达、情绪书写不仅是遥远年代整个文学的起源，也是后来无数具体的时间、空间状态下个体写作的缘起。比如，李洁夫。

晴朗李寒在谈到与李洁夫的相识时曾说："（李洁夫）老家邯郸曲周，学业未竟便出来闯荡江湖，在北方漂泊了很多地方，什么苦活儿累活儿没有他没干过的。最困难时，据他讲，曾经在北京中关村酒店里捡拾过人家的剩盒饭。后来，在石家庄落脚，靠着自己及一帮子弟兄的扶持，他渐渐可以包些小的工程，什么上下水管呀，什么电线电路呀……总之，他有了自己的手下，他可以领导十几个兄弟，说话算数了。记得他本人说过，第一次来文学院，见到院长孙利辉第一句话便是：有写诗的吗？工地上志同道合者太少，到文学院来说是学习，其实

---

① 鲁迅：《鲁迅全集（第六卷）》，北京：人民文学出版社，2006年，第89页。

有什么可学习的，就是为了结识几个写诗的朋友。正是这样，他虽历尽坎坷却一直没有丢弃自己的一个爱好：写诗。"(《不留余地：揭李洁夫的老底或曰剥李洁夫的皮》)"燕赵七子"虽然职业各不相同，但如李洁夫这般起于毫末的也绝无仅有。据他自己说，除了他当兵的叔叔复员带回家的诗集以外，他与诗歌或曰文学本是风马牛不相及的。但正如那些劳动号子的产生，谁又能说文学是庙堂的产物呢？它本就来自于劳动，来自生活，来自那些在生活的琐碎繁杂、喜乐悲欢中载沉载浮的普通灵魂。也正因此，它才具有了亘古不变的持久吸引力，才在一次次祛魅的文学运动之后自行返魅，势不可挡。当下，我们热衷于谈论余秀华，谈论郑晓琼、郭金牛，谈论河北农民诗人白庆国和他的《微甜》，谈论他们在生活重压之下伸展出来的诗意的枝丫，也许，这时候我们才是真的在谈论文学。以他的诗《小歪记事：工地生活》为例：

手机躺在床上
鞋子与啤酒瓶横七竖八
一场雨打在回家的路上
竹筷无节奏地敲着
不同的口音像烟头明明灭灭
花生豆跳到桌腿下
像食堂女人圆瞪的血眼珠子
谁在梦里含混不清地喊着小红的名字
另一个拿木板拍打他脚丫子上的苍蝇

加班的号子响了，作为老板
我把他们一一点到，一一晃醒

然后，在他们面前甩了甩

一沓薄薄的票子

狗日的夜晚的灯光比他们的脸色

还黄

这样的诗和诗中描写的生活显然与知识分子写作相去甚远，自然也与中年写作搭不上边，彼时的李洁夫恐怕连欧阳江河所说"普通的"知识分子也算不上。那么这是什么？李洁夫这样的诗歌写作在"七子"中是独一无二的，但在更广阔的人群中呢？他是孤立的、个别的吗？来自民间的打工者或者小包工头的身份赋予他的诗歌写作以独特的视角和情趣，也许叫它"民间写作"更合适。

新诗真正的民间写作也许就是现在，不再是知识分子的"民间"写作，而是来自民间自发的范围更广、规模更大、人员更复杂的诗歌写作，前提是这并不是一场人为发动的诗歌写作运动。诗歌在经历了一百年的发展演变之后，正在回到民间、大众的立场，补上最原生态、最具生命力的一课。恰恰是在这样的大众写作的状态下，才会有郑晓琼、郭金牛、余秀华，那些刷新我们经验认知、颠覆我们审美体验的带着民间特有的粗粝和痛感的诗作。当精英化的写作越来越让诗歌成了圈子化的产物，越来越远离大众生活，其主题表现和审美表达越来越狭隘的时候，也许，民间写作正在为诗歌带来新的契机。

霍俊明曾有过《在谈论诗歌的时候我们在谈论什么——2015年诗歌的新现象与老问题》的发问，他将2015年命名为"微信诗歌年"，认为我们当下已经进入诗歌的"微民写作时代"。他谈道："每天都在激增的诗歌微信公众号和微信群给诗歌生态带来的不容忽视的影响，甚至自媒体被认为给新诗的

'民主'带来'革命性'影响。"[①]无数的一线工人、农民正在互联网时代成为诗歌的写作者和评价者，他们的生活内容、道德判断、情感情绪正在为诗歌带来更复杂、更丰满的民间景观。来看李洁夫的《小歪记事：从网吧出来》这首诗：

从网吧出来
我像一只不敢偷懒的麻雀
轻轻梳理一下凌乱的羽毛
投入正在午睡的工地

在这帮民工兄弟面前
我是多么
神采奕奕
他们爱把各种语调的乡音
烟灰般弹到我身上
各种荤话在他们口里像刚炒的
花生豆般，清香里含着臭脚丫子气
含着他们对未来生活的美好想法

当然他们不懂得上网
更不懂得写诗
不过，在工地他们能尊重我
我想不只是因为我是他们的老板
特别是牛三
花了一块五给小儿子买了四本小人书

[①] 霍俊明：《在谈论诗歌的时候我们在谈论什么——2015年诗歌的新现象与老问题》，见《创作与评论》2016年第2期。

指着某页冲我兴奋地炫耀：

你看，电脑！

这首诗极为直观地提到了"网吧""电脑"对于业余诗歌写作的意义。电脑、手机等新媒介手段对于诗歌的作用远不止于加快传播速度和拓宽传播范围，它正在改变写作者的身份、立场和审美。郭金牛最著名的诗作《纸上还乡》就是在论坛上灌水的产物，李洁夫去网吧显然与他的诗歌写作、发布、寻求同人呼应紧密相关。也许很多年后，当我们站在中国新诗发展的某个历史节点上回望的时候，我们才能更加清晰地看到当下轰轰烈烈的民间诗歌写作对于整个时代和整个新诗发展的意义，而不是忙于批判其中的泥沙俱下、良莠不齐。

不过，在李洁夫出道的时候，诗歌即使已经与互联网沾上了边儿，但显然并没有达到能够迅速演变成现象级表演的程度。诗人和他的诗歌虽然拥有了更大的发布空间，但要确认个体的诗人身份，他仍然需要等待，等待来自某种权威的认可。这一点，即使在今天，也仍然存在，而且似乎也仍然是必要的。不过这一点，留待下文再详细说明。

既然是从民间出发的写作，在李洁夫的诗歌中，可以很容易分辨出某些特定的气息，那些来自中国传统文化中靠近民间一侧的并逐渐内化为整个民族文化人格的东西。比如对权威和规则的挑战和轻蔑，比如对女人的放肆谈论，比如对故乡、亲人的眷恋和歉疚。与这些相对应的则是一些诗歌写作上的具体表现，比如对人物的白描，对故事的热衷和那些不雅驯的语言。

以诗歌表现人物并不鲜见，特别是近年来越来越多的叙事成分被加入诗歌中，拓展了诗歌的表现视域和景深。但是李洁夫尤其擅长用近乎白描的手段，以极精练的语言、简短的篇幅，对人物进行诗意地呈现，并且通过一个个具体的人物命运，串联起家族、村庄的历史。这种手法似乎更多地承袭自中国传统的志怪、志人小说和史传笔记的写作传统。所以当李洁夫追溯自己的故乡时，他会写"平原里之人物篇"；当他书写自己的城市经历时，他会写"都市行囊之人物篇"。如《老谢》：

  老谢站在河边
  老谢大喊大叫
  老谢说快点、快点，来了
  老谢说放远一点，再远一点
  老谢说可惜让它跑了
  老谢说快、快，又有了
  老谢说哎呀，上来了、上来了
  我问老谢怎么了
  老谢说你看人家钓鱼呢

  这首诗虽然貌似"零度写作"，以材料的堆积罗列代替作者的主观感受判断，让诗意自然生发，但是现代性手段并没有深入诗歌内在，诗人和他的作品仍然是传统的。以简洁到近乎白描的手法表现人物，没有一句带有评价性和阐释性的话语，但字里行间人物已经"不著一字，尽得风流"，撇开那些现代性表现手法的浮沫，倒有几分《世说新语》志人笔记的味道。其他作品如《陆健》《贺聪敏》《哑妹》《老板》等，也皆是以简洁明了的语言勾勒出人物整体概况，让人物命运在叙述中自主呈现。

  李洁夫的《五爷》也是一首人物诗，但这首诗最吸引人之处显然不仅止于五爷这个人物本身。

五爷姓范，大名范景春

李小歪家所住的街道叫范街

由此可见

李小歪的爹李老歪以及臭儿爷爷

像秃子头上的虱子

活得多么孤独与谦卑

五爷说唠卦了（讲故事）

整个冬天的夜就围在李老歪家

香头般大的煤火灶炕头前

第一晚讲济公

第二晚讲醉茶

第三晚讲柳子腔

作为地方戏班，五爷的二胡和他的汉白玉长烟枪

曾经在平原里的鬼舞台上晃了多半个世纪

五爷说舞台没鬼，都是草台班子

五爷只在给李小歪讲鬼故事时

越讲越恐怖，越讲越恐怖

讲到最后，五爷说：

小歪，跟我来一趟

手拉手走到五爷家门口

五爷说："回去吧。没事了

刚才讲得太吓人了！"

自此后，再也没见过五爷

给我们讲鬼故事

故乡的生活一半是与土地打交道的白天，另一半大概就属于在"煤火灶炕头前"的夜晚了。乡村的夜正因为有了五爷这样的人物、这样的讲述而变得活色生香，也正因为有了一代又一代类似五爷的人物，信史之外的民间传统和民族文化性格才得以一代代传承，绵延不绝。本雅明在《讲故事的人》里指出："（讲故事的人）虽然这一称谓我们可能还熟悉，但活生生的、其声可闻其容可睹的讲故事的人无论如何是踪影难觅了。他早已成为某种离我们遥远——而且是越来越远的东西了……可言说的经验不是变得丰富了，而是变得贫乏了。"[①]值得庆幸的是，李洁夫在他的故乡遇到了五爷，这使得故乡的夜晚一直在他的记忆里活灵活现；而他又用自己的诗歌记住了五爷，让这个讲故事的人活在了当下。以人物写故事，以故事说历史，李洁夫巧妙地把这些传统方式融入了他的诗歌创作，从而使得他的《平原里》具有了不同凡响的历史感和民间传统色彩。

　　但也要看到，从民间开始的李洁夫的诗歌，带有强烈的放肆、谐谑的味道。当他一旦暂时脱离他的诗人语境，回到他的工地，他的民工兄弟中间，那些带着原始冲动、不洁情感以及不雅言语的诗歌常带给习惯了或温柔敦厚或雄浑刚健的北方诗歌的人们以强烈的视觉和情感冲击。《史记·五帝本纪》中司马迁说："……百家言黄帝，其文不雅驯，缙绅先生难言之。"[②]李洁夫就是一个会把这些"缙绅先生难言之"的语言带到诗歌的大雅之堂的人。

---

① [德]本雅明：《启迪：讲故事的人本雅明文选》，阿伦特编，张旭东、王斑译，北京：生活·读书·新知三联书店，2014年，第95页。

② （汉）司马迁：《史记》，中华书局，1959年，第46页。

在《小歪记事：诗人在天山花园工地》系列里，他写《温饱问题》《致富新发现》《女人问题》……这些作品无一不带有生活本身最原初、最粗粝的本色。如他的《温饱问题》：

> 首先是吃饭
>
> 老安说工地三个食堂
>
> 随便挑
>
> 表弟说了挑选的原则：
>
> 女人多且漂亮
>
> 我和刘文彬挨个儿看
>
> 最后选中了江苏老王的庙宇
>
> 老王的女儿很骚
>
> 且比别的食堂还多了一个50多岁的老妈子
>
> 表弟表示满意
>
> 吃这娘们儿做的饭
>
> 晚上做梦都像多了一件棉衣

很难说这样的语言和放肆的口吻对诗意的产生能起到什么作用，但无疑它在表明诗人和某一类人的立场和生活态度。最重要的是，这些在物质和精神生活都相对匮乏的境遇里挣扎的人，不仅有写诗、读诗、进入诗歌的需要和必要，他们还将带给诗歌更丰富更复杂的意象、情感和审美。

◦ 二、文学的进阶或被规训 ◦

在谈到自己的诗歌创作道路时，李洁夫曾经谈道："觉得自己工地上农民工做得不够好的时候，开始尝试改变，经好友介绍，到了《女子文学》杂志社做编辑……期间，1997年，和好友晴朗李寒、谢启义、高颜国、韩瑞峰等一起创办了民间报刊《诗魂》，对我个人的激发和进步都有一定的影响。2000年以后，互联网的普及与网吧遍地开花，我开始接触网络并近距离参与大量的诗歌活动和编辑、写作。记得大概是2002年，跟孟醒石比赛写诗，每人每天写10首，10天创作100首。实际上我俩的心态都差不多，都源于此前复杂生活给予长期的积累和沉淀，所以，虽然也制造了一些很水的垃圾，实际上也写了不少至今看看还算不错的文字，并陆续在《北京文学》《诗潮》《知音》《北京日报》《诗林》《岁月》《福建文学》《延安》《红岩》《诗刊》《延河》等很多报刊发表。"（《不留余地：揭李洁夫的老底或曰剥李洁夫的皮》）

前文中我曾经提到从民间写作出发的诗人要得到身份确认，需要等待来自某种权威的认可。就李洁夫个人而言，能够为他提供这种认可并能够得到他自身承认的，大概就是这些诗歌刊物和当时石家庄诗歌圈内活跃着的一些文朋诗友。

在互联网兴起普及之前，诗歌刊物对于诗歌写作发挥着难以估量的作用。它一方面引导诗歌思潮，一方面凝聚诗人队伍。历次诗歌写作运动或诗歌思潮变化的重要节点上都有大量优秀诗人围绕在某一个或某几个诗歌刊物周围。诗歌的写作本身可以是孤独的，是个体的，但优秀的作者和作品终归是要进入发表，进入读者接受的环节。而这个舞台在很长时间内，是期刊为他们提供的。1979年10月《星星》诗刊复刊，一份《星星》记录下了中国当代诗歌重要转型期许多珍贵的历史痕迹；《今天》的创办也与朦胧诗在中国的兴衰紧密相连。随着诗歌与政治生活蜜月期结束，诗歌刊物作为诗人发表政治看法和社会主张的平台的作用逐渐淡化，国内由各个省市作家协会等官方机构主办或指导的诗歌刊物开始发挥更多地发现作者、推出新人的作用。应该说，正是各地的诗歌刊物，在这些诗坛新人的身份确立和诗歌作品经典化过程中发挥了极其重要的作用。来自诗歌刊物的接纳和承认，不仅鼓励更多的新人进入诗歌创作领域，更主要的是，它通过发表的诗歌作品引导创作，引领风尚，很快形成了关于诗歌主题、表现手法、语言、格调等多方面虽不成文但却成体系的审美标准，并逐渐以此对中国当代诗歌写作展开规训。

在"燕赵七子"的成长、成熟过程中，河北诗歌刊物《诗选刊》也发挥了不可低估的作用。《诗选刊》杂志于2000年创刊，是中国目前唯一的诗歌选刊。它发布的宗旨和编辑方针是："选最好的诗人，选最好的诗；注重权威性、先锋性和经典性。每一期杂志都是对当代诗坛最新优秀作品的展示；每年的12期杂志都是一部可供收藏的当年的诗歌年鉴。"这样的宣言和立场不仅表明了它的选稿标准，也是为刊物登载的诗人、诗作正名。

在李洁夫作为诗人的成长过程中，一份同人小报《诗魂》的作用也不容小觑。晴朗李寒说："志同道合的哥们凑到一起，便会谋划干点什么事儿。当时，我们要人有人，要力有力，这次来了个有钱的（其实有多少，他自己心里有数），于是早已成竹在胸的一个计划，让我们一拍即合：出诗报。名字大家起了很多，最后定下李寒提议的《诗魂》。"（李寒：《不留余地：揭李洁夫的老底或曰剥李洁夫的皮》）这里提到的那个"有钱的"，指的就是李洁夫。尽管作为一个小包工头，他远非什么大款。《诗魂》和围绕《诗魂》聚集起的这些诗人编辑，为李洁夫在诗歌创作上的突飞猛进提供了最好的滋养。他们之间的鼓励鞭策、交相问难，以及为了顺利出刊而进行的集中创作，

105

不仅锻炼了李洁夫的诗艺，也为他提供了进入生活、注目生活的另一种角度。李洁夫已经不再是农民工李洁夫、包工头李洁夫或者诗歌爱好者李洁夫了。

李寒继续写道："李洁夫变了，他从最初我们看到的农民诗——《黄土大地》《玉米棒子》《哑妹》《爹》等等，开始把视角转向了当下的城市。他们是外来者，他们又是这个城市的创造者。于是，从他的诗中我听到了电钻的轰鸣、塔吊的旋转、钢筋的铿锵，听到了城市骨节咔咔作响、向上生长的声音，听到了民工的喘息，听到了他们的脉搏跳动，听到了他们的无奈……《小歪记事：在天山花园工地》组诗让我们重新认识了李洁夫，认识了他的可塑性，他的极强的生命力与忍耐力。在我们的催促下，他开始自信地投稿，他的诗作开始遍地开花。"

李洁夫自己也曾提到，他后来参与编辑《诗选刊》时，郁葱老师说："作为编辑，眼光和境界是跟单纯做一个作者不一样的，对于个人的写作提高真的很有帮助。"在文学期刊和文朋诗友的合力作用下，李洁夫的诗歌中不再只有自发写作时直白的情感宣泄和未经打磨的语言，他渐渐主动向知识分子审美情趣靠拢，他的诗歌也呈现出更加鲜明的语言意识和更丰富、更雅致的审美追求。

即使非常看重语言表达的诗人，也很少有人像李洁夫这样有着强烈的清醒主动的语言意识。他对表达的渴望，对语言的热情有时候甚至会超越诗歌本身，以至于他的诗歌会在某些时刻被语言超越乃至主宰，抒情表意的需要甚至会让位于让语言流畅华美的意图。

他多次在诗里声明自己对歌唱的渴望、对语言的服膺，即使在他说着关于沉默的话题时。比如《小歪之沉默》：

> 从你的背影开始
>
> 我掉进自己的语言里
>
> 开小小的花
>
> 结小小的伤
>
> 时间像一贴贴在记忆深处的膏药
>
> 一片雪花看到了我兴高采烈时的沉默
>
> 我看到了一片雪花踩在麦苗上的力量。

又如《钉子》："使劲地敲打我吧/深入语言和沉默。"《说好了去看梨花》："而你却把自己隐于心事/沉默于表达。"在沉默中回应表达,在语言里完成沉默,诗人在语言与沉默并峙的悖谬中拓展语言的表现疆域,在他的诗歌中完成对沉默和语言的双重再造。

李洁夫是不接受沉默的,他是歌者,是不能停止歌唱的夜莺。在"平原里",他写《小歪的歌唱》,写《平原里的抒情从沉默开始有些歌唱着唱着就哑了》,写"小歪说,我要给这个世界唱颂歌/于是,我们就听到了下面的吟唱"(《小歪的歌唱》)。在"尘世"里,他写《声音》《还是声音》,写"我已经做好了准备/要把自己打倒在/别人的歌声里"(《打倒在歌声里》)。正是基于这样强烈的表达愿望和主动的语言意识,李洁夫在他的诗歌作品中使用各种精练的、复沓的、铺排的、简洁的,素朴的、华美的语言,以此来确证自己的诗意存在。

关于他那些以极精到简练的白描手段刻画人物、描摹世态的叙事性作品前面已经提到过,在此不再赘言。他绝大多数的抒情性诗歌则显得好铺排,形式上喜复沓,回环往复的句式较多,一首诗20行轻而易举。如他的《放下》:"放下书本、青春／放下1986年，马儿踏过／渐行渐远的蹄音／放下荣辱、沮丧／放下肉身、紧攥的拳头／放下谷物、爱情／放下本该静躺着的路／放下河流、山岚／让水展开、伸直……"再如《决定》："第一个夜晚／我说我要走了／我必须得走／第二个夜晚／我打碎了好多星星／我的影子立起来／与我久久对视／第三个夜晚……"

其他作品像《生活啊，总有什么让我感动》《一滴水》等很多诗歌都不同程度存在这种形式上重章叠句的复沓结构。诗歌句式回环往复并非现代诗的发明，而是向中国传统诗歌的致敬。最早且最典型的代表就是《诗经》，《周南·芣苢》有云："采采芣苢，薄言采之。采采芣苢，薄言有之……"读来令人不知不觉间平心静气，只觉情意绵绵，岁月静好。似这般在相同或相似的句式中反复皴染，以利于表情达意，在诗歌中形成韵律感，体现节奏感，几乎是抒情诗的最佳模式。

基于对语言的迷恋，李洁夫常常会言之唯恐不尽其意。他的用语一般明白晓畅，但有时会过于追求语义的确定性，即使已经"状溢目前"，仍忍不住阐释的欲望。在"燕赵七子"之中，只有李洁夫试图在诗歌中解释词语、解说诗意，他使用"（）""——"这些非常明显的符号对抗诗歌语言的多义和含混。如《一只鸟在工地一闪就不见了》："一只鸟在工地一闪就不见了／在诗中，我这样写下／民工兄弟整天想着年底回家／迎亲的日子／他们的手却不敢闲着（手里攥着的是回家的车票）／……"

又如《在城市，对一棵草的命名》："就像征集这个城市的名字／一棵草／高过烟囱（你敢说不是你曾经踩扁过的那棵草吗？）／它现在带着露珠／路灯般照耀着城市／楼房高了／街角亮了／树木绿了／唯独一棵草／猝然地躲闪着来往的车辆／

在一座城市的楼顶（三十层啊！）……"

再如《菊花：我们当它是一个动词》："亲爱，你看，有了爱，这个世界的一切都会动起来／——我的意思是说，在我们爱时，菊花，阳光，季节，相思／我们都可以允许它是一个动词……"

很难说这种阐释癖对诗歌来说是喜是忧，就像复杂多义的诗歌在接受领域冰火两重天一样，对于一首诗来说，最重要的从来就不是形式。李洁夫的诗中满满充溢着各种悲喜情绪，他就这么旁若无人、大张旗鼓地抒情，勇敢而真诚地袒露整个内心世界，构建出属于自己的情感王国。不过如果诗人对这些饱满丰富的情感稍加提炼，适度地给读者留下一些想象空间，也许效果会更好些。刘勰《文心雕龙》中论诗有"隐秀"，可惜原文只余残篇，什么是"隐"，什么是"秀"不甚明了。倒是张戒《岁寒堂诗话》中引用了两句保留至今："意在词外曰隐，状溢目前曰秀。"拿这个"秀"字给李洁夫，实在是再合适不过了。

在内容和审美情趣上，李洁夫的诗也呈现出复归"雅正"的倾向。他热衷于使用各种各样美好的、善意的、柔软的词语来歌唱生命中的一切美好，尤其是爱情。读他的《美好》，就像来到晨光熹微的草地，忽然间陌上花开，令人直欲潸然泪下：

　　时常想起那年我们一起用过的牙膏、牙刷
　　蓝色的膏体里荼洁的味道。
　　深秋的火车呼啸让季节有一丝恍惚
　　秋天、汽笛、牵手的车站和广场、滔滔的江水和油轮
　　——他们都像记忆里挤了一半的牙膏。每每想起他

们
　　我的目光就成了温柔的井。我承认，这么多年，我一直
　　固执地待在自己的井里，刻意深陷，不愿自拔
　　此刻，沸沸扬扬的杨絮飘满了石家庄的天空。
　　喧嚣的人流随着这座庞大城市胃部的蠕动
　　我突然发现自己这么多年居然从来没有赞美过
　　请原谅我的麻木和失语，我决定从今天起开始赞美
　　我承认我曾经的无奈和彷徨是美好的。犹如我人生的膏体
　　挤出来的那股清香
　　值得用全部的爱赞美和歌唱
　　未挤出来的
　　就让它在心里凝固

　　从来"穷苦之言易好，欢娱之辞难工"，单凭李洁夫敢大张旗鼓地把"美好"列在诗题处，便足见其不凡。李洁夫笔下的"美好"有形状、有颜色、有味道，不是概念，不是口号，更不是"为赋新词强说愁"。我们很难想象怎样在一首诗里让人对美好产生具体而鲜明的印象，但自李洁夫之后，美好，也许就是"蓝色的膏体里茶洁的味道"。

　　比喻
　　我说过怀抱一万个春天
　　我梦想能有一万个爱人
　　我还有一万年也做不完的梦

我都一万次地以为我的比喻如此奢侈

一万是一件多么遥远的事啊
而人生苦短
就算我要自己活到140岁
这也应该不是我的现实
原来
现实一直被我比喻着

今后我一定要从最小处说
从最起点做起。谨小慎微
然后，我的头最好低着
我的羞愧距离0和1最近

甚至不再用感叹词
不再对生活大惊小怪
如果比喻能瘦回去
连同生活能多瘦就多瘦
我觉得我收起了很多也放弃了很多
真好，我开始怀抱自己的小小幸福

    面对纷繁复杂、瞬息万变的现实，诗人试图运用修辞抵达被人类语言赋予多重意义的世界。比喻，显然是李洁夫选择的抵达方式之一。"怀抱一万个春天""有一万个爱人""还有一万年也做不完的梦"，严格意义上来说，这并不属于比喻的修辞方法，说是借代也许更合适些。但诗人似乎更迷恋现实和梦想之间的距离感，而比喻恰好可以作为连接本体和喻体的桥梁。尽管有那么奢侈的关于拥有的迷梦，诗人仍不得不清醒地意识到，"一万是一件多么遥远的事啊"。在这句话里，诗人巧妙地将空间数量上的"一万"转换为时间概念上的"遥远"，在语境交错中实现诗意的营造，同时为下一节语意的转折做了铺垫。"原来/现实一直被我比喻着"，是全诗的诗眼所在。"比喻"是诗人对现实丰满的想象和期待，然而骨感却是它唯一的存在形态。诗人对现实的表达方式从感性的比喻渐渐变成理性的描述，"甚至不再用感叹词/不再对生活大惊小怪"。那被迫"瘦回去"的比喻也隐喻了诗人的生活态度。从追求华丽奢侈的迷梦到怀抱简单而确定的小幸福，诗人在一场比喻中寻找到了生活的真谛。

三、从《平原里》看李洁夫的自我完成

在经过较长时间的诗歌编辑、诗歌写作生活的历练之后，李洁夫的创作与他写作"天山花园工地"组诗时已经有了很大不同。他更多地认同了知识分子的审美趣味，并已经获得了这个阶层或者说这种趣味的接纳。尤其是在实现从打工者到记者、《燕赵晚报》社会新闻部主任的华丽转身之后，人到中年的李洁夫开始呈现出一种中年写作的气息。最能体现李洁夫与知识分子写作的亲缘关系的应该就是他在诗集《平原里》中对故乡的重建，对城市生活的回望和对爱情的重新书写。

正如欧阳江河在谈到中年写作时所说："如果我们将这种心情从印象、应酬和杂念中分离出来，使之获得某种绝对性；并且，如果我们将时间的推移感受为一种剥夺的、越来越少的、最终完全使人消失的客观力量，我们就有可能做到以回忆录的目光来看待现存事物，使写作和生活带有令人着迷的梦幻

性质。"[1]李洁夫尽管并不爱读书（李寒语），但他凭借着某种天赋的敏感，还是很快把握住了中年写作这种梦幻性质，让美妙的黄昏从正午开始。

尽管李洁夫在很多场合都宣称"平原里"确有其人其事，但我们仍然能够轻易在诗歌文本中发现诗人的狡黠——那固然是真实的地理学意义上的平原里，但也确乎是诗人以语言修辞重建的平原里，一个符合诗人记忆的庞大意象群。貌似空间概念上的"平原里"实际上是诗人在时间层面上对童年、对成长记忆的重建。

在《平原里》开篇诗人说："他们距离我很近，挥舞着手，衣衫褴褛／但我看不清他们的面孔／大多时候，我只能听到他们的呼喊／如今，我是李小歪／我要到光阴的深处，找到你们／我要向上帝索回／对你们的处置权。""看不清他们的面孔"意味着诗人在写作时是以记忆的不可靠为前提的，所以真实从来就不是诗人的写作动机，也绝非其写作目的；"只能听到他们的呼喊"表明关于故乡的某些记忆随着时间推移在诗人头脑中越来越鲜明，并引发了诗人力图为故乡言说、为乡民代言的欲望；企图"向上帝索回／对你们的处置权"，则彰显了诗人企图重构故乡、为故乡的众生立传的创作野心。最值得玩味的是，诗人说"我要到光阴的深处，找到你们"。为什么一定要到光阴深处，才能完成诗人的这次寻找？

罗兰·巴尔特在《写作的零度》中曾经谈到法语中的"简单过去时"："在简单过去时背后永远隐藏着一个造物主、上

---

[1] 欧阳江河：《1989年后国内诗歌写作：本土气质、中年特征与知识分子身份》，见《花城》1994年第5期。

帝或叙事者……简单过去时最终就是一种秩序的、因而就是欣快的表现。由于这种欣快感，现实既不是神秘的，也不是荒谬的，而是明朗的，一清二楚的，它时时刻刻被聚集和保持在一位创造者的手中。"① 因此，罗兰·巴尔特认为简单过去时造就的是叙事的可理解性，它是一切世界构造的理想工具。② 那么李洁夫这位回到光阴深处的诗人，他所要做的就绝不是重现童年记忆，记录故乡历史，他实际上是要通过对时间的回溯，完成对自我的寻找和发现，并在这种寻找和发现过程中，实现对秩序的重建，完善自我与世界的关系。

李洁夫曾有一部诗集《时光碎片》，共分四辑——黄土大地、三月的情诗、都市行囊、时光碎片。将其与《平原里》的三部——苍天在上、呼吸、尘世相对照，第一部"苍天在上"写"平原里"村庄的人、事、风景、记忆，恰恰与"黄土大地"相呼应；第二部"呼吸"主要写都市生活，与"都市行囊"对应；第三部"尘世"，写饮食男女的爱恨悲欢，对应"三月的情诗""时光碎片"。比较诗人在《平原里》中塑造的故乡"平原里"与他之前书写的"黄土大地"，诗人分明经历了一个从出走故乡再到寻找、返回并重塑故乡的历程。故乡——平原里，是李洁夫与世界和自我和解的信号，是他寄托在语言中的灵魂，是他的痛苦、欢乐和爱，是他的理想国。

《平原里》第一部"苍天在上"是李洁夫诗歌创作中逻辑性最强、体系最完备、历史感最鲜明的系列作品，也是最能体

---

① [法]罗兰·巴尔特著：《符号学原理——结构主义文学论文选》，北京：生活·读书·新知三联书店，1988年，第79页。

② 转引自吴晓东：《从卡夫卡到昆德拉——20世纪的小说和小说家》，北京：生活·读书·新知三联书店，2003年，第236页。

现他现阶段诗歌创作成就的作品。郁葱老师用"惊喜""颠覆""跨越"来形容《平原里》带给他的感受,他评价说:"平原里是李洁夫从小生活的村庄的名字,诗集以叙事的方式记录了诗人的出生背景、生活环境以及走出这个村庄后回过头来对它的眺望和审视。在这个称为'平原里'的地域,他的放置和浓缩了更为广阔的地域史和心灵史,我没能想到,一向心直口快、大大咧咧、善于自嘲的李洁夫会把他的诗歌建筑做得如此恢宏和别样。"[1]

我是谁

可是我是谁?
此时我并不叫李小歪
或者准确地说李小歪并不是我
我的身体里住着另一个我叫李德周
我的灵魂里住着一个我叫李洁夫
这么多年,我多次见证他们的厮杀
和争斗。但是我从来都无动于衷

游离在我的身体和灵魂之上
我有时会冷冷地盯着这两个我
诧异他们是谁,跟我有没有关系
俗语云不管是东风压倒西风
还是最终西风压倒东风
因为我知道那两个我都不是我
他们最后能压倒的可能仅仅是我的漠视

---

[1] 郁葱:《一个村庄的诗歌史——解读李洁夫和他的〈平原里〉》,李洁夫:《平原里》,石家庄:花山文艺出版社,2017年,第2页。

或者说，他们最终也只能是被岁月压倒

由此说来，我是谁并不重要
平原里臭儿家有三个孙子：
李小歪、李歪歪、李二歪
我仅仅是两个我的影子
有时是朋友，情同手足
有时是敌人，水火不容……

对自我的质疑和寻找一直贯穿李洁夫这一系列作品。"我是谁"几乎是一切哲学问题的根本，不过，选择从这个质疑出发，诗人所要解决的却并不是哲学问题。他更关心的是自我的认知、完善和由此而达到的心境平和，亦即和谐欣快的秩序感。

在这一系列作品中，李洁夫刻画了很多亲人和乡民的形象，那些被简单记录下的个体命运联合构成了整个家族、整个乡村的命运。同时，他们的命运也深深楔入了诗人的生命。诗人说："平原里的人和事从记忆里拔出，像在拔出心上一根根毒的刺。"[1]

二姑
二姑跟我同岁
在同一间教室读同样的书
她吃饸面馒头时
我妈正接受街坊邻居的馈赠
妈说我是吃百家饭长大的
我没有忘记

---

[1] 李洁夫：《平原里》，石家庄：花山文艺出版社，2017年，第20页。

二姑有次丢了一支钢笔
老师反复问我拿了没有
他为什么要问我
二姑为什么要怀疑我
我没有忘记

去年回家时
听说二姑又跟我一小学同学结婚了
二姑真命苦
我读中学时二姑嫁到县城
吹吹打打，鞭炮齐鸣
我没有忘记

再见二姑，满脸沟壑
怀里抱着一个，手里拉着一个
走在平原里的大街上
她说是她的两个孙子
唉，很多往事
还没来得及忘记
就失去了忘记的意义

　　从表面上看，这首诗讲述了一个关于被轻视和侮辱的童年的故事，但诗人的高明之处在于他没有止于抱怨和痛苦，他说："还没来得及忘记，就失去了忘记的意义。"选择以一种来自反思和省视的态度来回望曾有过的经历，是繁华落尽之后的从容淡定，也是饱经沧桑之后的宽恕包容。王家新《持续的到达》中有这样的句子："传记的正确做法是 / 以死亡开始，直到我们能渐渐看清／一个人的童年。"

故乡给李洁夫的显然并不都是温馨美好的回忆，反而很有一些暗沉的过往。贫穷以及由此而来的生活的艰辛显然给了彼时仍在童年、少年时期的诗人以很深的伤害。但是，诗人在处理这些早期经验的时候却显现出一种轻描淡写的态度。这种态度与时下一些作品中痛苦的自白或宗教般的忏悔、告解不同，这种淡然、坦然倒更像是从中国民间智慧中生长出来的处世哲学，类似于寒山、拾得问答："世间有人谤我、欺我、辱我、笑我、轻我、贱我、恶我、骗我，该如何处之乎？只需忍他、让他、由他、避他、耐他、敬他、不要理他、再待几年，你且看他 。"于此亦不难看出民间文化在李洁夫诗歌创作中根深蒂固的影响。

有趣的是，李洁夫写《平原里》之人物篇10页10首诗，而到了《平原里》之景物篇只有5页4首诗；他写人物，有故事有细节，写景物，却变成了"土的颜色／树的颜色／鱼的颜色／光的颜色／山的颜色／网的颜色／云的颜色／梦的颜色／飞鸟归巢的颜色／季节握手的颜色／骆驼行进的颜色／黎明咳嗽的颜色"（《原色》）。纵观李洁夫的诗歌，虽然关于乡土的作品不在少数，但却很少具体写到农时、农具、农作物，很少写到乡间的自然风物，草木鸟兽。"都市篇"中写《登封龙山》，一首写景记游的作品开篇却是"是什么让我想起了诗歌"，关于风景，诗人说："于是这山该绿的便绿／该青的便青／该突兀的便突兀。"不难看出，在李洁夫的诗歌创作领域内，他更长于也更愿意描摹世态人情，而尽量避免或者说回避关于自然的勾画和表达。显然，童年乡间生活经历留给他的痛苦以及伴随贫穷而来的各种苦恼遏制了他作为自然人感受世界的能力。世俗的力量规约着他，他被过早地社会化了。以至于即使在多年以后，在他从事诗歌创作很久的时候，自然也仍然只是他用来挂诗歌的钉子，他与自然之间的割裂和隔膜始终难以弥合。这也在一定程度上制约了他诗歌写作的整体提高，他似乎一直很难达到将诗意与自然浑然一体的写作境界。

　　人到中年，作为诗人的李洁夫和作为一个普通社会人的李洁夫自我完成度都越来越高。他虽然还在写爱情诗，但不再是激情的袒露无遗。他写那些已经爱过并且还将继续爱着的，写那些经历过并且还将继续经历的，写那些没有到来但是终将到来的。

突然之间就不敢说爱了

　我是如此执着地爱着这个世界
　爱白日的光亮，也爱夜晚的清寂
　爱流水的恬淡，也爱血液的温度
　我是如此痴醉地迷恋尘世的生活
　爱奢侈的浮华，也爱简单的贫瘠
　爱相聚的喧嚣，也爱独处的孤单

　我是如此高调地爱着，爱每一个女人
　爱每一分炽热每一寸光亮每一分温暖
　爱决绝也爱圆润
　爱凌厉也爱柔软

　我就是一棵草，是野草
　寂寞、卑微，不起眼地生长
　但我总是如此狂热地爱着狂热地向世界索取
　以填补内心深处的空眼睛之外的洞。可是

119

我赶不走住在皮肤下的麻木长在骨头上的疼

我是一个多么可怕的家伙呀
特别是在我两手空空的时候
面对你突然之间就不敢说爱了

我最大的敌人就是你面前
那个真实又不敢真实的自己

　　这首《突然之间就不敢说爱了》几乎集中体现了李洁夫的生活态度和诗歌精神。那种"我是如此执着地爱着这个世界""如此痴醉地迷恋尘世的生活"的执着不悔在一连串整饬的排比中被宣泄得淋漓尽致，恰如诗人自己所言，"我是如此高调地爱着"。与这些带着勇气和狂热的宣言相对的是诗人对个我的省视："寂寞""卑微""可怕"……应该说，对自身存在的羞愧在诗歌中并不鲜见，有时候这种刻意的贬低还带着些欲扬先抑的味道。但是李洁夫用"住在皮肤下的麻木长在骨头上的疼"带给我们鲜明的切肤之痛；用"特别是在我两手空空的时候／面对你突然之间就不敢说爱了"刻画出爱人的敏感和脆弱；用"我最大的敌人就是你面前／那个真实又不敢真实的自己"将整首诗的品格从狂热的爱的宣言提升到直面个体生命矛盾存在的真实书写上来，在按部就班的演进中逐渐实现了诗歌主题的揭示和升华。

　　然而，纵观李洁夫的诗歌创作，从内容上来看，他始终是在既有经验的圈子里打转，并没有跳出个体经验的桎梏，所以既看不到他与现有秩序强烈的矛盾冲突，也缺少越出秩序之外的超拔生命体验；从思想层面上来看，诗人最终并没有确立起知识分子的责任感和反思精神以及由此而来的政治批判精神和为公众进行道德立法的执着信念，创作意图上的随意使得他的诗歌创作在精神层面上显得后继乏力。李浩在衡水湖诗会的发言中说："我们在思想深度上的提高普遍不足，普遍停留于共识，具有卓见和意外的诗人还太少，也包括我们'七子'在内。思想性上的匮乏与贫弱是制约中国诗歌'现代性完成'的一个关节点，我们需要更为迫切地意识到它。"

李洁夫曾说："一枚果子／贯穿我／短暂的一生／在这个普通的春天／我细细地品尝／千百年后自己的果肉／在脆弱的诗里寻找／果子的核／我郑重地拿起一枚果子／像一只勤快的蚂蚁／我的一生只喂养两株植物／一株是我的诗歌／一株是我脚下的／一撮泥土。"（《拿起一枚果子》）这也许就是李洁夫关于诗歌的个人宣言了。一个认真而执着的诗人，一段艰难而同样执着的诗歌旅程，亦即人生旅程。

讲述乡土，抑或自我
——评宋峻梁《我的麦田》

对乡土的讲述，我们的诗人和小说家都走过了辽远而多歧的道路，他们曾经漂泊异域，用田园牧歌似的优美笔调赞美咏叹乡土的生活秩序、自然风光和被加工过的人情人世；也曾站在现代文明的立场上，哀其不幸、怒其不争地批判那些前现代的落后和愚昧；还曾在思想意识的路上跑得更远，乡土只是他们安放作品的三脚架，在种种解构之后，他们用变形和夸张的形式，写出藏匿在乡间的暗黑和魔幻。宋峻梁显然对此有着清醒的认识，他要在这三者之间寻找更加适合当下时代和作者愿望的表达方式，他把乡土与凡·高、海子们的诗意想象结合在一起，与个人的成长经历和社会变迁紧紧相连。在他的笔下，乡土并不是客观的存在，它是被文学、艺术、历史建构的存在，是自我的语境，个体在这里发现并辨认自我。

宋峻梁的诗集《我的麦田》，尽管作者自称是"献给我的父亲母亲，献给我的故乡"，似乎是要直指诗人的童年记忆或者乡土书写，但仔细阅读后会发现，"我的麦田"虽然把乡土作为了所指之一，却早已超越了这种一般意义上的惯性指称，而指向更多元、更含混的象征。要在凡·高的《太阳下的麦田和人》《麦田上的鸦群》等作品与这部诗集之间建立联系并不是一件牵强的事情，二者都在"麦田"的表层意象之上用色彩和语词描绘了生命、力量，并试图在有限的表现领域内探索个体与周遭世界的关系。另一个关于麦田的著名意象来自海子，在他的《五月的麦地》《麦地与诗人》《麦地，或遥远》等作品中，这个早逝的天才赋予麦子和麦地以家园、自然和神性的丰富内涵。《我的麦田》显然有向海子致敬之意，第三章《村庄史》扉页上就引了海子《熟了麦子》一诗："有人背着粮食，夜里推门进来。"基于此，我们大可以把宋峻梁的"麦田"延伸向乡土、历史乃至人类文明发端之处。

诗集一共六章，首尾相连，贯通一气，叙事性与抒情性、思辨性兼顾，既是"我"外出、游荡、返回的个人史，也是人与乡土，与历史在不断讲述中重建联系的发现史。诗人在传统史诗所惯用的游历、寻找母题中注入了更多思考和诘问，将传统史诗的讲述故事转向讲述自我，在漫长的寻找中完成对自我的讲述和发现。第一章《游荡者》为全书的叙述带入了一位在城乡间"游荡"的主人公"我"，他将成为全书在幕前活动的最重要角色，成为观察、感知、讲述的主体，为诗人代言。关于"游荡者"的命名很容易令人联想到现代派诗歌中的"流亡者"形象，但与"流亡者"将流亡作为反抗确定性和意义感的存在方式不同，宋峻梁的"游荡者"显然已经走过了那种决绝而轻率的否定，他说："我没有迷失／我保存各种可能和怀疑／我一直走在路上。"

我们随着"游荡者"，走在人生所有可能的地方。他在田野，看"村庄很远又很近"；他回到南方的租住地，"在大片的废墟边徘徊"；他"曾坐在山顶／俯视下面的万家灯火"，"也曾在大海边听着潮声入睡"；他"骑着骆驼奔跑过荒废的都城"，把"曾经生活的城市的方向"作为"那一刻我奔跑的方向"。为什么要这样游荡呢？诗人既无意在浪漫主义美丽的大旗下寻找远方，也没有致力于在游荡的过程中验证现代主义或者后现代主义的虚无颓废，他说："我想反复确认这个世界／每个地方都与我有关。"毫无疑问，这句话非常关键。这既是"游荡者"的自白，也是诗人有意点出的全书主旨。在游历中寻找自我，在讲述中确认自我，在历史中重建当下。

叙述从《游荡者》开始，当"我在土地里翻身醒来"，第二部分《影子》开始了。《影子》宣告了"我"在城乡间游荡的结束，这一部分的表述空间被基本限定在村庄外围。"我"在这里观察、窥视着村庄和附属于村庄的土地、动物、植物，最重要的是"我"在这里发现了另一个"自我"："你是神吗／是什么神／三头六臂／火眼金睛／或者只是一只猴子／只是浑身尘土的风／挂在树上不下来。""他"亦即影子，回答说："我是你啊／傻大个。"宋峻梁用了很长的篇幅来讲述"我"与"影子"的对话，在对话中不难看出，"我"对以"影子"角色出现的另一个自我充满了怀疑、讽刺、不屑；而"影子"则毫无芥蒂地致力于缓解"我"与环境的龃龉。影子说："在你入睡后／我星夜赶路／到你曾经去过的地方／见你曾经见过的人们／帮你向每个你辜负的人道歉／向每个帮过你的人道谢／也许我会请他们喝杯小酒／我会掏一元纸币／给过街天桥上／残疾的乞丐／你曾经视而不见／硬着心肠走开／我也会走进你痛恨的／曾经带给你屈辱的人的梦里／替你打他一巴掌／让他忽然醒悟你的善良。"显然这是自我一体两面的分裂与对话，二者之间的互否令人不安却并不违和。类似的自我质疑深深埋藏在每个人的灵魂深处，我们都不同程度渴望有另一个自我帮我们处理与他人、与环境的各种矛盾，但又愤愤于这种和解的姿态本身似乎牺牲了"自我"。于是，面对"影子"，"我在微笑／可是我转而愤怒"。这大概是人在寻找自我的过程中必须经历的阶段吧，尽管回到麦田令我得以遇见另一个自己，但"我"仍然是矛盾、纠结的，"怀有永久不安的困惑"，一直到下一部分《村庄史》。

《村庄史》中"我"蓦然隐去，诗人搁置了被过分强调的自我，第三人称成为这一部分的主要叙述方式。这里出现了大量的土地、动物、植物的名称和它们具体的形象。它们并没有被统称为"鱼"，而是具体的鲇鱼、花鲢、麦穗……诗人称这是"对一条河流中的鱼所做的植物学命名"，命名就意味着重新发现，也意味着讲述者虽然隐身却依然无比强大的存在。植物和动物们组成了村庄，却并不是村庄最核心的部分，或者说并不是"我"关于村庄记忆的最核心部分，人才是。于是就有了这部分最重要的一组诗《安息碑——所有死去的人在此复活》。全诗51个小节，最后一节除外，截取了50个人的人生片段，如同一帧帧快速划过的胶片，三言两语的勾勒并不是为了全面具体地展示某个具体的人，只是极精炼地在那些逝者的人生中打开一个豁口，让人一窥而已。诗人在这里骄傲而自恋地挑战着诗歌语言的张力和表现力。与《安息碑》不同，《水井的故事》讲述的是活着的乡村现场，场面和仪式感代替了具体的人生，蒸腾的生产生活属于活人，也属于即将到来的日子。这一节里出现的苜蓿地、河流中的鱼、安息碑、水井等意象是诗人返回村庄的密钥，通过发现他们，命名他们，复活他们，诗人得以返乡。

《私语》这一部分没有明确的城乡坐标，更像是诗人手中的长镜头，透视着被翻出来的个人的生活里子。人们在镜头下喁喁低语，不思考，不寻找，不怀疑（尽管这里有一首以"怀疑"为题的诗）。

第五章《我的麦田》无疑是全书最华彩的部分。诗剧的形式为本节带来最多样的表现手段和最丰富的表达内容。众多人物被诗人召唤到"麦田",在这里上演了一幕幕充满自白和诘问的活剧。这很容易让人联想到歌德的大型诗剧《浮士德》,尽管从体量上来说二者并没有可比性,但诗人向前辈致敬之意还是有迹可循的。撇开令人目眩的场景变换,《浮士德》中关于人生的思考有很多是依靠浮士德的自白和他与摩菲斯特之间的质疑、互否来呈现的;而《我的麦田》中同样设置了两个主要人物——稻草人和贼,将关于故乡土地和人生存在的诸多思考集中体现在他们的自白和对话中。《浮士德》中隐含着大量的神话故事和德国民间传说,《我的麦田》中也不断出现鬼魂、财神等中国民间文化中的角色。诗人在对《浮士德》的致敬中也将那种不断追索,永恒追问的精神和深远辽阔的文化意境继承了下来。

诗剧共分六幕,以"贼"的闯入始,以关于"稻草人"的旁白终。第一幕中贼"慌不择路,越过干涸的沟渠和坟场",他是被人类社会追捕的边缘者、多余人;然而当他闯入麦田,并成功躲过警察之后,他成为麦田和稻草人的审视者和倾听者。值得注意的是,虽然诗人一直坚定地称呼他为"贼",却将他偷窃手机的行为做了恶作剧般的处理(那些乱响的手机/破坏了我奔跑的节奏/我一个个丢弃在路上/在杂草间/还没有看完里面的信息……可是这些手机我已经还了出去/我一路奔逃一路丢弃/它们响着铃声、音乐/固执地不肯停息),并且质疑了警察惩罚行为的正当性(偷手机的贼,你往哪里逃/我要给整个麦田戴上手铐/给每一棵树套上锁链/让每棵小麦学会告密;不瞒你说/我最怕遇上小警察/他们以折磨为乐/把我关在笼子里),这实际上使"贼"在麦田这个小的话语场中暂时性具有了不受人间制度约束又不必承担道德责任的豁免权，也就使得整场诗剧免受道德绑架和制度规训，得以直面更原始更本真的意义探寻和存在追问。

稻草人是最熟悉麦田的人，却并不是麦田的拥有者，农夫农妇才是，他说："我自己已经成了／一座正在发芽的十字架／或腐朽的十字架／成了麦田里最高的墓地／只不过谁也不会感到害怕／也不会对我肃然起敬。"在第二幕中，他为贼讲述自己："城市里我生活过，爱过／甚至死亡过／大街上众人如一／没有人知道我是谁。"第三幕中，他引贼去看那些"夜间的事物"，"我看到一群人正从麦田起身／借着月光／擦拭身上的液体……"那里有盗墓人，有鬼魂们，有死去的国王，有财神，有判官。稻草人和贼的对话在第二幕中还主要是对自我的讲述和怀疑，到了第三幕，他们的诘问和怀疑扩展到了神的存在。贼在追问："神在哪里？我从未见过／谁是神／你是否能一一指认？"稻草人的回答并不像回答，他说："未来的孩子们……他们一出生／便介于神与人之间。"还说："那些早早被封为神的人／一直没有被推翻过……我知道他并不太信这一套／只是做做样子骗一下。"实际上，诗人在这里谈到的神并不明晰，是指代来自印度或者西方的宗教信仰，还是中国民间的鬼神崇拜？但不管怎样，在稻草人和贼的对话中神被调侃，被怀疑，被一一解构，神并不能为人带来精神皈依，甚至不能使他们感到平静安全。正如宋峻梁在《后记》中说："是前往神的寓所还是还乡？人的精神皈依问题是个大问题。《我的麦田》选择了后者。"

第四幕的《小舞台》算得上剧中剧，无论是唱歌的女学生们、还是拍照的新婚夫妇，都在向我们展示生活美好、热情、充满阳光的一面。自从"希望"最后一个被从潘多拉盒子中释放出来，它就支撑起了人类面对未知的勇气。诗人也许是借着青春少女和处在最大幸福中的新娘来表达他对世界的美的赞赏和爱意,但他甚至不能让这种赞赏保持到这一幕结束,"一个满脸污垢的女子闯进麦田,头上插满鲜艳的花朵"。大概就像鲁迅在《药》的末尾,给夏瑜坟上添一个花环,是要在一片晦暗中增加一些希望和亮色;诗人让疯女人闯入,正是在一片光明美好中添一些绝望和凄厉,让所有的肯定中生长出否定的元素。

前面说过,稻草人并不是麦田的主人,但他是麦田的代言人、守护者。当第五幕麦客带着收割机收割麦子的时候,稻草人的世界被入侵,被毁坏了:"这麦田,这金黄／我守了很久,也许四百年／也许一个朝代／这里是唯一干净的地方／唯一纯粹的地方／不要毁坏呀！我不要废墟／废墟怎会是我的故乡。"贼也只好逃走:"我要逃了,我要逃了／麦田收割／我就要暴露在光天化日之下。"这很像关于当下乡村处境的寓言:并非从中国传统中自然生长出来的工业文明带着发达的现代化想象侵入农耕世界,农民以一贯的顺从接受了这种入侵;受到伤害的反倒是作为麦田守护者、见证者、亲历者的稻草人,是在麦田藏身的贼。

第六幕麦田复归宁静,但这宁静里有喧嚣之后的荒凉沉寂。稻草人的自我束缚和贼的不断逃离俨然是人类的一体两面,他们不断怀疑,不断诘问,在现实面前溃不成军,却又强大无比地始终不肯放弃思考:"这里不是你的／也不再是我的／空空荡荡的大地上游荡的全是／未曾安息的灵魂／我爱过的依然会爱／恨过的依然会恨／烙印就像皱纹一样堆积在我心里／无法改变的事情太多了／这骚动而又寂静的大地／仿佛绝境／仿佛一只巨大的手掌／这就是我的故乡／这片土地也曾经是祖先们的废墟／然而我无法拍打家门／我回来了,可是我想住在麦壳里／虫洞里，我想住在／我自己的身体里／这些草这些花枝这些破布／我也厌了／麦田是我的怀抱，忽然消失／土地是我的墙，它横亘在那里／趁着夜色，我们离开吧／去哪里不重要。"当稻草人有了离开的念头时，贼说："我要做你的背影，你在这里／我就在这里／做你的另一面／我克服了惧怕／但我还没有克服孤独。"他们的表演结束了。麦田曾经容纳了人类一切的历史和现实，悲哀和快乐，也必将继续容纳人类的未来。人类一直不断地从麦田出发又回到麦田死去，却从来不肯安静地待在原地。他们不能停止流浪，不能停止探索，他们既是麦田的稻草人又是被追索的贼，麦田束缚他们又包容他们，他们只有在跟自己和麦田的对话中才能真正找回自己。

于是，就有全书终篇《我在》。在这里，所有人和物都成过眼云烟，只有村庄和"我"依然："村庄的中间是一条道路／一个方向通往城市／另一个方向通往没有墓碑的坟场"；而我，"我在同所有陆续到来的和曾经相遇的事物妥协"，"作为一个消失过的人／我在重新嫁接生活"。

现代社会发展到今天，个体的现代性焦虑已经成为一个普遍问题。人常常为各种不自由、不平等、不公正的现实处境倍感压抑，并且时时处在无法摆脱的孤独和疏离之中，人成为"原子化"的自我，在宇宙人生中茕茕孑立，只能活在当下，对历史与未来都充满了茫然之感。与之相伴的是新时期以来文学对"人"的重新发现逐渐演变成对"自我"的过度迷恋，现实中的自我中心主义与诗歌中的私人化叙事相呼应，诗歌成为表现自我的手段，自我迷失在诗歌语言的迷宫中。我们一直在追问，我是谁？《我的麦田》虽然有部分"村庄史"的属性，但归根结底还是一部关于"自我"的游历和发现史。作品中"影子"和自我，稻草人和贼之间不断地对话和诘问，是诗人别出心裁设置的人类对自身的反省和追问。一幕幕变化的场景——村庄、城市、麦田——是人类亲手赋予其意义的空间，但这空间又反过来限制着人类，定义着人类。本应无限辽远的时间也被空间截断，凝固成一帧帧画面，浓缩成一段段记忆。人类特别是现代人类，不断渴望超越空间的束缚，追寻时间的永恒，追寻意义的无限，但他们甚至已经失去了当年书写"人生代代无穷已、江月年年望相似"的历史感和宇宙感。如果自我的消失就意味着意义的消亡，那么宇宙时空之于人类又有何意义，人类似乎只能堕入虚无主义的陷阱？

原子化的存在假象让我们误以为是我们自己的自由选择塑造了"自我"，所以常常沉迷于表现"自我"的种种欲望、情感，却忽略了个体终归不能先于社会存在，是个体存在其中的各种社会属性和目标塑造了"自我"的特殊性。麦金太尔提出了"叙事性的自我"的概念，他认为，一个人的人格构成表现为这个人一生中首尾一贯、意义明确的各种活动及其叙事，这是在特定的历史传统中或社会脉络当中展开的，个人的生命意义感的形成也是与这种历史和社会密不可分。每个人都是有故事的自我。《我的麦田》完美演绎了麦金太尔"叙事性的自我"的论述，为我们提供了一种新的表达方式，一种把乡土和所有经历作为个体记忆和存在方式的亲切的表达。

尽管城市部分地割断了我们与土地的联系，社会分工改变了我们与家族的关系，时间空间的碎片化导致了我们与历史的隔膜，但自我并非孤立存在，他仍然被乡土、族群、历史所塑造。诗歌唯有不断地返回并重述乡土、族群和历史，才能真正理解并把握每一个"叙事性的自我"，才能真正在语言的世界里发现并建构人的诗意存在。《我的麦田》中诗人所竭力实现的正是尝试去理解自己所处的社群，悦纳乡土，与城市和解，尽力在作品中公正地处理自我的乡土经验和童年记忆，接受自身的荒诞感并坚守持续的意义追寻。也许这才意味着我们对现代文明的真正接纳，也意味着国人在前现代、现代乃至后现代生活方式、思想潮流的剧烈冲突下所能够达到的对自我最大限度的正视与包容。

李磊诗歌印象：
关于"不确定性"的个人书写
——以《沦陷》（外三首）为例

  诗歌写作在经历过种种思潮迭变和语言实验之后，呈现出丰富多元的面貌，曾经被质疑被推翻的常常被拿出来作为新的旗帜，曾经被高高悬挂在旗帜上的也不妨碍它们被下一次浪潮弃若敝屣。当"文化英雄"已成明日黄花，强烈的批判性和极端的语言实验都在市场和消费主义的"复制"与"戏仿"下溃不成军，诗歌不得不再次为自身的"合法性"声辩，不得不重新审视新时期以来摧枯拉朽般的思潮和运动中那些其实远未得到充分发展的诗歌成分是否在当下仍然具有生命力和生长性。浪漫主义、现实主义、古典气质……在经过现代主义、后现代主义洗礼之后，在不断被解构和重建之后，它们既被质疑，被嘲弄，又被作为"新"的质素重新审视和书写。当下，诗歌以众多的方式重新阐释过去和现在，"从惹人喜爱的游戏式的，到反讽怀旧的，而且包括诸如此类的态度或情绪：幽默式的不恭，间接的效忠，虔诚的回忆，机智的引用，以及自相矛盾的评论"[1]。

---

[1] [美] 卡林内斯库著，顾爱彬等译：《现代性的五副面孔》，南京：译林出版社，2019年，第313页。

多元化写作的另一种说法其实是强烈的不确定性。在诗歌现场，诗人们既是演员又是观众，他们一面深深体味着诗歌"边缘化"，回到它应该在的位置的落寞，以"私人化"写作、个体经验书写为标榜；一面是"文化英雄"的旧梦不远，诗人建立诗歌进入时代生活的新链接的努力却收效不大；但与此同时，被娱乐化、庸俗化的诗歌现象却层出不穷，诗人不断被大众文化裹挟，一次次被推向娱乐事件的风口浪尖。诗人立场从未像今天这样摇摆不定，他们的前辈曾经只是面临政治威权对个体的压抑，而他们还要面临业已成型的体制内文化秩序，大众传媒为核心的市场化文化要求，这些都使得当下诗人的写作立场和他们的创作本身都更加复杂难解。就李磊个人而言，上述的复杂情势不仅同样存在，在她的诗歌写作中还凸显着她对自身女性立场的怀疑和重建，以致她的诗歌在处理自身经验时呈现出更多的不确定性。

从整体来看，李磊的诗歌中存在着双重编码，她作品中的一部分技巧、意象、表达方式是现代的，而另一部分则是其他的，诸如复古的、隐喻的、情境的，体现出对诗歌的抒情传统和对文化传统的复归，但这种复归又是犹疑的、不确定的。李磊是敏锐而易感的，她会很容易从眼之所见耳之所闻，从摇摇晃晃的常常被认为不可靠的个人经验出发，令人惊异地仿若不经意间便抵达生命与存在最深邃、最隐秘的部分。

她的《沦陷》，始于个体的苦闷，却归于"罪与罚"的终极追问，体现出明显的试图从私人化书写向"意义"回溯的迹象。她说："心事在身体里盘旋，苦闷在黑夜里集结。"新时期以来诗歌中对个人苦闷的书写屡见不鲜，伴随着文艺思潮领域对"人"的重新发现，诗歌也开始了向内的转向，个体被从集体中托举出来，人们用放大镜窥视那些私密的喜怒哀乐，并使这些私语渐渐成了新的公共话语，从众声喧哗变成了众口一词，当所有人都在说自己的"心事"的时候，这种表达早已丧失了它的独特性和作为诗语的存在价值。然而李磊《沦陷》的意义在于她并没有沿着惯性去挖掘并炫耀似的展示那些"心事"和"苦闷"，而是就此打住，却说"雨、风、霾尘，以及深夜里独醒的人／这些在世间盘旋的罪者，等待着审判"。

80年代以来，诗人们几乎是热切地欢呼着对人的重新发现，情感、欲望都成为书写的对象，在"自由"的号召下，这种书写不断上升或者下沉，在形而上或者形而下两个维度上各自精彩，各自偏执。在一片狂热中我们将无节制的欲望书写和对权威的解构，对秩序的践踏都曾当作个性，然而当旧的秩序被打碎，资本汹涌，人间失范，被高扬的个性失去了信仰的庇护，几至沦为除利己主义和异化之外乏善可陈的东西。从某种意义上来看，没有信仰作为依托的个性本身很难说到底是天性还是任性。很多理论家曾谈及国人缺乏忏悔意识，其原因也许在于我们从未意识到自身的恶并为此感到过羞惭。作为诗人，李磊敏锐地感受到了个体在人间的苦闷，以及这种苦闷的避无可避。彩虹般的美丽只是瞬间，纠葛才是永恒的存在。但这些痛苦和纠葛并不是人类的勋章，沉溺于此也绝非诗歌的正途。人类从来没有停止超越痛苦的求索，甚至也许正是在此基础上才有了宗教，有了哲学，有了诗。一个为自身感到羞愧的诗人是可敬的，李磊在诗中谈论"罪者""审判""幻境""精灵"，试图带人类回归到原始的集体无意识想象之中，探索从古到今的救赎之路。值得注意的是，她将"深夜里独醒的人"与雨、风、霾尘并列，并不赋予人以高出自然的特殊地位，在最终的"审判"面前，人并不比物更高贵。

必须指出的是，李磊的诗虽然触及了更高层面的终极思考，但她的表达仍然是感性的，是自我的，是充满了不确定性的："爱与恨、是与非，分割线越来越模糊／天亮前的时刻，怎会如此不安／我思想的城池，我坚守的信念／终于还是开始沦陷……"这种探寻显然并没有给诗人带来思想上的清明和心灵上的平静，诗歌写下了个体最深重的"不安"和最真实的"沦陷"。的确，诗歌的使命从来就不是拯救，而是真实的呈现。

李磊的《在一块石头面前》转向了佛家的静思，诗人始终没有离开求得灵魂安宁的目的："低眉诵经的佛者，身着布袍／盘坐一团紫气之上／哪来这片专属大海的深蓝？内心还是表层／雕刻者，将石头本有的灵魂／镶嵌在经文里，削成利箭／从某个久远的时空，从地心深处射出。"这首诗里，震撼灵魂的力量来自时间深处，这支"利箭"隐喻的是经过时间淘洗的佛教经义，还是经年累月的历史文化积淀？无论它是什么，它都携带着时间的风雷，穿空而来："每一次都击中今世的我／也是在暗夜最深沉的时刻，哦／两个世界，交错展现。""我"的被击中，恰在于我本身便是承袭这样的历史和文化而生，佛教经义也好，文化积淀也罢，它们都不是空洞的概念，它们是与个体存在相统一，是以个体血肉的形式生长着的，是"我"的前世今生。作为个体存在的"我"，唯有在前生后世交汇合之时，才能真正获得完整。"我紧紧握住，用火热的心／驱逐前世的冷寒和孤寂／我惊讶，那股抓不住的气力／我忍不住双手合十，默念经语。"

《失眠之诗》是李磊作品中不多见的致力于处理自身女性经验的作品，更多时候，李磊似乎习惯于以"第三性"的个体视角观照并处理个体经验。"我开始厌恶在深夜写下的文字／它讲述的爱情没有生命，就像／一场云雨之后的疲软／它能轻易伤害彼此，不管你是否穿戴了带刺的战衣／它就是躲在暗夜里的黑蝴蝶，或者／它就是昨晚噩梦里斩杀我的刽子手……"和翟永明、伊蕾们的某些写法相类，李磊继承了80年代中后期女性诗歌写作中依靠大量的"黑色"象征来反抗传统的关于女儿与母亲的角色书写。她笔下的爱情不是向男性的邀宠，也不是寂寞的自恋自怜，爱情是女性生命力量最集中最强烈的爆发，是黑暗，是伤害，却也是生命存在的最直观证据。但在具体的书写中，李磊尽管不惮于直接的身体表达，却更倾向于含蓄、节制的传统抒情手段："穿过这铁条的囚禁，我也嗅到了／玉兰、樱花，还有不知名的花香／一颗流星划过，宣告／早晨快要到来，和钟点的信息一样精准……"隐喻和象征的运用使她的作品在充满现代感的女性书写之外具有了更悠长隽永的意蕴。

为日常寻找超拔，为灵魂寻找救赎，一直是李磊诗歌中挥之不去的主题，一如她在《沦陷》中写"审判"，在《在一块石头面前》写"经文"，在《冬天的秘密》里说"既然不眠，就抒写诗文吧"，在《失眠之诗》里写"它讲述的爱情没有生命"。诗人是同时被众神宠爱和诅咒的人，他们被豁免可以看到并说出神的秘密，但同时也被绑上了西西弗斯的命运转轮。永远追问，永远无解，却永远不能停止追问。读李磊的诗，一次失眠，一次季节的轮换，都会触动她敏感的诗思，都使她不能停止发问。个体的现代性焦虑毫无疑问折磨着她，她在佛教、诗歌和爱情中寻找救赎，很难说这种寻找是成功的，她更多的只是呈现出一种不断寻找的姿态。尽管她在《失眠之诗》里，力图振作地写道："苏醒在尘世间多么沉重、疲累／睡眠在星光中多么轻盈、美妙。"但我仍然以为《失眠之诗》未尝不是一首"失败之诗"。它宣告了睡眠的失败，爱情的失败，也意味着之前所有寻找和救赎的失败。个体的沉沦和救赎仍然无解，诗人的追问还在继续，诗歌的魅力就在于永恒的矛盾以及其中那永远无解的"不确定"。

在这样的主旨之下，李磊表现出对语言本身的迷恋。"黑玫瑰在冬夜最冷的季节开放 / 蝎子在等待攻击，囚禁的舌头吐出毒液 / 窗台上的风信子暴露了踪迹 / 原来，爱情信使丢失了我的情书"她熟练并且巧妙地利用这些异质形象间冲突的张力，造成整体的陌生化效果，从而形成很强的阅读冲击力。应该说，这种语言风格是与她的现代性思考相一致的，是语言在言说自身时的一种策略。但诗人在使用这种语言策略时并没有达到炉火纯青的境地，以至于有时会伤害到全诗的气韵贯通和整体逻辑。"低眉诵经的佛者，身着布袍 / 盘坐一团紫气之上 / 哪来这片专属大海的深蓝？"从"紫气"到"深蓝"显然缺乏合情合理的转换，即使诗歌语言的跳跃和断裂乃是题中应有之义，但过于生硬的转折似乎也会因文害意。

诗歌的可能与阐释的可能
——于坚诗歌阅读印象

对诗歌进行评析或阐释是一件费力且不易讨好的事情，尤其是当你所面对的诗人说："诗歌是第一性的，是最直接的智慧，它不需要知识、主义的阐释，它不是知识、主义的复述。"[①]的确，诗歌确乎不是"知识、主义的复述"，因为它对于诗人来说，就是知识、主义本身。也就是于坚自己所说的："汉语，是汉语诗人唯一的、最根本的'主义''知识'。"

于坚从不讳言他对语言本身的热爱，也许恰如海德格尔所说，是语言让意义得以存在，而并非我们把意义灌注在语言中。语言本身的无限可能带来了诗歌表意赋形的无限可能，也带来了诗人想象力的无限可能。在这样的无限面前，的确任何"主义"和"知识"都嫌苍白乏力，但这并非意味着阐释的绝对无效。当我们同样将语言本身作为阐释的"主义"和"知识"时，诗歌写作和阐释将在语言的维度上达成共识，从而获得诗歌在接受领域的另一种无限可能。这也许就是诗歌阐释或者叫诗歌阅读的魅力所在。

于坚的这一组诗歌在我看来实际上很难用"组诗"来表述，

---

① 于坚：《棕皮手记》，北京：北京邮电大学出版社，2014年，第349页。

因为他们彼此之间的联系并不紧密。倒更像是被随意堆放在一起的杂物，呈现出丰富而驳杂的面孔。

一、以大地观照日常

在《高压电塔》里，诗人写道："有一座高压电塔只有我知道它在哪儿／一把无主的锄头挖掘着荒野。""高压电塔"在诗的起手处显然还没有获得"意象"的命名，但在与"锄头""荒野"的对应中，"高压电塔"的突兀和机械性被淡化了，它被放在更广阔的空间中加以观照。于坚说："世界在诗歌中，诗歌在世界中。因为诗歌来自大地，而不是来自知识。"为了说明当下"在世界中写作"的诗人的稀缺，他以"云南森林中的黑豹"做比，证明其几乎绝迹的现状。于坚所谓的"世界"显然并不仅仅指我们所身处其中的社会生活，还指向个体所能达到的生活领域之外的更广阔的"他者"的人生和更辽远更抽象的自然世界。"云南森林中的黑豹"这个比喻本身就向我们揭示出诗人的"世界"所具有的神秘性、原始性和自然属性。于是，诗人选择在他的诗歌中以"大地"的无限的空间感来观照个体所能触及的所有日常，赋予习见的当下生活物象以诗意命名。然后就有了"不确定电流涌去处，是不是'就有了光'"，有了"这黑暗中的供电局在何地营业"，"没有后台／开关后面是停电的冬天"这类表达。

貌似于坚曾经一度反对语言的隐喻，但他同时承认"照片、文字都属于一种语言，但语言不是世界本身，语言只是世界的隐喻"。这首《高压电塔》实际上遍布着象征和隐喻的痕迹。诗人把"高压电塔"置于荒野，同时描述"这片区域没有草／没有风／没有兽群"，接下来是被刻意贬低的自然，"大熊星座被它的无知迷惑""森林轻率种下",紧接着是关于存在的陡然转折——"它不在大地之上"。从一开头的"只有我知道它在哪儿"到这里明确的"它不在大地之上",再到下文"不确定电流涌去处""这黑暗中的供电局在何地营业",对空间的拓展一直没有停歇。生活的日常被延展到自然界中,星空、森林、河流都被人类的日常所迷惑甚至驱使。诗人将电流的涌动与基督教神学的"要有光"相譬喻,以人类技术主义的自我膨胀与自然的萎缩相对应,最后落脚于"虚度时光／渴望被一根转瞬即逝的闪电抓住",从空间领域转换到时间概念,流露出对技术的怀疑和对瞬间即永恒的时间性渴望。

重建日常生活的神性一直是于坚诗歌的题中应有之义。而以大地观照日常显然是他的有效手段之一。《那封信》实际上是一首极抽象的诗,但诗人仍然从具体的物象和细节出发,表达了他对"大道"的向往。"我等待着一封信／在黑暗将至的黄昏／在露水闪光的黎明／我等待着那封信／不是圣旨到／也不是死刑判决书／不是被邮局退回的手稿／我的语言早已获得上帝编辑部的采用通知／不是爱人的信／她的信我有一捆又一捆／密布着甜言蜜语和信誓旦旦／呵,我等待着那封信／那封信没有字迹和信封／天空大道杳无白云／风在幽暗的水面摇晃着绿邮筒。"

《祭祖》是一首带有叙事性色彩的作品。时间的上溯与闪回、空间的变换与延展在这首诗里相遇。王光明在他的《现代汉诗的百年演变》中曾经指出用诗歌叙事的不可能性,他说:"所谓的'叙事性'不过是更有利于感觉与语言起舞的场池。""无非是利用人们熟悉的时空经验和细节做跳板而已。"[1]的确,

---

[1] 王光明:《现代汉诗的百年演变》,石家庄:河北人民出版社,2003年,第635页。

叙事从来不是诗歌的目的，叙事的背后，诗人获得了更加广阔的表现空间。在这首《祭祖》里，对祖父的描述同样被放置在原野中。与《高压电塔》的"荒野"不同的是，"原野"有了生命的色彩："一头牛躺在正午的原野，幽绿的夏日／苹果和橘子尚未成熟，花生沾满泥巴／一条老狗穿过阴影回到土地庙。"诗的最后，"当他们死去时 没有人在那儿"却有"一朵铅灰色的乌云盖着他们／沱江那边／传来布谷鸟的叫声／它没有叫得太久"，人与自然在特定的环境和特殊的历史背景下终于融合为一体，自然最终接纳了人类。当时间回到诗人所在的当下时，诗人也从祖辈的经历中获得了与自然同构的某种力量。

二、以瞬间观照历史

只有空间的拓展，而没有时间上的追溯和反思，绝不是一个优秀的诗人处理个体经验与社会生活的合理方式。格非曾说："没有对时间的沉思，空间不过是绚丽的荒芜。"于坚当然是一个对历史有着深切认知和痛切反思的诗人，但他的认知和反思丝毫没有被所谓宏大的历史背景遮蔽，他选择撷取历史上的瞬间，以横断面的方式展现大历史背后的纵深纹路。陈超提出的"个人化的历史想象能力"似乎与于坚有异曲同工之妙。

于坚的《1966年的大象》无疑直指那个疯狂而失序的年代，但他以"大象"的意象指代群体性的盲目和混乱（"大象"在于坚诗歌中是极有趣的意象，其所混杂的英雄主义和失败感使其具有极丰富的意义拓展空间，在此不遑多论），而以具体的叙事性内容表现个体的渺小和无奈。"我一边削着少年时代最后一支铅笔／一边等着天空下雨／教室的黑板上没有字／范玉英老师的白色高跟鞋掉在走廊里／我第一次看见它是瘪的。""我"和"范玉英"构成了那个年代的两个剪影,"铅笔"和"白色高跟鞋"则以巨大的象征意义丰富了诗歌的想象空间。再如《缝纫机》中"那一天她在缝制一条裙子""这一幕是一道永远的闪电／伤口般的闪电"对瞬间的截取和呈现,使得后来对时间的回溯表现出强烈的反差从而使诗歌具有了真正的历史意义:"之前我从未等过／之前,我无忧无虑／跟着花香去上学／帮老师擦去黑板上的云／之前,缝纫机是天堂的一阵阵小雨／我们都住在桂花树附近。"他的《鞋匠》也具有同样的写作角度和特点。

　　于坚不仅是个诗人,还是一个不错的摄影家。对影像的捕捉在某种意义上来说与他从历史的长河中截取属于个体的瞬间具有很强的一致性。他的《云南陆军讲武堂》几乎是一组影像的排列,许多个瞬间,组成许多个影像的序列,共同讲述了云南陆军讲武堂历史上的光荣与颓败。"云南陆军讲武堂／1909年开办在翠湖公园旁边""大刀横乱世／素颜洗长巾,校长龙云／彝族昭通人,来自滇东北大峡谷的／一只鹰""如今旧房间里陈列着些死者像／游客握着塑料矿泉水瓶,东张／西望"。

　　从风格上来说,于坚的诗呈现出一种不拘泥、不矫揉的冲淡风格,这也许一方面与他对中国传统文化的接受有关,一方面也与他对世间万物人生百态"繁华落尽见真淳"的感受有关。于坚说:"诗人写作与人生世界是一种亲和而不是对抗的关系,它不是要改造、解放这个世界,而是抚摸这个世界。"

地域和代际遮蔽下的个体经验书写
——《天津诗人·辽宁卷》阅读印象

以地域来划分或者标识诗歌相对于诗歌本身的丰富性来说显然是简单粗暴的，但近年来越来越多的诗歌选本或诗歌评论都习惯于或者说乐于将诗人和他们的作品按照其出生地或活动集中地加以区分。物以类聚，人以群分。自《诗经》起，人们就已经深刻认识到了诗歌"兴、观、群、怨"的功能性。同一地域的诗人，因了共同的水土涵养，彼此间频繁的交相问难，在思想认识、审美情趣上呈现出"群"的秉性，自然水到渠成，无可厚非。但诗歌终究是个体独特的生命体验，即使同一时一地之诗人、诗作，其丰富性也绝非一个或者几个所谓的地域特征能轻易涵盖的。橘生淮南，也可能习得了苹果味道。

从另一个层面上来看，选择从地域上辨识诗人诗作，也从侧面证实了当下诗歌面孔的驳杂与含混。诗歌写作的个人化倾向和大众化趋势与自媒体时代资本、媒介合谋，以微信、博客为代表的手机、互联网为诗歌发表和传播扫清了障碍，没有门槛的准入催生了诗歌领域的一片繁荣景观。鲜花着锦，烈火烹油，诗歌似乎从边缘化的境地一跃而成当下社会生活中的话题性存在。"乱花渐欲迷人眼"，我们竟很难从技巧、审美或者创作意图等方面实现对诗歌"群"的有效划分，因而，以地域来考量当下的诗歌创作，是上策，也是下策。

《天津诗人·辽宁卷》无疑是对当下诗坛上活跃着的辽宁诗人一次集中展示，其中有生于40年代的柏铭久，有"00后"的随若熙，有辽宁本土的诗人群落大连诗群、朝阳诗群，也有集中组队出现在这里的"游子"诗人方阵。他们以各自独立的创作姿态完成了辽宁诗人在当下诗坛的集团化书写，呈现出独特的北方诗歌写作景观。当我们站在空间的一致性上考察这些诗人和他们的作品时，很容易发现辽宁诗人橄榄状的代际分布。"50后"诗人和"80、90、00后"诗人分居橄榄的两端，中间膨胀庞大的部分由"60后"和"70后"诗人填满。与地域划分的权宜性相类，代际划分也只是分析阐释的手段而已，对于文学批评来说，更重要的是要借助这样的分类，在空间、时间的共性中提炼出诗人独特的主体性和个人化色彩。

一、不老的英雄——"50后"诗人印象

　　新时期以来，新诗伴随着时代发展而发生的急速变化令人应接不暇，从"朦胧诗"到"后朦胧诗"，到"90年代诗歌"，乱纷纷你方唱罢我登场，这样的发展速度和各种诗歌主张的众说纷纭在诗歌现场中造成的吊诡景象之一，就是本应是前后继承扬弃关系的诗歌创作方法和审美方式会同时出现在同一个地方、同一个群体中。比如辽宁。

　　"大开卷"之首的李松涛写《冰川，其实就在眼前》："以救亡图存的忏悔之心 / 向远处的冰川致歉！"写《墨誓》："遂有八方岸人 / 怀华夏心事上下求索 / 于露湿的端午，素手采艾折苇 / 年年，岁岁……"诗人以强烈的主体意志，直面人类对自然的罪孽，追索个体对历史的担当，在与自然和历史的关系中成功确认自身的强大存在。他的作品呈现出浓烈的抒情色彩

和对"意义"的无比信赖与执着追寻,有"为天地立心、为生民立命"的民族化、群体化抒情倾向。他在《灵魂读本》中追问"有横穿浊世又一尘不染的人吗",显示出英雄叙事的特点。

同样出生在50年代的王明久以"青花瓷"隐喻人生,写"人与瓷／只能在民歌里回家";写"我看着妈妈把一只青花大碗／扣在外祖父的坟头／用青瓷的天空造一个虚拟的屋顶";并最终将全诗重心落在"China——中国／这被海水打湿的名字响满文明手指／中国丝绸,中国瓷……／瓷立的我们,丝织的我们／是它们的孩子／我们无法拒绝内部污垢和外部肮脏／但我们也决不拒绝阳光和水的／自我清洗"(《青花瓷》组诗)。

他们的诗虽然内容和语言风格各异,但都追求作品的整体性和中心的唯一性、确定性。在宏大主题的指引下,他们的诗作结构严谨,前后贯通,语言整饬,情绪饱满,始终高扬着理想主义的旗帜。

二、回归个体
——"60、70后"的创作实践

(一)对日常的戏剧性表达

在诗歌中表现出对中心的逃离和对语言秩序的冒犯要等到"80、90、00后"那里更加蔚为大观,不过这并不妨碍"60、70后"的诗人们以他们前所未有的质疑精神将更多的反诘、互否引入诗歌,通过对日常的戏剧性表达,来昭示他们那充满整个生命的虚无与荒诞。这一点,在刘川、刘不伟们那里已现端倪。

口占：无题

俯瞰沧海

忽有所悟

猛转回身

赶回家去

关水龙头

刘川这首诗极小，却有着很强的后现代特征。诗人有意摒弃精致优美的辞藻，放弃抑扬顿挫的节奏感，刻意消解第一句"俯瞰沧海"带来的宏阔想象和审美定式，以我的"猛转回身"为转折，将一切华美壮阔消解在无厘头的"关水龙头"的打趣之中，体现出后现代艺术对"美"的敌视。彭锋在北京大学的演讲中曾提到过日常生活中对美的滥用，而艺术领域为了表现对日常生活的反驳，就选择在当代艺术作品中敌视"美"，以揭示现实生活的"丑"，从而引起警醒和疗救。

相比之下，刘不伟的诗要温和得多。他的《拆那·刘春天》以一个父亲倾诉的口吻，将父女间的想念在日常的语境下娓娓道来，不疾不徐的叙事中有着温暖明亮的爱意。通过个人化或者说私人化的叙事来建立个体与世界的关系，并在叙事中不断拓展诗歌表现力已经成为刘不伟们驾轻就熟的表达方式了。比如他的《拆那·轮椅》：

我买了个轮椅

今天下午我要

推着自己去晒太阳

晒太阳喽

我为我自己擦去眼屎

我为我自己擦去口水

我为我自己流出浑浊的泪

诗中从头至尾频频出现的"我"无疑一再强化个体的存在感,同时也凸显了个体的孤独。当代人在建构自己与世界的关系时一度被科技进步带给人的理性神话迷惑,成为李松涛笔下不断对冰川犯罪的人;但在刘不伟这里,诗人强烈意识到的不是人之为人的伟大,而是作为个体的人的处境的悲哀。

王剑波的《枕着》在淡淡的忧伤中诉说着婚姻中的惯性和疲惫:"小的单室,一张床,两个人 / 空虚地躺着。孩子上大学一走 / 一家人的日子就像过完了……我的胳膊由她枕着 / 我也枕着她 / 这一刻,我们都抽不出身子。"他的《消息》在戏剧性的叙事中揭示出了人生的荒谬感:

前日卖了些旧书废纸,竟有小的惊喜

纸,居然贵过铁了

让我一个命薄似纸的人庆幸不已

中午。掂着那几张兑来的纸币

请几个帮闲喝酒

觍颜说字、说中国文化和自己的诗

但铁厂干活的哥们敲着碗说:铁贱了

他的工资只有原来的二分之一

……

(二)对乡土的审美化书写

以何兆轮的《秋辞》为例:

泥土可以安睡了

月下的露水和虫鸣可以安睡了

听我说，别掀开被子

不信

你到梦里走走

一定有风吹着母亲的白头发

睡吧，大凌河——白花花的芦苇畔

一定有风吹着母亲的摇篮曲

摇得我睡了一觉

就哭醒一回

对土地和田园的不断回望大概是我们这个农耕民族挥之不去的集体性情感依赖。特别是在现代化进程中城乡二元对立的语境下，越来越多的诗人选择对记忆中的故乡或者现实中的农村进行情感化、审美化的书写。陈超先生在《打开诗的漂流瓶》一书中曾批评大量出现的不切合实际的田园颂歌，不过好在何兆轮的《秋辞》组诗将故园之思与童年记忆相融合，写出了有痛感的乡土。

蓝狐的《追逐乡愁》与其说是一首关于乡愁的诗，倒不如说是一首关于那些写乡愁的诗的诗。诗人说："日影摇曳，被收割的想象静卧高岗 / 马鞭牵着炊烟，我的手中 / 等一个人的酒竟烫了再烫。"这个题目有趣地证明，"乡愁"是动词统领下的名词，是被"追逐"的对象。而"被收割的想象静卧高岗"，似乎在向我们证明也许只有依赖想象，乡愁才能成为被诗人们追逐的对象吧。

　　提及乡土书写，似乎不能不提朝阳诗群，这个群体中乡土诗歌的写作为数不少。但是正如一般诗歌群体中经常出现的令人喜忧参半的现实一样，诗群在解决诗人"抱团取暖"的问题的同时，也常常滋生诗歌题材和审美取向上的趋同现象，这也是所有诗歌群落尤其是地域面积较小、个人交往比较频繁的诗歌群落需要特别注意的。不过，韩辉升这首《农村的词汇》向我们显示了乡土诗歌写作的另一种可能：

　　　　三年前母亲对人说，已经下不了地了
　　　　现在母亲对人说，已经下不了地儿了

　　　　母亲说自己下不了地的时候
　　　　语气挺沉重
　　　　母亲说自己下不了地儿的时候
　　　　语气挺轻松

　　　　听母亲沉重地说自己下不了地的时候
　　　　我心里落地儿了
　　　　听母亲轻松地说自己下不了地儿的时候
　　　　我心里的地荒了

　　这首诗里微小到一个"儿"话音的细节带给人最直接而绵密的痛楚。围绕着一个"地"，母亲和儿子的各种说法、想法是那么的真实切近。将日常性的生活细节入诗，对民间语言做更真实的记录和更深层的挖掘显然对于开辟乡土诗歌的表现领域和表现力度都是十分有益的。

（三）内指性的生命表达

"生命和生存与语言交锋的瞬间，有一种危险而可能的诗歌庆典……"陈超先生在他的《生命诗学论稿》中这样表述。自从我们在长时间的历史迷雾后，终于重新回到了人这个本体，诗歌就不再是口号，不再被赋予过多的它所不能承担的政治功用和历史使命。非自我，无以言。内指性的表达本就是诗歌特性之一，以自我的肉身经验指称生命和生存的种种境遇对于诗歌来说，是最恰当不过的了。

宫白云的《子在川上曰》无疑是一首将个体生命与环境、历史相呼应的佳作：

>从一条江中走了出来
>
>找到一块石头坐下
>
>就像找到一个需要的位置
>
>我已经记不清这是你第几次
>
>走出污染的江水
>
>你哲学的面孔仿佛存在本身
>
>倘若这是灵魂的复活
>
>那么毁掉的东西会不会复原
>
>我生活在这里，被一条江水养育
>
>我愿万物广袤，水回到清澈
>
>水草、江鸟、船只、坐在岸边的人们
>
>闲适地晒着太阳
>
>无须回答河流
>
>花朵和雪花映照苍山

"就像找到一个需要的位置"，这大概是所有人穷其一生都在寻找的吧，然而时间流逝，物不能永恒，生命亦不能。污染的江水与哲学的面孔在这里怪异地扭曲着，然而当灵魂的复活与毁掉的东西的复原在诗歌里达到异质同构的平衡时，一切都在"存在"的命题下实现了和谐。尽管一切也仍然只是"我愿"。

宫白云的生命体验丰富而具体，它们恒久而又短暂，巨大而又渺小，它们占据着诗人所有的感官，同时又带有她对世界的理性认知。她写的"我着迷于这样的一种小 / 不时地想着一种大 / 时而期待，时而自省"（《小满》）；"让我们怀着爱活着 / 一次又一次在怀念里 / 获得长久的时间"（《秋》）。

林茂习惯于在物我关系的建构中确认自身生命的力量，他的《向一棵玉米致敬》："一棵玉米站在季节拐弯处 / 像一位风尘仆仆的母亲 / 抱着两个业已长大的孩子 / 不肯撒手……"从头至尾只是在写玉米，又哪里是在写玉米？

侯明辉的诗作中总有些轻轻的自伤和自嘲，他说："这或轻，或浅的雨声 / 是一个人，无处躲藏的中年和喘息 / 是不远处，无法停下来的流逝。"（《从这雨声开始》）在《收杯帖》里，他写道："最后这杯酒，我想还是放在这里的好 / 就像把这东倒西歪的人间，放进空空的酒瓶 / 六道轮回，草木枯荣 / 不想再聊这伟大的时代，不想再聊我不起眼的一生。"

这些以内指性的生命表达为旨归的诗无一例外都格外宠爱时间。格非说："没有对时间的沉思，空间不过是绚丽的荒芜。"生命存在的力量和生命消逝的绝望都只有在时间的魔杖下才有意义，越是在永恒的时间面前，个体才越发凸显出自身存在的艰难和可贵。诗歌对时间的表现绝不是一个新话题，从张若虚的"江畔何人初见月，江月何年初照人。人生代代无穷已，江月年年望相似"，到苏轼"但愿人长久，千里共婵娟"。

宏阔的时空在古人那里轻易就发生了交叉,当代人却要艰难克服自身与自然的种种割裂和个体在商业时代的碎片化存在,才能写出真正拥有时空感的生命表达的佳作。

此外,娜仁琪琪格的《我要用上玄妙的色彩、光晕》,该亚的《秋天大合唱》,扈哲的《以另一种形式紧贴大地》,衣米妮子的《空房间》都以女性诗人特有的细腻和敏感,为我们呈现了关于爱和美的极致表达。

三、肉身经验或与物迁化
—— "80、90、00后"的诗歌可能

苏笑嫣,一个1992年出生的蒙古族辽宁姑娘。她的笔下有光,能赋万物以灵。她写《山谷遇雨》:"一场雨阻挡了我们的去路/一些词语明亮的部分被挑在草尖/山川和树木毛茸茸地绿着/一株咖啡树生长、呼吸、战栗/洗亮青红相间的饱满籽粒……要有怎样的宽容才能允许所有的付出/和挺过的苦难,到最后竟都是失去/一朵花是否只要有了果实的心/就变得眼含热泪又无所畏惧……"她写《午后东山岭》:"寺前的红丝带在捕捉着风。古树下是大片凉荫/我无所期待,只是静静地坐在那里。时光的轮回/总有小小的悲悯。人们生活得多么用力,又多么/虚张声势。一株草怔了许久,在若有似无的风里/在这个下午,我和它一样,属于沉默又迟缓的木性。"

一株咖啡树也好,一株草也好,它们和"我"之间都是共通的,是灵魂、肉体上的完全意义上的共通。绝不同于传统意义上的托物言志、咏物抒怀。苏笑嫣将自己向着自然的生命完全打开,这使得她的肉身经验与物相通,物的自在成就人的自在，一如一株树摇撼另一株树。

赵天饴的诗中没有苏笑嫣的草木葳蕤，她的作品更直接，更锐利。如她的《在天子驾六博物馆，我有过二十次强烈性冲动》：

> 青铜大鼎压迫过来
>
> 彩绘陶罐压迫过来
>
> 马的白骨和小狗的白骨压迫过来
>
> 六驾马车压迫过来
>
> 两千多年前的死亡压迫过来
>
> 死亡排列整整齐齐气势恢宏
>
> 陈腐了两千多年的死亡
>
> 死亡在不断死亡
>
> 死去、翻出、又再次死亡
>
> 当死亡压迫过来
>
> 我只想浮到广场的地面
>
> 紧紧扎进爱人的怀里
>
> 抓坏他汗涔涔的脊背

这首诗里遍布强烈的紧张感和压迫感，但是令人惊异的是，诗中的"我"在如此巨大的紧张压迫之下并没有选择逃离，而是直接承受，以肉体或者性的方式。在青春的力量和冲动面前，也许没有什么是人所不能承受的。这是独属于年轻的骄傲，也是独属于年轻诗人的力量和未来。

相对于两位"90后"女诗人，吴言的诗呈现出更加成熟冷峻的面孔。在所有辽宁卷诗人中，他的作品最具时代总体性特点。一个时代有一个时代之特点，一个时代有一个时代之文学。优秀的文学作品是那些能够将时代总体性与个人经验完美融合，在私人化的叙事中自然呈现时代感的作品。一如《百合花》中的战争叙事，一如《哦，香雪》对开放的描绘。

吴言的组诗《工厂奏鸣曲》中有一首叫《下一批钢铁的去向》：

只有我知道，一批钢铁的前世与今生
它在热闹的车间里
一寸寸被设备舔食翻新，此刻
它被打磨掉了泥土的腥味
剥去了粗粝的外套
在数控机床上接受按摩
它在顺从中赢得新的命名
它颤抖，它昂首
它在下一道工序的路上想念雷同的兄弟
而我，在它被一次次生擒时
物我两忘地活着
是的，我活得还不如钢铁深重
我活得不能把握前世与今生
把握自己笑得畅快
哭得淋漓

这首诗在数控机床上重建了"钢铁"，赋予它与人同构的情感和生命。它重构了"我"与"钢铁"之间的关系，体现出对工业生产中人与物之间的交融。将吴言的诗与苏笑嫣的对比，可以看出，人与草木之间的相通含蓄蕴藉，温情脉脉；人与钢铁之间的相通冷硬决绝，沉重痛切。当下社会生活的丰富性带给诗人个体经验的多样化，年轻诗人的创作，正在面临前所未有的挑战。刘年说，我们的年代是最好的年代，同时，我们这个年代也是最坏的年代。

第二辑
叙事的魅力

第二编

各事物的运动

时代变迁与阶层上升中的"自我"迷途
——刘建东中短篇小说论

刘建东是从来不会在小说中高呼时代口号的，尽管他的中短篇小说一直与时代变迁有着隐秘而密切的关联。之前的《阅读与欣赏》《完美的焊缝》《黑眼睛》等工厂系列小说，刻意回避了大国企从计划经济时代到改革开放的模式化叙述话语，拒绝从时代主题出发寻找个人烙印，或者以矫饰的个人经历佐证阶段化的时代主题。他更着迷于在大历史的缝隙中打捞那些独特而生动的个体经验。工厂被淡化为人物活动的遥远而模糊的背景，集体主义以秩序、道德的形式作用于人物，内化于故事。

传统工厂曾经是社会主义共同理想最完善的实践场域，而这里的主流话语，除了政治规训，更重要的是道德约束。集体主义要求集体利益大于个人利益，服从先于个人，善先于自由；现代的自由主义则要求任何集体或他人不能把任何人作为工具，个人权利先于服从，自由先于善。改革开放、时代发展所带来的关于自我认识的矛盾冲突在工厂里上演，"师徒"关系是个绝好的切入点。权力、道德在"师徒"关系中合谋，成为工厂环境中的强势话语。

《完美的焊缝》中郭志强拒绝服从师傅，就背弃了工厂的集体主义语境，反抗了权力，却陷入了道德困境；他选择面向自我和自由，于是必须不断做出新的选择，并且必须承受自由选择带来的不确定和必然的孤独。《黑眼睛》中骆北风认为自己对徒弟欧阳炜天然具有某种责任，如果说一开始他选择成为衬托欧阳炜的坏分子是被集体意志所裹挟，那么后来坚持不肯说出真相则带有某种悲情的自我牺牲精神；尽管集体意志已经不再具有政治合法性，个体抉择中却内含了复杂的集体主义道德要求。《阅读与欣赏》中的"我"一开始就是带着道德评判的目光的，师傅冯茎衣既是引导"我"上升的伟大女性，又扮演了旧权力秩序和道德规范的破坏者，某种程度上是新时期张扬自我的个人欲望的化身。但奇特的是"我"的态度却是游移而迷惑的，"我"试图在冯茎衣的人生中寻找安放自我的方式，这种寻找终其小说全篇也并没有给出确定的答案。

孟繁华曾敏锐指出："师徒关系几乎就是刘建东构建他小说的基本关系。""'师徒关系'改写或颠覆了一个大叙事，就是过去工业题材文学确立的'工厂／个人''国家／个人'的结构模式。"[①] 孟繁华发现了刘建东对个人与集体叙事结构的超越，但刘建东对人与人"关系"的探究远非"工业题材"所能够限定的，"师徒"也不过只是一种临时建构。

很快，刘建东就用他的创作实践说明，他的小说中的确存在一种赖以为基石的"关系"，却并不局限于工厂，也并不局限于"师徒"。这种"关系"，被董仙生从工厂带到了社科院，带到了中产阶层的知识分子生活环境中。从工厂系列到"董仙生"系列，刘建东的小说主人公从工人变成中产阶层知识分子，实现了个体的阶层上升。无疑，这种阶层上升经验微妙地折射了当下最独特而丰富的时代性。而打开时代性的密钥，就是从

---

① 孟繁华：《"师徒关系"的背后与深处——评刘建东的几部中篇小说》，见《文艺争鸣》2017年第10期。

工厂系列一路生长攀缘而来的"关系",它已经从"师徒关系"变成"董老师"与周遭各种各样人物的关系,亦即"自我"与"他者"的关系。新的"关系"面临新的话语环境,但仍宿命般地被置于权力和道德评价体系之中。

◦ 一、寻找与遇见主题 ◦

在工厂,集体主义的整齐一体化中有无数的缝隙,"我"和郭志强、冯茎衣们在其中舞蹈、跃出。这个群体中有无数个"我","我"在他们中间诞生、成长,并且反叛、出逃。然而当逃离真的成为现实,"董仙生"部分地实现了个人奋斗目标,成为知识分子、中产阶层之后,他无须再寻找集体生活的"缝隙",他已经拥有了个人舞台,却失去了当初养育了他的那个群体。作为个体的他在纷繁喧嚣中迷失,在表演中失去了自我。于是,作者在"董仙生"系列小说中,开启了一个寻找和遇见的主题。就像打开一个潘多拉魔盒,放出了种种被搁置的关系和际遇,那些逝去的、被遗忘的、在他关系圈之外的人和事纷至沓来。主人公不断被动陷入或者主动加入其中,寻找并且迷恋那些越出工作和生活日常轨道的事件。这些奇怪的遇见和不得不进行的寻找,带他透过"布满灰尘的镜子",在很多组不同关系中,重新发现自我、他人和世界。

《丹麦奶糖》中,"我"不断试图寻找寄来奶糖的人,肖燕和曲辰则不断寻找印彩霞。寻找当然不是目的,寻找过程中呈现的那些复杂痛苦的个体以及他们之间的纠缠扭结才是重点。《春天的陌生人》要寻找伍青:"我只是本能地操纵着方向盘,让它带我奔向春天的夜晚,奔向未知的那个伍青,那个每天和我在一起的'陌生人'。"①《走失的人》中,女警丁欢要替走失的老人寻找儿子,然而很快又变成丁欢寻找老人,我寻找丁欢。《删除》中警察找"我",方丹找项明辉,项明辉要找方丹,而"我"通过王军找方丹;以手机为媒介,人们似乎随时能找到一个人,又好像随时能失去一个人的联系。《猴子的傲慢》中,"我"帮助张小妹寻找猴子,后来变成寻找张小妹的梦想,或者说是寻找平复"我"的不安的机会。《相见不难》中"我"明明是偶然遇见崔瑞云,却又像是必然要遇到她,但遇到她的目的却似乎是为了讲述另一个同学雷红宇的故事。《声音的集市》中我遇见盲人姑娘莫慧兰。《淡泊明志》中退休的老领导再次出现在我的生活中。

《丹麦奶糖》里肖燕说:"你不知道,这段日子,寻找那个女人,像是我们俩共同的人生目标似的,在一次次的失败面前,我们越挫越勇,没有知难而退。逆水行舟,不进则退,古人说得对。"②但这只是肖燕的一厢情愿,在董仙生看来却是:"即使找到了当年的被害人,仍然无济于事,他们不知道下一步要做什么,只是凭着一种惯性在向前滑行。而且,她成了曲辰的一个牢固的精神支柱,她不断地鼓励着曲辰,仿佛曲辰所面对的这一件事,就是一个天大的梦想,他在为实现梦想而努力奋斗。"

《走失的人》中:"若干年来,他的生活轨迹一直是这样,他一直在乘着高铁或者飞机奔向下一个目标,开会、调研、采风、高谈阔论……此时,当他为了一个毫不相干的老人,而短

---

① 刘建东:《春天的陌生人》,见《作家》2018 年第 11 期。

② 刘建东:《丹麦奶糖》,见《阅读与欣赏》2015 年第 3 期。

暂地放弃时，竟然有一种如释重负的感觉涌上心头。"①

《猴子的傲慢》："在寻找猴子的过程中，其实我一直心不在焉，甚至有些焦虑。我的心思完全没有在那只猴子身上，而是在张小妹身上。我看着她，仿佛看到了十年前的她，那个对文学怀着虔敬之心的中学生。于是我问她：'张小妹，你还在写作吗？'"②

就像生活在很多年前就已经埋下了伏笔，每一次貌似偶然和私人性的寻找或者相遇都隐含着人类的必然命运。对方可能是老同学、老同事、旧相识，从过去而来，带"我"进入某种可疑的旧时代语境，同时这些过去又以它们的现在性拷问"我"在当下生活的意义和价值；他们也可能是某些意外相遇的人，以他们与"我"截然不同的人生轨迹和生活面貌成为"我"的他者，映照出"我"人生的某种缺憾。作者把过去纳入此在，把他者纳入自身，在共时性与历时性交叉的维度上观照董仙生们的存在状态。这种关注仍然着眼于个体自我，但却是对文学史中曾经出现过的原子化个体的反拨。在刘建东的小说中，个体被放入他的历史和社群中去考量。小说在更为广阔复杂的时间、空间中建构起自我与历史和他者的关系，呈现出更为丰富的时代面貌。

◦ 二、迟疑并勇敢的人物 ◦

小说中的董仙生们在每一次的寻找和遇见中都显得迟疑被动，但又常常会成为主动的行动者。他们的态度矛盾复杂，

---

① 刘建东：《走失的人》，见《青年作家》2017年第10期。
② 刘建东：《猴子的傲慢》，见《时代文学》2017年第9期。

既本能地回避任何溢出常规的人和事，又主动承担对他者的责任。存在主义哲学家列维纳斯说："当我遇见你时，我们通常是面对面相见，而你，作为另一个人，通过你的面部表情，可以对我提出伦理要求。我们真的在与彼此面对面，一次面对一个人，而这种关系，就成了一种沟通和道德期望的关系。"列维纳斯把这些关系变成了我们存在的基础，而且直面这些关系所带来的不可避免的伦理义务。① 刘建东显然有意让董仙生们处于列维纳斯所说的"关系"之中，并且直面这些关系带来的伦理义务。他们主动承担对他者的责任，认同规则，尊重个人奋斗，正视个体欲望。在《丹麦奶糖》里，他说："'我答应过你，替你照顾好老母亲。'我知道，不管到何时何地，这是我永远无法蜕掉的一层皮。"②《宁静致远》里他用自己的钱冒充润笔费买下袁老师的书法。《走失的人》中他主动加入寻找老人的行列。《声音的集市》中他会充当一个盲人姑娘的专职司机……从工厂时期携带而来的青春记忆，如今形成一种非物质反城市话语的温情关系，在新的环境下慢慢发酵。

不过，尽管可能有思维层面上的不谋而合，但刘建东并不是列维纳斯，他的董仙生们在这种"关系"中更多地呈现出中国社会转型中知识分子阶层勇气与怀疑并峙，动摇与坚定共生的矛盾人格。

工厂系列中，郭志强们虽然被种种秩序和权力压抑，但他们并没有在道德上失败。他们追寻自我、自由的道路还能够获得起码的道德正义性。郭志强照顾瘫痪的师妹林芳菲，给失业

---

① [英]莎拉·贝克韦尔著，沈敏一译：《存在主义咖啡馆：自由、存在和杏子鸡尾酒》，北京：北京联合出版公司，2017年，第274页。

② 刘建东：《丹麦奶糖》，见《人民文学》2017年第1期。

的师弟和师傅提供就业机会；骆北风隐瞒真相，成全欧阳炜显然都占据了道德制高点；甚至冯荃衣也通过不断地忏悔和改过获得了道德同情。相对于这些勇敢坚定的工人叛逆者，董仙生们作为大时代变迁中的成功者，某种程度上实现了郭志强们的人生追求，却丧失了在集体主义语境中曾经享有的关于个人自由选择的道德优势。

小说塑造的董仙生们只获得了一个知识分子身份，并没有建构起真正独立自由的知识分子人格。因而他们体面的身份背后是中产阶层表面光鲜实则脆弱的生态系统和个体境遇。《丹麦奶糖》里的董仙生受控于评奖系统和网络舆论。《走失的人》中丁欢说他是"百度人"，"这样的人是很容易找到他的弱点的"[1]。《删除》里他对警察的到访"深感不安"……董仙生们的体面很大程度上是建立在他者对他们的道德评价上，不管那是不是真正的他们。所有不道德的行为，哪怕只是可能，比如论文抄袭、遗弃父亲、不正当的男女关系……随时可以摇撼他们看似完美的人设，动摇他们的地位和生活秩序。他们在追求自我的过程中反而失去了自我，不得不在无数"他者"的指认下确认自己的体面，维护自己的体面。

相比于上升时期企图改变自身命运不断奋斗抗争的郭志强，甚至放弃抗争坦然接受不公正命运的骆北风，董仙生们已经丧失了上升时期的反抗力量和道德优势。甚至于，他们变得虚伪、世故，成为权力和资本的帮闲，变成被社会新生力量和变革欲望攻击、嘲弄的对象，成为新的解构对象。于是，作家不断为主人公营造各种"寻找"和"遇见"之旅，试图在这样的过程中通过自我诘问、质疑甚至否定和重生，来实现某种道

---

[1] 刘建东：《走失的人》，见《青年作家》2017年第10期。

德期许，以便竭力抵达知识分子所应有的人生目标和存在意义。

也许，每个人都会有自己的"钱多斯时刻"，在日常生活的某个寻常瞬间，突然遇见存在意义的崩溃。在这样的时刻，我们一边体验着某种"略带惊愕的疲乏"，一边直面那个最基本的问题：我们究竟为什么要继续活着？① 董仙生们尽管并不强大，但他们在生活的缺陷暴露之后，仍然坚定地直面人与人关系中的伦理义务，仍然试图成为行动者和责任人，这就是他们作为当下社会转型期知识分子的救赎和勇力。

三、自白与对话的结构

与对自我和他者关系的呈现相适应，也与审视和批判的态度相一致，刘建东的小说中充满了各种互相辩难的声音。小说中的每一场寻找或者遇见都像是一出戏剧，围绕着某个主题，舞台上的"自我"试图表白，每一个"他者"也都试图讲述、诘问。所有的人物都既是倾听者，也是阐释者。他们不是作家表现的客体，而是一个个拥有独立意识的主体。在作家的叙事策略中，这些主体和他们的声音有时候是可靠的，他们为自己和自己的群体代言，在相互辩难中呈现出被遮蔽的真正自我；有时候则未必可靠，这些交错出现的声音中会出现悖论和互否，那么被呈现的就会是不确定的自我，小说的主题就会延宕，小说的空间中就会呈现出更多的空白，留待读者去填充。

这种自白与对话的结构形式在工厂系列中已经非常完善。《完美的焊缝》中师傅的一切都是在讲述中被建构的。郭志强

---

① [英]莎拉·贝克韦尔著，沈敏一译：《存在主义咖啡馆：自由、存在和杏子鸡尾酒》，北京：北京联合出版公司，2017年，第211页。

在讲,林芳菲在讲,小苏也在讲,正是这些讲述为我们拼贴出一个近乎完整的"师傅"。更有意思的是讲述过程中的郭志强也在被解读,他的声音在说出"他"。读者与小苏一边聆听师傅的故事,一边解读声音中的郭志强本人。语言在舞蹈,能指在滑动。真相在语言的缝隙处显露,而我们也和小苏一样,只能无限接近,却始终不能真正抵达。

《阅读与欣赏》这个题目本身就隐喻了文本的自白与对话结构。"我"写小说的设定让文本充满了讲述与书写的气氛。小说中的人物始终试图在建构自我和他人,他们叙述、评价、感受并且思考。《黑眼睛》中骆北风和欧阳炜的人生完全是被一次伪造的新闻报道改变的,记者黄楣佳和工厂权力意志的合谋改变了他们的人设,也改变了他们的命运。这篇报道所建构的他们始终在与真实的他们相龃龉,报道的所有参与者都在讲述自己的经验,又都被自己的讲述所绑架,无法逃离,得不到救赎。

到了"董仙生"系列,刘建东这种自白和对话的结构仍然是作品中对自我与他者深度呈现的主要方式。但是,除了《声音的集市》中保留了比较明显的先锋小说的叙事圈套外,"董仙生"系列基本上不再着意于先锋的形式之魅,而更着力于继承先锋文学不断质疑,不断发问,直面荒诞和深渊的精神。庞德说,技巧考验真诚。刘建东的小说中未必有真相,却毫无疑问有最真诚的人类面向。于是这些作品的形式和技巧被悄悄沉到了深处,它们在读者不那么容易看见的地方存在并发问,使得这些小说形式上颇有"繁华落尽见真淳"之感。

《丹麦奶糖》中很多人注意到了不断寄来的"丹麦奶糖",这个道具加剧了董仙生的不安,也让读者更清楚地看到知识分子的脆弱生态。但围绕着曲辰和曲辰的一系列行为展开的人物之间的辩难才是作品不断推进的真正动力。肖燕和董仙生谈论曲辰的人生，曲辰则带着旧时代的烙印审视并质疑今天的董仙生、何小麦、孟夏。这些声音中充满过去与现在、底层与中产、自我实现与伦理责任的种种冲突。曲辰的话语尽管处在被压抑的状态，但是毕竟得到了宣泄的途径；董仙生的话语貌似强势，其实一直处在被审视和质疑的境地；小说中的每一种声音在被质疑和否定的同时，也被赋予了存在的历史性与合理性。

《猴子的傲慢》中张小妹对"我"的某件往事的讲述与"我"的回忆相撞；《走失的人》中丁欢对董仙生的指认和董仙生的自我认知相冲突；《甘草之味》中小姨父在讲述父亲，父亲也在讲述小姨父。

巴赫金在评价陀思妥耶夫斯基的小说时说："有着众多的各自独立而不相融合的声音和意识，由具有充分价值的不同声音组成真正的复调——这确实是陀思妥耶夫斯基长篇小说的基本特点。在他的作品里，不是众多性格和命运构成一个统一的客观世界，在作者统一的意识支配下层层展开；这里恰是众多的地位平等的意识连同它们各自的世界，结合在某个统一的事件之中，而互相间不发生融合。陀思妥耶夫斯基笔下的主要人物，在艺术家的创作构思之中，便的确不仅仅是作者议论所表现的客体，而且也是直抒己见的主体。"[1]

当代小说发展到今天，这种"复调"性在刘建东的小说里出现并不意外。他就像一位严厉的剧场督导，时间有限、场面有限，每个角色都处于同样的紧张状态，他们不得不迫切地说出自己，说出他人。这些人物不再是为时代主题代言的革命浪

---

[1] [俄]巴赫金：《陀思妥耶夫斯基诗学问题》，《巴赫金全集》（第5卷），石家庄：河北教育出版社，2009年，第4页。

漫主义加现实主义的英雄人物和社会主义新人，甚至也不是陈村《一天》中异化的"张三"、刘震云《单位》中新写实的"小林"、残雪《山上的小屋》中极端内指精神化的"我"。走过现代主义、后现代主义实验之后，刘建东在小说中部分地将作者权力让渡给那些声音主体，让他们在自己所处的具体环境中发声，建构起一个个有来路、有去处的个体。也正如巴赫金所言，人类与世界，自我与他人，彼此应答，并经由对话获得意义。

西方世界自中世纪以后就逐步从神权中心转向了以人为中心，直到尼采宣布上帝死了，重估一切价值。20世纪哲学开启了对理性的人的怀疑，从认识论和本体论上都不断瓦解人的逻辑思维中心论和与之相关的真善美的超越性本体论。但各种解构之后人类在存在的深渊面前进退维谷，自由主义无法应对原子化个体的永恒孤独。人仍旧是要被编织进这个世界的。

可贵的是，刘建东的小说正在将先锋文学实验引向更深刻的领域。他在充分吸收西方哲学思想和文学创作理念之后尝试着对拥有独特中国经验的个体存在进行真正的探索。小说告诉我们，没有所谓的历史必然性，只有被个体不断打开的各种可能性。时代的最大进步就是把我们每个人置入了一个总是不得不进行亲自抉择的生存处境之中，师傅或者体制很难再为我们代劳，个体必须经由自己的选择，成为新时代背景下新的自己。我们获得了计划经济时代所没有的自由，但这种自由同时也意味着选择的沉重和独自面对深渊的恐惧。自我在新的身份和阶层中迷走，无数的自由选择给个体以巨大的压力和新的存在困境。

韩愈《原道》说："足乎己，无待于外谓之德。"① 中国传统文化中的道德更注重内心修养，也才会有"吾日三省吾身""君子不欺暗室"之类的道与德。刘建东未必有意在伦理层面上回溯中国传统文化，但"董仙生"们在面对相对弱势的他者时的选择，似乎的确显示出了中华民族传统文化这种集体无意识在今天的超越性存在。这也为当下时代变迁过程中的"自我"困境提供了新的出路之可能。

卡西尔在《人论》中说："人被宣称为应当是不断探究他自身的存在物——一个在他生存的每时每刻都必须查问和审视他的生存状况的存在物，人类生活的真正价值，恰恰就存在于这种审视中，存在于这种对人类生活的批判态度中。"② 刘建东的工厂系列和"董仙生"系列小说就带给我们这种深度审视和批判。

---

① （唐）韩愈：《原道》，徐中玉：《古文鉴赏大辞典》，杭州：浙江教育出版社，1996年，第692页。

② [德]恩斯特·卡西尔著，甘阳译：《人论》，上海：上海译文出版社，1998年，第8页。

对秩序与存在的召唤和回应
——评胡学文《有生》

　　胡学文的长篇小说《有生》被称作"百年中国的生命秘史",这很容易让人想起巴尔扎克的话而又被陈忠实郑重写在《白鹿原》扉页上的"小说是一个民族的秘史"。对于中国的作家来说,"以文存史"似乎是他们的创作进行到一定阶段之后必然产生的目标或者说野心。以自己的讲述来回应历史隔空的呼唤,引起对当下最真切的反思无疑对作家来说极具诱惑力。但某种意义上看,文学视域下的历史只是一种具体的、貌似真实的建议,始终有待于现在的我们去重新发现并不断加以确认。当代文学对历史的讲述曾经歧路纵横如小径交叉的花园,宏大而高度意识形态化的叙述被摒弃之后人们又在种种文化附丽中迷失,主义和技巧上的探索丰富了文学的表现力,但也造成了读者接受上的迷惘和不安。当对读者的冒犯成为一种潮流,小说该如何面对接受领域的缩水?"以文存史"是否已是明日黄花,不能再成为作家创作的动机和目的?当作家执意进入对历史和时代的重述时能否从"影响的焦虑"下脱身,找到新的更合适的路径?

　　胡学文的《有生》显然试图回应这些问题。这可能也是吴义勤称赞这部作品"捍卫了长篇小说这一伟大文体的尊严"[1]的原因之一。《有生》是作家在经历过种种形式的探索之后复归传统之作，它为后疫情时代的民族赋形，不仅塑造了祖奶这个饱经沧桑依旧平和的伟大女性形象，更重要的是呈现了一种坚如磐石、韧如蒲苇的民间秩序生活；小说在叙述过程中始终保有明确的读者导向，耐心细致地讲述了一个个有来路、有去处，有着独特声气的人物故事。它高扬新时期以来的人本主义精神和个人化视角，同时又呼应了中国古代文学的"史传"传统，"因人立传""集传成史"，将肇自《史记》的"互见法"与现代文学表现手段相结合，找到了一条既直抵人性又富有民族特色的叙述路径。

一、民间秩序或曰"德"

在《有生》从容温和的叙事之下有一个坚硬固执的基本逻辑，那就是所有人都必须在"生存"这个大幕下演出。在由祖奶讲述的历史部分里，世事变迁，天灾人祸频仍，个体繁衍生息的权利不能得到保障，人如蝼蚁，活着就是硬道理；到了当下和平年代，活着已经不是问题，但如何活着却成了人之为人最大的问题，宋庄出场的所有人都有独属于自己的存在难题，他们在生活中必须解决的就是如何接受自己，并且顺利地、更好地活下去。

作家赋予祖奶接生婆的身份，围绕着她的一切叙述必将以生命和存在为依据展开。接生，是一个天然带有关涉性的行动元，它必然将与形形色色的人发生关联。祖奶貌似是情节中心，

---

[1] 胡学文：《有生》，南京：江苏凤凰文艺出版社，2021年，封1。

但就接生这一情节来说，每一个贸然前来找接生婆的丈夫或者兄弟都是行动的发起者，祖奶则是始终如一唯一的接受者。陌生人不断进入叙事，他们所附带的时代背景和生活现实也就呈现在叙事过程中。同时接生也迫使这些得以进入叙事的背景被筛选。对生命的敬畏和生产本身特定的紧张感、危险性使得阶级、种族、个体之间的差异和矛盾被淡化，历史被浓缩在一个极小和短暂的时空内加以讲述。生的喜悦与死的苍白相对照，可以看见二者同样充满偶然性。土匪、客商、乞丐甚至日本人，都携带着他们的身份和历史场景进入乔大梅的视野，但又都很快被还原为丈夫、产妇，他们无一例外处在对生命的期待和惶恐中，乔大梅作为生命的接引者，也就在接生的过程中获得了她的超越性，她得以俯视、悲悯并且审判他们。我们也可以通过乔大梅的视角，暂时避开那些变幻莫测的复杂社会现象，去追寻种族历史中恒常的存在和秩序。

乔大梅的超越性不仅来自接生婆这个身份，更来自她对这个身份的执着坚守。黄师傅收乔大梅为徒时，曾经立下了"五忌"的规矩："忌贪、忌躁、忌怒、忌仇、忌惧。"其中"忌仇"一条特意讲明："接生是积德，德没有亲疏，不分大小，不管什么人找你接生，哪怕是你的仇家，都不能推。"正是这"五忌"，将乔大梅与其他接生婆区分开来。《左传·僖公五年》有云："《周书》：皇天无亲，惟德是辅。"[1]《左传·僖公二十四年》又说："太上以德抚民，其次亲亲以相及也。"[2]意思是上天对待众人并没有亲疏之别，最高等的人用德行来安

---

[1] 郭丹，程小青，李彬源译注：《左传》，北京：中华书局，2012年，第347页。

[2] 胡学文：《有生》，南京：江苏凤凰文艺出版社，2021年，第473页。

抚百姓，无亲疏；其次的才会亲近亲属。"无亲疏""泛爱众"是中国传统文化中从上到下、超越阶层的共同理想和道德准则。乔大梅在漫长的接生婆生涯中，果然做到了尽心接生，无论贫富，不计身份，不计仇怨。正是基于这种对"德"的坚守，乔大梅得以超越她自身大旺媳妇、接生婆、李春娘等具体身份的限制，成为民间朴素的"德"之象征，成为受众人景仰的"祖奶"。

祖奶被神化，不仅仅因为宋庄及周边很多家庭几代人都是祖奶接生的，还因为祖奶对生命、对世事的看法和态度。在人与自然的关系上，祖奶有朴素的生态观。罗根射杀大雁，祖奶说："别再射杀了，不好。"毛根反驳："养猪不就是供宰杀的吗？"祖奶说："杀猪是老天留下来的。"[1] 祖奶劝罗根不要射杀，不说鬼神报应，说的是存在的"德"与"道"：猪为"六畜之首"，受人豢养，供人食用，因而可杀；大雁野生野长，自有其兄妹父母，失群难活，因而不能射杀。不杀大雁和杀猪吃肉这看似矛盾的两件事里藏着人与自然之间朴素的相处之道。在人与人的关系上，祖奶奉行推己及人的"忠恕"之道。杨铁匠的孙子被淹死，他想杀了吴大勇的孙女以作报复，祖奶在默语中表达了她极度的焦急，甚至因不能阻止杨铁匠而想要自杀。《论语·里仁》曰："夫子之道，忠恕而已矣。"朱熹集注曰："尽己之谓忠，推己之谓恕。"[2] 推己及人，站在他人的角度去思考问题，与其说是一种哲学道德，倒不如说是一种在庞大复杂人群中的生存之道。祖奶遵从并代表了这种民间

---

[1] 胡学文:《有生》,南京:江苏凤凰文艺出版社,2021年,第149页。

[2] （宋）朱熹:《四书章句集注》,北京:中华书局,1983年,第72页。

秩序，众人对祖奶的信服暗合了他们对这种传统民间秩序的顶礼遵循。

对于中华民族几千年稳定存在和繁衍生息奥秘的讲述一直是重大的文学命题，胡学文《有生》在去政治化、去意识形态化之后通过"祖奶"隐喻了这种民间道德与生存秩序，并将其作为对民族历史设问的最终回答。莫言《蛙》中的姑姑也从事接生，她从"县卫生局开办新法接生培训班"回来"便与这项神圣的工作结下了不解之缘。从1953年四月初四接下第一个孩子，到去年春节，姑姑说她一共接生了一万个孩子，与别人合作的两个算一个"[①]。她也是一个新生命的接引者，也曾无视阶级差别，为地主的老婆接生，但她很快就被意识形态裹挟，被不断变化的计划生育政策左右，成为社会和时代变迁中的齿轮。而胡学文笔下的祖奶始终幸运地坚持了她的民间立场，即使曾因为给日本人接生在后来的运动中被批斗，但她终究以自身生命的长度超越了这些阶段性的局限，让自己活成了"祖奶"。

二、畸人：那些有"缺陷"的个体

祖奶隐喻了种族的恒常和秩序，在祖奶的照射下，《有生》塑造了一系列有"缺陷"的、具体的个体，他们是恒常中的变量，是秩序下的动摇和呐喊。在小说对每个个体的讲述中能看出他们都有着独属自己的生存困境，也都有各自与周围环境艰难调和的独特方式。而祖奶对他们所有的"缺陷"和困境都坦然视之，淡然接受。也许正是通过与世界的妥协，人类才能够

[①] 莫言：《蛙》，北京：作家出版社，2012年，第16页。

存在，并且在若有所待的人生中，不断试图寻找更好的自我。

如花羞涩腼腆却爱花成痴，不被父母村人理解，祖奶说："人和苗一样，各有各的性，麦子就是麦子，你非要让它长成树，魂就容易丢。"①钱玉接纳她、鼓励她，他们共同把婚姻打造成一种审美化的生活。如花"彻底变成了另一个人……心里没东西堵着，通畅透亮"②。花是如花的执念，钱玉死后，钱玉也成了如花的执念。钱玉变成了乌鸦的想象，是她与多舛的命运抗争并妥协的方式，乌鸦是她最后的精神堡垒。所以当毛根射死乌鸦之后，钱庄才会对毛根说："你射杀了如花的念想。"③

毛根是寂寞的，而且偏执，祖奶说他"拗"，贫穷的生活和儿子毛小根的病都把他打压到了生活的尘埃里，而宋慧的关心就成为他的念想。宋慧并不漂亮，也从来不觉得自己漂亮，她是一个安于命运一切不公对待的女人，被丈夫打也觉得理所当然，大声号哭是她接受并宣泄这一切的方式。罗包天生慢半拍，而且胆小到连母猪都怕，他曾经无比迷恋麦香那种神秘的香气，但婚姻中的龃龉让他转向安敏，两个慢性子的人在一种慢节奏的生活中互相成就，但却又始终处在被麦香威胁的恐惧中。喜鹊是要强的，父亲和弟弟却偏偏懦弱无能，她有着对于勇敢甚至是鲁莽的过度偏爱，甚至顾不上思考这鲁莽会把她带向何方。成为镇长的杨一凡身体里住着诗人北风，他焦虑、失眠，找不到存在的支点和未来的方向。乔石头对整个宋庄人来说都是大人物，他果敢坚定、事业有成，但小说最后却交代了

---

① 胡学文：《有生》，南京：江苏凤凰文艺出版社，2021年，第98页。

② 胡学文：《有生》，南京：江苏凤凰文艺出版社，2021年，第61页。

③ 胡学文：《有生》，南京：江苏凤凰文艺出版社，2021年，第545页。

他对喜鹊的恐惧、征服以及茫然和忏悔。

《庄子·内篇·大宗师》有云："畸人者，畸於人而侔於天。"成玄英疏曰："畸者，不耦之名也。修行无有，而疏外形体，乖异人伦，不耦於俗。"[①]"畸人"也就是那些被世俗众人看着觉得古怪，却合于天的人。《有生》中宋庄这些生动的人物，虽然各有各的"缺陷"，但他们却无一例外是天之子，是应该被认同并接受，被同情并热爱的生命。小说借祖奶之手将他们的生命带到这个世界，又借祖奶之口为他们的"缺陷"赋予正当性。生命的不完善在世间坦荡存在并游走，我们每个人都未尝不是如他们一般的"畸人"。

在对这些人物的表现手法上，胡学文说他选择了一种"伞状结构"，但从某种程度上来看，这种结构似乎可以上溯到中国传统史传文学的写法，一如《史记》"因人立传""集传成史"的体例，并用"互见法"叙述历史事件、刻画人物形象。如《史记》对刘邦的形象塑造，从本传看来，他是宽大仁厚，知人善任，雄才大略的，但在他传中，司马迁借用他人的观察将刘邦形象的另一面展露无遗。在《项羽本纪》中借范增之口道出他"贪于财货，好美姬"，《楚元王世家》写他睚眦必报的狭小器量，《郦生陆贾列传》中又写了他溲溺儒冠的流氓行为，《萧相国世家》和《留侯世家》《淮阴侯列传》中又突出了他猜忌功臣的一面。运用互见法叙事，使各篇互为补充，有利于人物形象的塑造，使本传中性格鲜明，他传的补充又使形象丰富完整，于叙事中还寄托了作者的褒贬态度。《有生》自然再无司马迁当年为避祸的考虑，更不必为尊者讳。作家在为宋庄诸人立传时运用这种传统的"互见法"显然是为多角度、

---

① 方勇译注：《庄子》，北京：中华书局，2010年，第112页。

多侧面塑造人物，以便最大限度尊重个体作为存在的多维化和丰富性，同时也便于表达作家可贵的共情。

罗包在小说的第一章就出现了，在麦香的叙述中罗包是个抛妻弃子另觅新欢的丈夫；第三章中宋慧点破麦香的慌乱来自"怵罗包的野女人"[①]；直到第六章以"罗包"为传主时，作家才细致讲述了罗包的成长以及他与麦香渐行渐远的婚姻；第十五章一面讲述罗包与安敏的相爱，一面描写麦香执意不肯离婚带给罗包的痛苦和恐惧。"互见法"的运用使每个人都有机会成为被讲述的对象，都可以表达自己的情感和思绪，都有权利获得同情。

更典型的是关于毛根射杀了乌鸦这件事的讲述。钱玉死后，如花认为钱玉变成了乌鸦，每天喂乌鸦、看乌鸦成了她生命的支撑。但在以毛根为传主的第四章里，射杀乌鸦不过是他在宋慧那里碰壁之后羞恼无聊的一次"摘枪就射"；而在第五章里，这件事已经变成村长宋品嘴里的一件麻烦事，因为"如花报警了"[②]；第七章里写到宋慧被这个消息惊着了，她拼命想求祖奶救救毛根，尽管她并没有弄明白她和毛根算什么关系；第十一章以如花为传主，作家以最情感化的表达讲述了如花眼里乌鸦的死，表现了她的绝望痛苦和对毛根不死不休的追究。以一个事件起手，串联起不同的人物，表现不同的生活侧面，以最简洁的笔墨展现最丰富的人生际遇和戏剧化场面，这就是史传文学传统与现代小说相遇后产生的巨大的表现力。宋人吕祖谦曾高度评价"互见法"："其义旨之深远，寄兴之悠长，微而显，绝而续，正而变。文见于此，而起意在彼，若有鱼龙

---

① 胡学文：《有生》，南京：江苏凤凰文艺出版社，2021年，第121页。
② 胡学文：《有生》，南京：江苏凤凰文艺出版社，2021年，第226页。

之变化,不可得而踪迹者矣。"①此评放在胡学文《有生》这里,也可谓中的。更可贵的是,作家对"互见法"的熟练运用,在很大程度上照应了中国读者对史传文学的传统记忆,容易唤起一种更加广泛的民族认同。

三、女人的位置:家庭或者祭坛?

《有生》里有非常精彩的女性形象,首屈一指便是祖奶乔大梅。李浩评价说:"'祖奶'是一个具有寓言式的象征,而她'接生婆'的身份也是寓言化的,它意味着生殖、延脉、新生,也意味未知、到来和慢慢彰显的力量……"②的确,作家尽管并不肯真的赋予祖奶神力,却在叙述中有意强化了那些与她融为一体的"未知、到来和慢慢彰显的力量"。在祖奶的本传中,祖奶说:"我接生了万余人,怎么可能人人了解?怎么可能预测他们的未来?"③但在北风的传中,却有"彼时他不过是个粉红的肉团,祖奶便说他将来是有出息的"④之语。严格意义上说,"有出息"并不能算作预言,但是显然也见出祖奶是明白自己的话会被当成预言的,一如她凭经验断定产妇生

---

① (宋)吕祖谦语,见(明)凌稚隆辑校,[日]有井范平补标:《补标史记评林》,台北:地球出版社,1992年,第116页。

② 李浩:《"体验"的复调和人性百科全书——读胡学文长篇小说〈有生〉》,《河北作家》2020第4期。

③ 胡学文:《有生》,南京:江苏凤凰文艺出版社,2021年,第293页。

④ 胡学文:《有生》,南京:江苏凤凰文艺出版社,2021年,第342页。

产的时间，靠一碗水减轻产妇的痛苦。她所倚恃的，不过是人们对她的信。她从出生的偶然性和荒谬性中，去发现并建立某种关于成长和未来的预言。当时间不断证实她关于未来的预判时，她也就在逐渐被证明正确的过程中被神化。

梅洛·庞蒂说："看和被看是把我们编织到世界中的东西……"① 随着乔大梅的同龄人渐渐逝去，被她接引到这个世界上来的人们把她"看"成了祖奶，一个神一般的存在。他们在"看"祖奶的过程中也看到自己内心的渴望，看到自己存在于世界上的方式和处境。是宋庄人需要祖奶，于是就有了"祖奶"。吊诡的是，祖奶被神化的顶峰时刻恰恰是她不能说、不能动、完全失去话语权之时。祖奶作为个人的意愿被罔顾，她的心声被无视，被曲解，她对死亡的憧憬被完全无视。尤其当乔石头要在坮包山上建祖奶宫的时候，那究竟是一座供奉祖奶的神殿，还是一座女性的祭坛？神一般的祖奶，真的是神吗？某种意义上来看，她只是一个被献祭的牺牲，用来填补鬼神崇拜被瓦解后的民间信仰真空，用来象征脆弱却又坚韧的民间道德秩序。

《有生》中的女性都没有作为独立自由的个体存在的时刻，她们被牢牢束缚在家族关系中，未嫁时是女儿，既嫁后是妻子和母亲。她们必须通过家人确证自身存在，除此之外，作家并没有展示其他可供选择的女性存在途径。这可能是作家的局限，但也有可能是社会的局限。

当祖奶还是乔大梅时，她嫁给大旺后首先进行的是改造丈夫的行动："木头要雕，不雕没有样儿；泥是要塑的，不塑不

---

① [英]莎拉·贝克韦尔著，沈敏一译：《存在主义咖啡馆：自由、存在和杏子鸡尾酒》，北京：北京联合出版公司，2017年，第333页。

成形。"[1] 同时她也严格要求自己,"我塑大旺,也塑自个儿。成了李家的媳妇,我尽量遵照李家的规矩"[2]。喜鹊在经历家变之后以少女的阅历竭力撑起主妇的责任,努力改变懦弱的父亲羊倌,把弟弟小更改造成"花志钢"。在乔大梅和喜鹊的认知中,立起一个符合众人眼中标准,受乡间秩序认可的家庭,女人就能得到尊严和尊敬。她们改造丈夫、父亲或者弟弟,部分成功或者彻底失败,然后无奈地承受这种改造的后果,并搭上自己的一生为这种不成功的改造做注解。她们光荣而自豪地成为献祭给家庭的牺牲。

在这个过程中,男性完全被动而且无所谓,他们乐于服从妻子或者女儿,当然并不是因为服膺于她们的女性身份,而是默认乡间关于"家"的秩序表述的期许。在这样的叙事逻辑下,男性或者女性,不管谁居于主导地位,实际上都被这种强势的秩序话语裹挟,主动或者被动地成为乡间伦理的某个注脚。

小说中唯一的意外是乔大梅和白礼成的女儿白杏。这个还未成年的女孩成了一个不受任何教训,不服任何约束的象征性存在,即使母亲用绳子绑住她,她也依旧成功地"飞"走了。从此,她就成为一个永恒的小女孩。但这个女孩毕竟太小,作家也无意展示她的个人主体性,更多的只是把她作为乔大梅生命中的另一种存在,一个镜中人。她映照出乔大梅"我没飞过,太想尝尝飞的滋味了"[3] 的渴望,才有了乔大梅在梦中随着白杏飞走的体验。莫言《丰乳肥臀》中也塑造了一个试图飞翔的女性——三姐上官领弟,她的飞翔和坠落中有太多的绝望和惨

---

[1] 胡学文:《有生》,南京:江苏凤凰文艺出版社,2021年,第192页。

[2] 胡学文:《有生》,南京:江苏凤凰文艺出版社,2021年,第193页。

[3] 胡学文:《有生》,南京:江苏凤凰文艺出版社,2021年,第694页。

烈，那是女性对命运的拒斥与抗争。而胡学文无疑是温和的，白杏虽然死了，所幸还没有体验到作为女人和面对死亡的痛苦；乔大梅虽然失去了女儿，却收获了独属于自己的飞翔之梦。

歌德说，永恒之女性，引领我们上升。而到了北方口外大地，女性成为承接一切坠落的地母，世事变迁、未知苦难、个体苦痛都要由她来承载。她和她们都失去了飞翔的能力，只能将不能动、不能说的肉身留在世间，任由附会。最后的胜利者既不是男性，也不是女性，而是族群，是民族的繁衍，是存在的秩序。作家的确没有任何偏颇的男权或女权立场，他对他们一视同仁。男人、女人都是这个庞大的生存惯性和存在秩序下的牺牲，概莫能外。

特别是后疫情时代，当族群生存成为紧迫而严肃的现实问题，繁衍和存在也就成为绝对的权威话语。牺牲成为道德，毫无疑问，作家敏锐地发现并回应了这个时代的需要以及我们每个人内心隐秘的脆弱和渴望。正如梅洛·庞蒂所分析的："只有通过与世界妥协，我们才能存在——而这可以接受。"我们向往自由，却惧怕自由带来的失重感。我们从来没有像此刻这样意识到个体在大危机面前的渺小无助，这激发了我们对稳定和秩序的渴望，哪怕这需要个体让渡一部分自由。我们甘愿把这视为生存所必须付出的代价。李敬泽说："(《有生》)为后疫情时代百年未有之大变局中我们民族的自我认识提供了新的视角。"[1] 良有以也。

---

[1] 胡学文：《有生》，南京：江苏凤凰文艺出版社，2021年，封4。

出离与重返：
故乡是一个永远画不圆的圆
——杨献平《南太行纪事》阅读印象

　　杨献平的《南太行纪事》在书写故乡风景、人事的表象之下掩映着对民间的、个人化的乡土文化的探究，这部作品是村庄史也是个人史。他笔下的故乡既是凝固的又是动态的，既是他者的又是自我的；既有对历史的追溯，又始终保持着坚定的未来面向；他的故乡以乡土与人的互动连接为筋骨，以多样的风景和丰富的人事传说为血脉，饱蕴着生长性和丰富性，活生生存在于南太行山脉之间，存在于作家灵魂深处。

◦ 一、作家站在哪里 ◦

　　杨献平的散文和诗歌创作中始终缠绕着两个文学地域，一个是巴丹吉林沙漠，一个是他的南太行故乡。我并不想粗暴武断地将这两个地域或者其中的某一个称为他文学创作的精神原乡，毕竟他现在已经离开这两个地域前往四川。正值创作鼎盛之年的杨献平也许在欣然领受巴蜀之地给他的滋养和涤荡之后改变落笔方向，万一后半生他只写锦官城、宽窄巷，我该如何施展乾坤大挪移，把他的精神原乡从河北搬到蜀中呢？

有时候会觉得,"原乡"的认定不过是评论家的理论自得,这个称呼隆重到近乎失真。从福克纳的约克纳帕塔法郡迁移而来,我们有了莫言的高密东北乡、苏童的枫杨树故乡,甚至再往前推移也许还有鲁镇和湘西。但很多时候我会怀疑这不过是作家与评论家之间心照不宣的权宜之计。他们共同营造了一个文学的幻觉,似乎真的有那么一个地域,一半真实一半想象,足以安放下彼时国人的文化焦虑和人生困顿,让所有在变革时代充满漂泊感的流浪之人有一个灵魂的朝向。"狐死必首丘",大体如是。

但是当时代发展到今天,高铁、飞机让空间缩小,模糊了地域之间的区隔;新媒体手段让所有人,无论山南海北、贤或不肖,都面对并处理着近似甚至雷同的日常经验;人们谈论同一条热搜,为同一种时尚潮流所驱动,主动趋附或者被动跟随某种意识形态和审美立场,几乎被湮没在大众中的个体还能在多大程度上拥有独立的主体性?作家还能在多大程度上依赖"原乡"给予他的养分,又有多大可能真正呈现或者建构一个有效的文学原乡呢?

作家一定会有他的思想情感的所从来处,但在多变易变的今天,故乡并不是一个稳定凝固的所在,甚至也绝非我们想象中可以不断为作家输送创作资源和驱动能量的永不枯竭的源泉。它们被呈现在文学作品中时也只能是一个变动不居的所在,尽管它的名字可以一直叫"高密"或者"南太行"。真正为故乡注入生命力的恰恰是此时此刻作家的自我意识,这个意识里有大众文化,有意识形态,当然也有作家自己读过的书,走过的路,爱过的人。

故乡既是现实的也是想象的,作家出离又不断返回,但每一次返回都不可能回到原点。变是宇宙人生的常态,世界充满歧异。他只能不断地向着故乡返回，然而每一次重返实际上都是一次重新出发，而每一次重新出发中也同时孕育着又一次重返。从现实层面看，时代变迁社会发展，故乡的房子、树木、河流和人们都在变，有人活着，有人故去，童年的母亲与今天的母亲还是同一个人却又有了那么大的不同；从想象层面看，个体每一次的精神还乡都是彼时自我意识的一次出游，都被深深刻上了现实需求的烙印。

鲁迅在《中国新文学大系小说二集》导言中所言："蹇先艾叙述过贵州，裴文中关心着榆关，凡在北京用笔写出他的胸臆来的人们，无论他自称为用主观或客观，其实往往是乡土文学，从北京这方面说，则是侨寓文学的作者。但这又非如勃兰兑斯（G. Brandes）所说的'侨民文学'，侨寓的只是作者自己，却不是这作者写的文章，因此也只见隐现着乡愁，很难有异域情调来开阔读者的心胸，或者炫耀他的眼界。" 对故乡的书写从诞生之日就常常处在两种立场上，一种是以先进文明接受者的身份回望故乡，对传统老旧的故乡制度、人事进行现代性批判；另一种则是流寓他乡的游子在异乡艰难挣扎，经历过世事沧桑之后回想故乡，把空间性的地域概念时间化为温馨甜蜜或淡淡惆怅的旧时记忆。于是，就有了现代文学史上截然不同的故乡书写："苍黄的天底下，远近横着几个萧索的荒村，没有一些活气。"（鲁迅《祝福》）"现在这一座村庄，几十步之外，望见白垛青墙……疑心有无限的故事藏在里面……"（废名《桥》）

相对于鲁迅和废名，《南太行纪事》里的杨献平站在一个更模糊、更矛盾的立场上看待故乡。他显然是出离的，出外从军，辗转甘肃、四川，他可以站在他者的立场上凝望故乡，于是童年记忆鬼狐传说被生动地记录下来，乡间人事被作为关照的对象加以分析研判。但他并不是一个宦游不归之人，他仍然是乡间生活的参与者，他仍然会回到土地去播种、翻耕，会去处理家人与村人的矛盾，家中被盗、弟弟被人欺骗都深深印刻进他的个人生活，他不能自外于故乡，于是童年记忆鬼狐传说也随着时间生长，成为"我"当下的情感寄托和神秘思想来源，乡间人事并不遥远，仍然不断带给此刻的"我"切肤之痛。

作家这种既出离又在场的矛盾体现在文本上，就是《南太行纪事》在书写故乡时对现代文学传统的继承与扬弃。作品对于故乡既不批判，也不美化；既没有对于乡民"劣根性"的痛心疾首，也没有关于田园颂歌的浅吟低唱。他只是呈现那片土地和土地上活生生的人们，呈现土地和人们带给"我"的慰藉、包容抑或是羞耻、欺辱……

二、热衷志异的村史

《南太行纪事》是以"丛林哥死了"为缘起的。杨献平的仍旧留在乡间的弟弟本可以做这个事件更为详细的讲述者，但是："他（弟弟）仍旧保持了自己沉默的本分，对丛林哥及那位外地人的车祸，采取了一种司空见惯的口吻。"沉默和司空见惯的背后是中国人几千年传承下来的人生态度和乡土价值观。他们的沉默并不是不说，但也仅止于点到即止。故乡本身常常是自维的，在周而复始的时序中缓慢变化前行。太阳底下无新鲜事，生活在乡土时序中的人对于一切变化和意外的感受力往往被日常生活钝化，表现出一种近乎从容坦荡的木讷。

杨献平自然再也得不到这种从容了，出离是故乡被发现的首要条件，出离也是作为一个人主动对着故乡发声的首要条件。有趣的是，隔着时间的河，似乎也曾经有人试图跳出乡土，为这个村子发现些什么，记录些什么。杨献平注意到了村外马鬃山摩崖石刻上那些神秘的文字："这些文字，是在我们村后两公里远的马鬃山上，一个极其隐蔽的长石崖上发现的。看到之初，我就觉得，这好像一个隐约的，甚至带有缥缈色彩的秘史，尽管所记所述均为一地一村之人事，但其传达的文化意味，却与南太行山区先民们的现实生活和精神信仰息息相关。"

这些石头上的文字里讲述了村庄的先祖自"洪洞县"迁移而来的历史，讲述了"赵凤仙""张月娥""张尤其"们的故事……这就是最经典的村庄史：凡讲来历必从"盘古开天地"那般肇端的时候说起，凡石刻上留名之人都不是寻常人。这些关于越出常规的鬼狐仙怪巫婆神汉的记录，与其说是史，不如说是传奇。也正如这些石刻自述："为传家世，于此石崖粗略记之，凡来龙去脉，蹊跷离异之事，悉数录之，以为村史之一种也。"

费孝通先生《乡土中国》有言："在定型生活中长大的有着深入生理基础的习惯帮着我们'日出而起，日入而息'的工作节奏。记忆都是多余的。'不知老之将至'就是描写'忘时'的生活。秦亡汉兴，没有关系。乡土社会中不怕忘，而且忘得舒服。只有逸出于生活常规的事，当我怕忘记时，方在指头上打一个结。"乡间是一个再稳定不过的社会了，所见者都是熟人，每日要做的事也几乎都是可预期的，正因为如此，才越发凸显出这些不同凡响的"传奇"。狐仙嫁人生女，村民求雨奇事……被作为"志异"铭刻在了石头上。某种程度上这未尝不是乡民对日复一日波澜不惊的日常生活的反拨。他们在日常生活中无法实现的肉身欲望、灵魂诉求，都借着鬼狐传说回到他们身边，似乎就在他们一臂之隔的生活近旁发生着，并由点及面氤氲成一片美妙而神秘的梦幻世界。

杨献平在作品中致力于对以"志异"为主的村史的再发现,他将这些石刻与父祖传说相关联,试图在文化层面上寻找到这些"传奇"与乡民生存现实和精神信仰的关系。文化散文曾经一度是中国散文最热门的创作趋势,以余秋雨为代表,在一片帝王将相才子佳人的历史记录中寻求有关文人文化的潜迹迷踪。所谓"中国古代,一为文人,便无足观……"之类的语言背后隐现的似乎还是文化英雄的企图,立德立功立言的"三不朽"迷梦。而真正属于民间的、乡野的文化传统,那些更切肤更真实的民族文化记忆,却被丢弃在了朝代更替的历史深渊里。杨献平显然是拒绝"大文化散文"的,他就站在村庄那片土地上,与遥远的先祖们隔空呼应,一手是石头上的村史,一手是父祖们口耳相传的故事,带我们去发现那些躲藏在"传奇"中的道德理想、乡土信仰、人间百态,看它们是如何被留存下来,浸润在一代代乡民的生活中,历久弥新。他说:"我始终觉得,在这浩茫的天地之间,人不独有,物不也独享。先民们之'万物有灵'的思维认知与精神信仰,大抵也确有其理和其实的。"

三、不是风景的风景

乡村中有风景吗?莫须有吧。但生活在村庄日常中的人是看不到的,杨献平看到了。他写"南太行的风花雪月",写独自住在石头房子里听夜晚风的呼啸,写放羊时看到的大片盛放的野花,写下在村庄里或大或小的雪,写那么亮的月圆之夜,写雨水,写山峰,写野菜,写板栗……但这是些什么样的"风花雪月"啊?人在"风"中,想到的是石头屋顶会不会被吹倒,是父母为盖这座石头房子付出了何等的艰辛,是拥有了这样一座石头房子之后谁会与"我"共度未来人生;"花"长在山上,但发现那一大片野花的"我"是一个不甘不愿的放羊娃,伴随着美的发现是少年对于可能会弄丢人家寄放的羊的深切恐惧;"雪"很美,是源于雪会带来农家少见的悠闲,是源于父亲回到他的父母身边帮忙扫雪时的惬意,源于"我"深夜趟雪回家被父亲背在背上的浓浓温情;"月"是夜的象征,乡村的夜是整个生活的背面,那些细碎流言,背光处的鸡鸣狗盗和种种传说想象都借着月夜出现,"夜间的乡村是敞开的"……

基于独特的观照立场,杨献平看到的都是如此这般不是风景的风景。他欣赏着南太行乡村独特的"风花雪月",从一片静默的乡村背景里把这些美丽突现出来;同时他凝注在这些风景上的是浓得化不开的生命体验和存在认知。他的属于故乡的个体生命在这些风景中存在,与这些风景一同被验证,被确认,被发现。柄谷行人说,"风景是和孤独的内心状态紧密连接在一起的","赋予现代文学以特征的主观性和自我表现,这种思考正对应着世界是由'拥有固定视角的一个人'所发现的这样一种事态"(《日本现代文学的起源》)。杨献平笔下的"南太行乡村",一步一景,每一处都有一个鲜明而独特的"内在的自我"贯注其中。

"这时候,东边的太阳也出来了,在山岭上露着一张被人泼了猪血的脸,笑也不像是笑,哭也不像是哭,像人一样表情复杂。""夕阳很黄,像生日娘给我煮的鸡蛋,在山头上挂着,羊群在下面,到河沟时候,太阳就没了,慢慢升起的黑夜,一颗一颗地清晰可见。"这种生动特异的书写何曾仅止于修辞层面?它更体现出作家对审美套路和宏大叙事的主动拒斥。类似上文中对太阳和黑夜的书写中分明隐含着对所谓宏伟、壮阔、精致的解构和调侃。在另一些叙述中,他还表现出对生命原生态近乎残酷的写实："秋天，我和父亲去放水浇地，钻到大坝下打开水闸，积攒了一个多月的大水便轰然而出，携带着上游河道的泥垢、浮草，人们身上的泥垢、汗液、洗衣粉乃至妇女被河水稀释了的经血布条和厚厚的纸。""经血布条和厚厚的纸"曾经被多少文学描写主动规避，却被杨献平赤裸裸地呈现在聚光灯下。

丁帆曾谈道："小说中的自然景物叙写形式已逐渐复杂化，它已不仅仅被用来标识事件场景或烘托人物心境，同时还可以从一种移情对象转换为隐喻和象征的主要载体，从而承担起多种叙事功能。""（风景画）作为一种地域文化隐含的精神结构的象征载体或对应物，由'场景'或'背景'换位或升格为与人物并置的叙事对象，从而获得相对独立存在的意义。"（《中国乡土小说史》）此语虽是论小说，但拿来考察杨献平笔下的南太行乡村风景，也是恰当的。他的"南太行风花雪月""南太行乡村笔记"两节，处处风景，处处人事，"一切景语皆情语"，南太行所有的山水风月都超越时间空间的障碍，替杨献平和乡民们诉说、讲述着那些被时间流逝和世间喧嚣遮蔽了的人间。

我读出了吴长青对网络文学的爱

拿到吴长青这部《网络文学创作与研究概论》，我以为我会读到一位学者对某一特定文体的具体分析，然而事实上，我领略了一个基于网络的文学世界和它所赖以生存的现实世界的全景式的画卷。作者挟着多年来对网络世界、网络文学的深入了解和深刻研究，怀着对时下青年精神生活的深切关怀，远远超越了纯粹的文学批评对某一文体的研究界限，把网络文学作为一种有着深刻社会历史渊源的文化现象，进行了综合性的全方位的分析研究。在全书严谨周密、经纬纵横的理论体系之间，我总能真切地体会到吴长青先生作为一个有良知的知识分子那种不盲目、不偏狭的治学态度和他对大众特别是青年精神生活状况的人道关怀。

对文学史来说，几十年几如白驹过隙，但就是这一二十年之间，网络文学已经发展得如火如荼，令人瞠目结舌。作者、读者和市场显然比研究者和批评家们的反应快得多，他们在创作、阅读、接受、衍生各个领域迅速制造了五花八门的现象和话题，以极快的速度充斥我们生活的各个角落，在时下国人的精神世界里攻城略地。马季先生说："中华民族喜欢听故事，有讲故事的文化传统。进入现代化以后，这种讲故事的传统一度被中断了，文化环境和文化土壤发生了变化。实际上老百姓对好故事，尤其是民间的故事一直有强大的需求。"（《网络文学最重要的作用是将当代文化土壤丰富化》）网络文学上承中国民间通俗文学传统，直面时下国人在经济发展过程中的现代性危机，迅速填补了正统纯文学作品在普通市民接受领域的空白，以前所未有的鸿篇巨制，占据了国人的精神生活。面对如此丰富而多变的研究对象，任何一个有理论远见的批评家都是无法沉默的。当然，关于网络文学的批评研究近年来已取得了丰硕的成果，但将网络文学研究系统化、学科化，吴长青先生此书堪称先驱。

他以不惮于前驱的热情和脚踏实地精益求精的态度，致力于屡屡被误读的网络文学，从网络文学的本质属性、产生的历史语境、艺术审美特色、作为艺术或是社会意识形态跨界的研究评价标准、商业化与产业化研究、受众研究及社会影响及海外传播几个方面对网络文学进行整体研究，不虚美，不隐恶，为我们在网络文学的世界里拨云见日提供了可资借鉴的方法理论。

尽管目前学界通用的网络文学定义是：通过互联网发表传播的大众文学，目前主要是指网络连载并以此为基础进行版权运营的长篇小说。但吴长青先生更强调的是：网络文学是以技术传播为价值核心，在外延上依旧是以语言为主要阅读载体的一种文字组合形式。并且着重指出：语言作为思维的工具，在与技术结盟的过程中势必会分化出传统文字所不具备的游戏功能。而这恰恰是网络文学的复杂性之所在，也是它之所以不适用于传统的文学评价体系，反而必须被当作一种文化现象加以观照的根源所在。

技术、游戏、商业……这些在文学批评领域有些陌生的关键词让网络文学在成为作品的同时，也具备了消费时代商品的一切品质，更遑论它还经常主动承担起引领消费的责任。很多时候，我们对消费至上娱乐至死的时代充满恐惧疑虑，并习惯戴着有色眼镜看待与之相适应的一切。然而，吴长青先生在"网络文学的接受度与受众研究"一章中，以大量翔实可靠的数据和精确的图表向我们展示了网络文学是如何影响了整个社会的精神文化生活以及它在青年中享有何等重要的地位。

显然，网络在个人诉求的表达，个体梦想的满足方面具有先天的优势，当它面对某些现状时，现实中人们种种愤懑不满以及被挤压得无处藏身的个人梦想形成了网络文学世界与现实世界的"互文"。作者引用了菲斯克关于大众文化的论述："大众文化（包括网络文化）制造了从属性的意义，那是从属者的意义，其中涵括的快乐就是抵制、规避，或冒犯支配力量所提出的意义的快乐。"网络文学带给青年表达的快乐，反讽的快乐，解构的快乐和实现的快乐。尽管这样的快乐短暂而虚幻，但与其短暂的致幻效果伴生的是对个体自由、个人价值的恒久追求。也许正是基于此，作者甚至预言："高度发达的网络文学将会成为新的话语启蒙场域。"在我看来，与其说作者是在构建网络文学的研究和评价体系，不如说他在竭力阐释我们这个五光十色的社会生活，并企图借网络文学之眼透视整个时代之病和我们的精神之殇。

学界常有专家在谈到"五四"时，指其被当时民族救亡运动打断，没有真正实现对国人的思想启蒙。恐怕不只是思想启蒙，对现当代文学的审美观念在大众中也没有充分建立。随后由于历史原因，文学的政治功用被过分夸大，也不利于健康的文学观念的发展。恰恰是十几年来野蛮生长的网络文学，正在弥补大众对文学认识的不足。作者显然也对网络文学由自发写作向自觉写作的转变有着浓厚兴趣，并对网络文学突破"滞胀"，走向经典化寄予厚望。米兰·昆德拉说："把握现代世界中存在的复杂性对我来说意味着一种简约、浓缩的技巧。否则的话，您就会坠入无尽的陷阱。"(《小说的艺术》)网络文学现象自然是复杂而多变的，但优秀的批评家总能提炼出"简约、浓缩"的技巧，以避免让热心的读者陷入"无尽的陷阱"。这部《网络文学创作与研究概论》当有此功效。

主旋律创作的多样话语表达
——评杨勇长篇小说《最美的奋斗》

杨勇的长篇小说《最美的奋斗》通过范振喜、傅雪莲、李健三个人物故事单元，围绕党的基层组织建设这一宏大主题，从具体而微的个人经验入手，将人民对美好生活的向往、基层社区服务体系建设与资本市场下的人性关怀等时代话语融为一体，直击当代社会发展中的现实问题，建构了新时代优秀共产党员的光辉形象。

《最美的奋斗》是杨勇"最美"系列作品之一，也是一早便将主旋律写在创作主旨上的一部作品。但这部作品并没有囿于对国家政策自上而下的政治图解，而是自下而上，从个人视角出发，塑造了三位亲切质朴却又饱含灼灼精神意志的基层党员，并在对这些当代英雄模范事迹的讲述过程中，为集体情怀赋魅，以此起到对社会主义核心价值观的引领作用，使人物故事成为国家意识形态的典型范例。

◦ 一 ◦

范振喜带领周台子村民脱贫攻坚走上富裕之路的故事无疑具有极强的时代典型性。脱贫攻坚不仅是当下中国发展建设实践的重大主题，也是文学创作所要处理的重要生活现实，是作家介入时代叙事的重要途径。《最美的奋斗》可贵之处在于高度重视人的主观能动作用，写出了村民自身对于改变生存状态，追求美好生活的强烈愿望和积极行动。在农村实行联产承包责任制是改革开放的重大举措之一，而对于周台子村的具体实践来说，包产到户是为了根治周台子村"懒""穷"的问题不得已而为之的，也是范振喜和村干部一班人超前大胆的政治判断；90年代村里建选矿厂、开办集体企业是"墙上的标语"的指导要求，具体到周台子村则是他们收回矿山后进一步精细化发展的必需，是让村民从温饱走向富裕的必由之路；随后在发展特色农产品种植，走新型农业合作社之路，让村民住上楼房，进行城镇化改造、开展环境保护等问题上，作品都充分体现出以范振喜为代表的基层群众与国家政策同频共振的共同诉求。

　　优秀的作品是从不一味大喊"党的政策好"的，它们一定能够从生活实践出发，从细节入手，细致描摹出国家政策是如何契合群众实际需要，又是如何落地生根，成为具体的改变村庄落后面貌的故事的；它们总是致力于呈现人作为经验主体在脱贫攻坚过程中丰富的情感体验和精神面向，从根本上把握脱贫攻坚过程中人的成长与改变，来实现作品丰富的文学内涵与厚重的历史价值。《创业史》《金光大道》《艳阳天》莫不如是。柳青笔下农民合作社的成功是以梁三老汉的获得感和幸福感为标志的："梁三老汉穿着全套新棉衣站在黄堡镇集上，听着排队买东西的群众以羡慕的眼光、赞赏的口吻谈论着灯塔农业合作和合作社主任梁生宝时，激动得溢出了眼泪。"《最美的奋斗》，也是以佟大娘等一众生活在村老年公寓中的老人们幸福安乐的生活，折射出整个周台子村群众在范振喜等党支部带领下过上的现代而康乐的生活。

傅雪莲的故事体现了现代城市治理体系的末端组织——社区管理的重要与艰难。现代化城市的管理与治理是中国改革开放进程中的重要课题。西方固然有很多治理经验，但如何将之与中国传统文化和社会主义核心价值观相融合，仍然需要在实践中不断进行探索。作家在对傅雪莲故事的讲述中，就生动呈现了这种探索之路。比如傅雪莲处理朱美兰的问题时，首先是不躲不避，一管到底，体现了党员和管理者的责任担当；然后坚决以法律武器捍卫朱美兰的权益，以合法合理手段维护群众利益，这是治理能力的体现；最后在面对朱美兰丈夫时，又坚持推己及人，以情感人，与中国传统家庭亲情观念相结合，走出了一条社区治理的新路。在肖大茂、莎莎、许红军等人不同问题的处理上，傅雪莲都不同程度上表现出"老吾老以及人之老，幼吾幼以及人之幼"的中国传统人文关怀。

本雅明曾经把"巴黎拱廊街"作为现代城市的一个隐喻，谈到这些在城市步行街中的人群已经跟以前在村庄生活的人不一样了，他们彼此之间毫不相识，只能遵照一定的社会秩序在狭小的城市空间中行走；他们可以长期共处一个空间而不去攀谈、不去交流，人变得匿名而孤独。现代化的城市小区也面临着这个问题，住户共处很久却并不熟悉，这并非简单的人情冷暖，而是现代化发展中对人性压抑的大问题。而社区工作正是缓解这种现代性压抑，在尊重秩序前提下重新建构人与人之间信任与亲情关系的一种努力。

李健的故事也针对的是当代中国社会发展变化过程中出现的新问题。作家围绕在私营企业中建立党组织的合理性与必要性展开叙述。主人公李健在作家笔下一身二角，既是私营企业现代化运营的参与者，又是企业员工利益的代言人、企业文化建设的推动者。中国自古就有"富不过三代""君子之泽、五世而斩"的说法，但私营企业在现代生活中的作用早已超出一家一姓的兴衰存亡。作为国家经济体系中的有机组成部分，私营企业在促进地方发展、增加税收、人员就业等方面都不同程度发挥着作用。如何让私营企业越出家族化运营的小圈子，成长为有持续竞争力的现代企业，是很多地区党和政府面临的难题。李健的故事也在尝试为这个难题找出一条破解之路。

作家赋予李健的人设是一个既懂经济又有强烈宗旨意识，不避琐碎、不怕繁难的新型组工干部形象。这使得他能够一面高度重视产品质量，对企业在时代大潮中的发展方向有清醒的认识；一面能始终坚持员工利益为先，为他们解决实际困难，充分发挥党组织在现代企业中的凝聚力和号召力。

二

《最美的奋斗》三个故事单元都是围绕着党员模范人物展开的，党员干部不仅是故事讲述的核心，也是中国社会变化发展现场的中心人物。在社会主义实践语境下，党员干部绝非一般意义上的事务人员，他们一方面是国家意志的执行者，是体现国家政权对人民群众关心用心的责任人；另一方面，他们也是人民群众诉求的代言人，承担起其所在社群组织"带头人"的职责和使命，接受社群组织对他们的伦理道德约束。并且因为其地位特殊，常常要受到更高等级的道德监督，甚至"舍小家，顾大家"，以换取来自国家和群众的双重认可与信任。范振喜、傅雪莲、李健与《创业史》中的梁生宝、《山乡巨变》中的刘雨生、《上海的早晨》中的余静等人物一脉相承，都是文学作品为我们奉献的这类党员干部"带头人"的典型形象。

蔡翔认为:"在革命中国的政治设想中,首先依靠的,正是这样一种干部的高度的献身精神,从而完成国家对基层的重组乃至重建。"①

围绕对好党员、模范"带头人"的塑造,政治觉悟与道德崇高成为使人物形象立体丰满最重要的两翼。范振喜在带领周台子村脱贫致富的过程中,就始终保持共产党员高度的政治自觉:尽管周台子村非常贫困,但他坚决反对在交公粮问题上弄虚作假,为此羞愧不已;实行包产到户时,他对小队长们强调:"你们都是共产党员,不要事事想自己的个人利益,作为生产队长,你们手中的权力是社员给的,是为社员服务的,不是用来摆谱的。"重新分配土地和农具时,他坚持公平公开,甚至舍己为人,以自家的好地换村民的劣地。另一方面,作品也将他置于伦理道德标准之下,塑造他清廉自律、公而忘私的"带头人"形象:他多次用自己的钱或从亲戚家借来的钱为村里垫支开销;村里要收回私人承包的矿点,他从二哥范振礼处开始,不惜导致兄弟失和;为村里建厂,他顶风冒雨积劳成疾;生病后坚决不肯动用村里一分钱……作品正是通过对这些兼顾党性要求与道德准则的行为的刻画摹写,使范振喜成为脱贫攻坚这一伟大的社会主义实践的真正主体,成为足以承担这一时代主题叙事的高大的文学形象。对私营企业党委书记李健的塑造也沿袭了这种模式。李健对工人困难的热心关怀、对党委工作的积极谋划与他在个人生活中对女性的尊重,对朋友的真诚相辅相成。

与对范振喜、李健的正向塑造不同,作品对社区居民委员

---

① 蔡翔:《革命/叙述:中国社会主义文学——文化想象》,北京:北京大学出版社,2010年,第104页。

会主任傅雪莲的刻画是在关于她自身党性和道德的不断质疑中实现的。她甫出场时对小柯的帮助就被牛大妈认为是与小偷勾结；她参加社区招考，被认为有作弊之嫌；她担任副主任之后仍然有七十多岁的老大爷说："傅雪莲是新官上任三把火，她还没遇到过真正的刺头儿，如果她能把刺头无赖摆平了，我就送锦旗给她。"而她介入碧峰小区新物业公司竞聘，还惹来了群众举报……当然，这些质疑在故事推进过程中都被一一解决，也以先抑后扬的方式成功塑造了傅雪莲不避琐碎、不怕麻烦、真诚服务群众的社区干部形象。

但是这样的形象塑造也会带来一些问题，使人物在某种程度上落入道德陷阱。对道德的过高要求固然有利于党员形象的高大丰满，但也显现出政治对个人领域的侵入。比如，傅雪莲丈夫入狱后，仅仅因为小柯对她照顾较多，就招致了众人对她是否忠于婚姻家庭的质疑，这些质疑甚至影响了傅雪莲在工作中的威信，原本属于个人私德的问题就此转成了公共领域的问题。文学创作在经历了十七年到新时期的发展变化之后，对私人与公共领域的叙述已经有了日渐明晰的分野，对个体欲望和情感诉求有了更多的包容。但时至今日，在对党员模范人物的塑造上，作家有时仍会有意模糊这种分野，以极端纯粹高尚的道德标准来烘托人物的政治自觉。目前来看，这种叙事策略有利有弊，但随着时间的推移，作家还是要进一步探讨对党员模范人物的多元表现方式。

三

从叙事角度看，《最美的奋斗》延续了传统的全知全能的叙述视角，叙述者几乎等同于作家，他无所不在，无所不知，了解并能够说出每一个人物的事件经历和隐秘情思。这样写的优势在于能够最大限度表现宏阔时空下最多的场面和人物，讲述最丰富复杂的故事，能够满足作家"记录时代""以文存史"的创作意图。在这种叙事策略主导下，《最美的奋斗》有意避免过于主观地抒情表达，摒弃了大篇幅的人物心理描写，在对人物的刻画和故事的讲述中始终保持一种谨慎的克制。

作家对三个故事单元的讲述都是从个人角度切入的，在故事主体展开之前会设置关于主人公个人经验的前奏，作为故事的底色和序章。讲述周台子村的脱贫攻坚之前，作家先从范振喜参军、恋爱的经历讲起，部队生活为范振喜打上了果敢坚毅的军人烙印；在傅雪莲进入社区工作之前，先从一个问题少年"小柯"引出傅雪莲从一个舞蹈演员到社区工作者的角色转换；李健故事单元中，先从市委领导对他的工作安排和未来期许以及李健本人对蓝董事长之死的内疚谈起。这样的切入角度极大地增加了作品的生动性和人物的亲切感。主旋律作品尤其要注意从具体的个人经验出发，不能停留在对模范人物先进事迹的简单呈现上，而是要让人物的先进性有来处、有原因，有效展现出他们性格发展的轨迹和成长的必然逻辑。

《最美的奋斗》似乎还从明清白话小说中吸收了一些叙事技巧。中国古代小说常常是以"说书人"口吻进行讲述的。"说书人"随着话本到古代小说的演变，从勾栏瓦舍的真实人物变成文本中的叙述者，以全知全能并且时发议论、偶尔抒情的关键地位掌控着绝大多数明清白话小说的叙事进程。《最美的奋斗》一开始就赋予"我"采访者的身份，文中可见这样的表述："范振喜、傅雪莲、李健……他们的故事注定要走进我的笔下"；"次日，因为要采访紫塞市的普宁社区支部书记傅雪莲，我离开了周台子"；"夜幕降临，我打开了电脑。是时候了，关于李健后来的故事，关于蓝海天集团公司，我得向你讲一讲了"。这些表述与明清小说中"看官请了""花开两朵，各表一枝"的说书人过场词似乎有着异曲同工之处。

此外，作品中出现的大量巧合也体现出旧小说的笔法特色。比如傅雪莲故事中写到为保证碧峰小区业委会在新物业公司竞聘过程中的公平透明，傅雪莲和社区必须介入其中。当然，拥有话语权的是小区的业委会。这时候巧合出现了："搬家后不久，牛大妈就被选为业委会成员之一，另外四名成员也都是社会精英。有市政协退休的副主席谭老、有私企老板莎莎父亲黄粤生、陈凯丰律师，还有电视台的女导演许丽莎，她的父亲正是老军人许红军。"这五个人都是曾在作品前文中出现并与傅雪莲有过多次交往的。再如李健故事单元中，蓝海媚公司需要打交道的政府方面官员几乎都是李健认识熟悉的，李健自然就成为帮助公司解决问题的最大助力。这些巧合当然有利于作品中设置的各种矛盾冲突的化解，但同时也使作品处于一个相对闭合的结构之中，在一定程度上会伤害作品的现代感。

《最美的奋斗》在叙事上的成功之处还在于作家有意识地将主旋律叙事与类型化爽文的创作手段相结合，使作品具有极大的可读性和感染力。范振喜的故事单元中弥漫着浓郁的逆袭成功的叙事氛围，周台子村从人人嫌弃的破落村变成人人艳羡的发展典范，在一系列真实而艰难的创业细节支撑下，完美实现了村庄逆袭，高度契合了读者的阅读期待。傅雪莲的故事更像一篇女性职场文，不断出现的难题考验了傅雪莲的应变能力和道德水平，这个过程中，傅雪莲通过各种手段，大开"金手指"，迎难而上，不断获得众人认可和职场提升。李健的故事单元则高度符合商战题材作品特点，海东生作为突出的反派人物承担了为企业发展制造问题和障碍的绝大部分功能，李健以及新任董事长蓝海媚则在与其不断斗争中获得成功并收获爱情。这种叙事方式也为主旋律创作继续探索多样化话语表达，进一步赢得读者开拓了路径。

对"关系"的沉溺与书写
——关于温亚军的中短篇小说

小说和一段人生一样，开始最终都必将指向结局。福斯特说最常见的小说结局是"非死即婚"①，死自然是个了局，而男女之间一旦走向婚姻，这段故事也的确是可以告一段落了。但温亚军却始终不肯如此厚待他笔下的人物，这些人物出现在他的作品里，就被放置在了流水一般的日常中，在密密匝匝的人际关系中，在严酷的自然环境中。矛盾纠结的社会关系永远没有结束，大自然也从来不会吝于宣示它的伟力，而庸常的日子更是没有尽头，于是，这些人物就只好在温亚军的小说世界里日复一日，逆来顺受，辗转求生。恐惧而无奈地等待下一次响起的敲门声，和门口站着的"我的二嫂""三哥"迎接那扑面而来的种种人生困境。

时下小说创作中千方百计张扬人物主体性，致力于挖掘人性幽微隐秘的手法比比皆是，温亚军却以一种可贵的淡然，从容书写人生的各种处境，将人与人、人与物、人与境乃至人与社会、人与自然的种种或紧张或舒缓的关系加以细致地描摹展现。他甚至细细翻开生活这袭华美袍子的一道道褶皱，将日常

---

① 福斯特：《小说面面观》，上海：上海译文出版社，2017年，第90页。

的肌理——指点给我们,细致到一锅面条,一顿麦饭,一句话的龃龉,一个眼神的误会。与这种对人生状态的呈现相适应,他的很多作品都没有一个传统意义上的结局,但又不像先锋小说故作高深设置的叙事陷阱,倒更像是顺着日子的河,自然而然流淌至此,河流没有尽头,人生没有终点,故事自然没有结局。

一、城市的闯入者

时下,作为个体的人常常被从熟悉的生长地剥离,移植到完全陌生的环境里。急剧的人口流动在创造了资本无限生长的奇迹的同时,也带来了人的诸多现代症候,比如异质,比如孤独,比如无法逃离的束缚感。在温亚军的小说里,有很多这样离开家乡,离开熟悉的亲缘关系和文化谱系,主动或被动地把自己移栽到城市环境中的人物。作为现代文学传统上"乡下人进城"题材的当下演绎,作家一方面继承了《我们夫妇之间》等作品"借家庭的伦理矛盾讨论现实困境问题的意识",表现"这种城市与农村的交汇所带来的日常生活中不同生活习惯与观念的碰撞"的写作传统;另一方面则完全抛弃了这些作品中原有的意识形态色彩和浓重的道德批判口径。[①]更注重表现人物在不协调的城市环境中被"他者"塑造的尴尬形象,更关注他们与乡土,与城市,与自身的种种对立统一的关系。在作家笔下,他们貌似向着美好生活的理想前进,然而或是被亲缘关系牢牢束缚,欲逃无计;或是怀抱着浓重的挫败感成为城市中的异乡人,载沉载浮;或是在艰难的生活中紧紧攥住一点卑微

---

① 徐刚:《后革命时代的焦虑》,昆明:云南人民出版社,2013年,第112页。

的幸福,与身边人一起抱团取暖。这些人都被一层又一层的关系紧紧裹缚着,在密密匝匝的情节推进中身不由己、与世浮沉,偶尔尝试脱离既定轨道,在灰暗的生活中寻一抹亮色聊以自慰,却要承担未来意图回归而不可得的危险。

《谁能让牡丹开成玫瑰》[①]中父亲进入城市,娶城市女子为妻,把家安在了城市,但以"西街"为符号的家族亲缘关系和乡土传统却仿佛魔咒一样制约着他的日常生活乃至整个人生。妻子在他的世界里成为城市生活秩序的象征,妻子与西街众人的冲突尽管表面看来无关大是大非,却从吃饭、烧炕、婚礼等日常琐事中生发出尖锐而深刻的城乡矛盾,这一点,在后来过继儿子的问题上达到顶点。温亚军处理这些事件的高妙之处在于,他并不致力于去解决这些尖锐的矛盾,而是尽量在细节的描绘中呈现生活的本来面貌,让时间消解一切看似不可调和的矛盾,让日子告诉我们其实一切都没什么大不了。

从内容和立场上看,《问出来的事》与《谁能让牡丹开成玫瑰》具有强烈的互文关系,二者针对的都是同样类型的从农村进入城市的闯入者。但《谁能让牡丹开成玫瑰》是站在女儿的视角上写母亲,在父母相处过程中一点点呈现父亲调和乡土大家族与城市小家庭之间对立的努力,表现一个茕茕孑立的都市异乡人的无助和孤独。《问出来的事》则是通过"我"的第一人称叙述,直击"我"在这种城乡冲突中的困顿不安,进退维谷。小说按照出事——解决——再出事——再解决的套路,沿着无限不循环的方向不断推进。我们看到主人公在这条时间轴上疲于应付,努力解决着一个又一个越来越超出他个人能力

[①] 文中温亚军作品均引自《影子的范围》,人民武警出版社,2015 年;《硬雪》,云南人民出版社,2005 年。

范围的事，直至最后筋疲力尽。作者在从头至尾绵密的叙事中为主人公织就了一张令人窒息的关系之网，只要生活还在继续，这种随之而来的束缚和紧张看似就永远没有尽头。《谁》文中，当闯入者的第二代诞生，"父亲"成为"父亲"，女儿在母亲的讲述、父亲的无奈和自己的观察中逐渐做到了对西街的接纳，并主动给予父亲温情的包容。于是，在这位父亲谦卑的幸福中我们似乎看到了城乡矛盾的最终调和，但作者显然不肯止步于心灵鸡汤似的温情脉脉，于是就有了《问出来的事》那个开放式的结尾："我惶恐不安，神经极度紧张，最害怕听到门响，一旦有敲门声，我不敢去开，生怕一拉开门，看到的是我的二嫂，还有三哥。"

现代化进程中的城乡对立、阶层固化带给我们无数的生命不能承受之重，一旦有人冲破原生阶层，必然要承担冒犯固有秩序的代价。凤凰男、凤凰女们的出生地域、原生阶层已经为他们打上深深的烙印。冲突打压不仅来自被闯入阶层，还会来自原生阶层。父亲们进入城市，不仅作为一个个体，而是作为一个家族、一个种群的代表成为进入城市的楔子，他的存在激活了整个家族的城市想象。但这庞大的家族梦想却如同倒金字塔般建筑在一个个人奋斗的尖点上。摇摇欲坠的、不稳定的结构隐喻了父亲们和他们身后整个家族的生存状态，也造就了温亚军这类作品中强烈的紧张感和密不透风的叙事特点。

《幸福只要一点点》中的黄少松也是一个闯入者，通篇不时出现的"外地人"的指称在带给主人公刺痛感的同时，也不断强化城市主流话语的排外性和闯入者自身的异质感。但温亚军在《幸福》一文中的着力点从主人公背后的家族转向了他所面对的城市族群，冲突发生的场域从家庭辐射到了单位、社会等外在大环境，矛盾更多地指向了闯入者本身的生存、情感困境。从表面上看，黄少松在北京是大医院的医生，有房有车有家庭，已经在城市扎下根来，但这种一般意义上的成功并没有带给他丝毫的满足感。聘用医生的身份、论文的被扼杀、经济上的拮据以及后来种种改变生活状况的谋划失败和疑似出轨的落空都不断为他的挫败感和漂泊感增添了新的砝码。杜米莉的出现一度成为他生活中的亮色（貌似在温亚军的小说中，城市总是以女性的形象出现），地道城市女性杜米莉的可能的爱意对黄少松来说绝不仅仅意味着婚外情的刺激，更意味着城市可能给予他的接纳和柔情。但这个美好的泡泡还是被戳破了，作者轻描淡写地把它归于一个美丽的误会，虽然这样的处理看起来并不那么具有说服力，但又有一种可怕的真实感。城市能够给予一个闯入者的，从来就不是敞开的怀抱和温柔的抚慰，这也就使得齐妙妙对大款余晓连的投怀送抱有了一丝野蛮生长的真实和坦荡。存在面前，一切都是合理的。

在温亚军的作品中，"父亲"、"我"、黄少松们代表着试图进入城市主流话语的这类"成功人士"，或者叫准中产阶级，对他们，作家的心态似乎是十分矛盾复杂的。他一方面深刻描绘着他们的艰难、孤独，一方面又毫不留情地任由他们置身于生活的漩涡中，拿走这些人物那点可怜的美丽幻想。对他们性格中的懦弱、摇摆，处理问题的游移不定甚至是爱情婚姻中的怀疑猜忌，作家表现出了冷峻的审视和尖锐的评判。与此相对，温亚军还塑造了另一类城市异乡人，一些处在最底层的打工者的形象。对这些挣扎在底层的城市打工者，作家的态度明显与前者不同，他为他们付出了更多的同理心、同情感。那绝不是自上而下的悲悯，而是来自同等视角上深切的凝视和观照，是对人之为人的发自内心的敬意和感佩。在这些文本中，我看到，他是如此厚爱他们。

我一直很喜欢《下水》这个题目，因为这个带有鲜明方向感的词无比确定地向我们指示出了这篇小说中人物即将拥有的生活——向下，低到尘埃里的生活向度。但整个这篇小说的情感指向却是高高向上的，朝着理想、爱和美的高度，一直向上。向下的生活与向上的追求构成了这篇小说的内在张力，它吸引我们在这样一个几乎是童话的氛围里，不断沉溺，难以自拔。一对在城市以洗牛、羊下水供养儿子上大学的夫妻，他们所处的恐怕已经是城市生态链的最底层了。小说一开始，作家就以令人惊叹的细致描摹着这对夫妻寒酸的生活，14英寸的电视、断腿的餐桌、三毛钱的电话费、永远洗不掉的下水味……但同时，作家也在写"男人赶紧起身把电视机往女人这面转了转，又趿上鞋跑到女人那边看看"，写"男人不放女人烫着的手指，一直含在嘴里"，写"小小的屋里被西红柿鸡蛋面的味道填满"，写女人"像只猫似的卧进男人怀里"……对最卑琐的生活做出最诗意的提炼，这大概就是一个作家能够奉献给人类最好的礼物了吧。

与《下水》相比，《槐花》这个题目显然具有更多的象征意味。来到城市靠粉刷涂料挣钱的杨金水为了捋到新鲜的槐花，让怀孕的妻子小昭吃上一顿麦饭，不得不绞尽脑汁寻找合适的槐树和恰当的机会，同时还要面对妻子的怀疑、指责。而当不放心的妻子闻着洋槐花的香气，找到丈夫的时候，一切的辛苦和猜疑都不重要了，只有淡淡的槐香和流转的情意弥散在整个小说营造出的优美意境里。槐花在小说语境里是乡土的象征，是农村生活方式和生活秩序的象征。对于在城市打拼谋生的农村人来说，槐花成为沟通城市生活和乡村记忆的纽带。杨金水在捋槐花、做麦饭过程中表现出异乎寻常的执着或者实际上是执拗，虽然作者将其归因于是为了给妻子一个惊喜，但更深

209

层次的原因似乎在于这个行为本身带给杨金水的那种仪式感，在于这个过程中实现了对曾经熟悉的乡土生活的一种缅怀和致敬。欧·亨利似的舒缓的叙述和着意经营的结尾使整篇作品在中国传统的乡土意韵之外又增添了些唯美和诗意。

在刻画这类闯入者的形象，勾勒他们的生活时，作家更注重处理这些闯入者的个体情感生活、生存境遇乃至人生目标与相对艰难困顿的城市底层环境之间的关系，关注他们如何在艰辛的生活里心生欢喜，在尘埃里开出花来。对于这些人，对他们的顽强、执着，尤其是对他们在任何环境下仍保留着的对爱、对美的追求和向往，作家表现出了最大限度的尊敬和热爱。对这些人物，作家收起了审视和冷峻，代之以充满爱的诗意表达，即使这样做的代价是在一定程度上牺牲了作品的现实批判性。

二、大自然的流放者

很多时候，温亚军是作为一个善写西部生活的军旅作家出现的，他创作了大量极富地域特色的反映西部百姓和兵们生活的作品。但与很多我们习见的西部作品不同，温亚军并不倾向于过分渲染西部的粗犷、豪迈、野性的传奇化色彩，他似乎更习惯贴近这些与我们生活在不同地域但有着同样的情感和困惑的人类伙伴，刻画他们在这个远离城市喧嚣的独特地域环境里，与动物、植物、人本身和大自然本身的各种龃龉、纠葛，和谐、斗争。像《硬雪》中人与羊之间的亲昵、与鹰之间的信任、与狼之间的博弈，以及所有这些生灵在不期而至的暴风雪下的挣扎求生；《驮水的日子》里上等兵与驴之间关于谁更倔强的较量和最后的相互依恋；更遑论《病中逃亡》里得了矽肺病的淘金者与病狼之间的生存竞争，还有那句冷静而尖锐的判断："狼当然也很可怕，但它毕竟是狼，没有人那么可怕。"作者似乎在传达一种理念，越是在西部，越是在恶劣的自然环境里，人越回到了人本身，回到了创世之初，人之为人的原始状态。人在被迫直面自然的时候呈现出与人在社会中完全不同的状态，人的社会性减弱、自然人的属性更加凸显。温亚军的这些带有西部色彩的小说，与其说是在写西部，毋宁说是在描绘人与自然，人与动物的和谐、竞争关系，是在刻画一个个被纷扰的人类社会流放到大自然中的孤独、漂泊的灵魂。人的精致的利己主义、庸俗社会学在这个独特的世界里统统派不上用场，只有最真实的人性，只有爱和慈悲温暖着一切生灵，不管是人还是动物。也许正是基于这种认识，温亚军在创作这类作品时，语调舒缓，节奏松弛，在不疾不徐的情节推进中从容渲染着人的各种心情，描摹着大自然的各种气候、景致，呈现出与《问出来的事》《谁能让牡丹开成玫瑰》中密不透风的情节推进所截然不同的叙事风格。

《硬雪》的主人公是一个普通牧民，一般情况下，他是可以像水溶于水那样融入自然的，就像"就是这只丢掉的羊不认识回家的路，可路认得它……"小说前半部分一再强调羊丢不了，自然对人的熟悉和接纳却让人失掉了应有的警醒，当它露出变幻莫测的狰狞一面时，人的随意和无谓都不见了，"即使路认识他，想把他和羊引回家，但……那可就麻烦大了"。暴风雪来临，饿狼尾随而至，人不得不凭着单薄的肉身在自然中挣命，而这时，力量恰恰来自羊、鹰，甚至是作为敌手的狼。这场较量虽然最终以羊被吃掉、狼被杀死、鹰受伤、主人公伤痕累累被找到宣告结束，但我更喜欢结尾处"那匹面目全非的死狼，冻得硬邦邦的，镶嵌在硬雪里，要抠出来，还不太容易"。被人杀死的狼还是永远留在了自然的怀抱里。在这篇带有强烈寓言性的小说里，我们看到，尽管人经常以为自己可以轻视甚至无视自然的伟力，但显然大自然永远按照自己的法则行事，相比之下，狼才是真正的自然之子。在人与自然、与动物的较量中，永远不会有真正的胜利者。

《病中逃亡》也是一篇致力于人狼之争的小说，但这里的主人公是人类社会的弃子，小说的矛盾焦点在于两种关系的对照比较：人与狼之间是生物链上为了生存下去进行的较量，而人与人之间却是因为金钱而泯灭人性同类相残的彼此伤害。人和狼谁更可怕？生存和金钱哪个更重要？貌似显而易见的答案，但只有在作家设置的自然绝境下，在生命的最后关头，人类才真正找到了它。《金子的声音》中老牧羊人与儿子之间的矛盾表面上看是两种生活方式的冲突，是传统与现代的隔阂，但在更加深邃的地方，隐藏着人与自然的关系。和平共处还是疯狂掠夺，人的行为看似强大实则孱弱，真正决定着人类未来的从来就不是人自身。《夏天的羊脂玉》与此有异曲同工之妙。是玉，还是石头，端看人如何对待它们。在这些作品中，作家试图用人类一场场疯狂的自取灭亡的行为向西部游牧民族传统的生存方式和千百年来将万物一视同仁的自然致以最崇高的敬意。

对自然的敬畏下隐藏着作家对人的深切关照，温亚军笔下这些生存在人类社会边缘，不得不想方设法适应原始甚至蛮荒环境的人们，却始终带着一种理想主义的气质，对生命的价值和意义做着贵族化的追寻。《寻找大舅》是一篇双线索复调叙事的作品，小说中"我"的目的是寻找大舅，而大舅穷其一生在寻找的又是什么呢？是"一种对爱情誓言的追寻"？那么在叶雯雯死后，又是什么让大舅拒绝回归？这篇作品里有一段与众不同的描写，关于一场温柔唯美的杀羊过程："道尔吉蹲下,将羊头抱进怀里,像抱住心爱的娃娃,用手轻轻地拍打着,右手的刀子温柔地滑进了白羊的脖子。""道尔吉唤我过去,让我用手去摸羊体,我摸到一种比人皮肤更柔软、更温热的肉体,我的心一阵悸动。"对于草原上牧民与羊的关系,恐怕很难用动物保护主义去做肤浅的阐释,草原人吃肉还肉,屠杀与敬畏在他们身上共存着,数百年与大自然和谐相处中他们形成了自己的秩序和法则。道尔吉老人告诉"我",大舅是草原上的"巴特"(英雄),我想:"大舅该不会是被这样的情形迷住了,他才甘愿做个牧人,不愿回归故里吧。"在自然的怀抱中享受赠与和接受的快乐,也许远胜于在人类社会中面对强权和暴政。这大概就是这些被世俗或自己流放到大自然中的人真正的追求吧。

还有那个豁出命去保留下红月亮羊脂玉的丙把式,他所向往的是真正的羊脂玉,还是追求爱拥有爱的自由?(《把式》)那个一面把羊训练得步伐整齐,一面心追随着火车的声音"飞到了远处,正向遥远的喀什靠近"的残疾中士,他正在心里谋划着"这个秋天应该有些新的想法",即使不能实现,拥有梦想的过程也是美好而值得回味的。(《划过秋天的声音》)而《苦水塔尔拉》与其他作品不同,它着重表现的不是个体在大自然中的流放状态,而是一个群体,一个执行戍守任务而不得不在极其不适合人类生存的塔尔拉扎下根来的武警中队。在作家波澜不惊的描述中,我们随着刚报到的排长石泽新,一点点适应塔尔拉严酷的生存环境,一点点熟识中队长、指导员、阿不都。尽管作品一再强调,塔尔拉没有春天,塔尔拉的水是苦的,但那些被抢种下的蔬菜,两只不能下水的鸭子以及写满整个篮球场的阿依古丽,都是这些兵们对美好的向往和追求。《苦水塔尔拉》尽管通篇从小人物写起,却更像是一首关于理想和爱的英雄主义颂歌。

三、作家和他的乡土

温亚军在一篇题为《写作者的姿态》[1]的对话录中谈到他的小说"以前都是以经历写作为主的，因为我出生在陕西农村，早期的小说都是以陕西农村为背景的"，但这些作品似乎并没有获得编辑认可。后来《游牧部族》《牧人与马》的发表"一下子激起了我写这类短篇的兴趣，我接连写了数十篇新疆风情性的小说"。由此不难看出，作家生长的故乡陕北农村和后来工作的新疆西域地区一直是他进行创作的文学原乡。这也足以解释为何在作家的几乎所有城市题材的作品中，人物都是以闯入者的姿态出现的。北方乡土不仅为作家提供了大量的创作素材，更重要的是形成了作家的乡土观念和审美趣味。

费孝通在《乡土中国》里对中国乡土社会的基本构成做了形象的表述："我们的格局不是一捆一捆扎清楚的柴，而是好像把一块石头丢在水面上所发生的一圈圈推出去的波纹。每个人都是他社会影响所推出去的圈子的中心。被圈子的波纹所推及的就发生联系。"他认为在中国乡土社会中存在着差序格局。"在差序格局中，社会关系是逐渐从一个一个人推出去的，是私人联系的增加，社会范围是一根根私人联系所构成的网络，因之，我们传统社会里所有的社会道德也只在私人联系中发生意义。"[2]

在传统的乡土社会里，家庭远非我们当下城市中的三口、

---

[1] 温亚军：《硬雪》，昆明：云南人民出版社，2005年，第271页。
[2] 费孝通：《乡土中国》，北京：中华书局，2013年。

四口之家那么简单，家庭是一个组织严密的体系，父系的权威往往主宰家庭中的一切决策，影响所有家庭成员。而夫妻关系和情感却成为必须处于从属地位的次生关系，小家庭的利益必须服从家族集体利益，遵从家族秩序。一如《谁能让牡丹开成玫瑰》中的西街。温亚军在作品中极其细致地刻画了这种乡土家族秩序与现代城市家庭之间深刻的矛盾，他和他笔下的主人公显然都深受这种家族关系的纠葛拖累，即使如此，我们仍然不难从行文中看出作者对乡土家族的眷恋和这种家族关系的认同。在散文《跌落在尘埃里的故乡》里，温亚军说："幸亏，我早早地从那里剥离了出来，但我的根还在那里，经常得惦记着回到那里，看望父母、兄妹，与那里有着永远无法扯断的关系。"

　　离开的姿态成全了作家对乡土的距离感，这种距离固然有些时候会产生美，但更多地让作家有了相对客观的观察角度。于是，我们看到作家对家族关系的批判性描述中隐藏着哀其不幸、怒其不争的悲悯，在表现家族秩序必然衰落、破败的过程中也同时吟唱着一曲夕阳无限好的挽歌。他的《阿尔巴尼亚一家》极为典型地反映了这种创作意图。一个原本在母亲的亲情和权威下维持着基本和谐的大家庭，终于在个体不同的欲望追求中摇摇欲坠，并最终在种种貌似偶然性的事件冲击下走向必然的分崩离析。孟繁华先生曾说："'传统'在世俗化的大潮中已构不成对峙性的力量，人们迅速抛弃了所有的传统，整合社会思想的中心价值观也不再有支配性，偶像失去了光环，权威失去了威严……"[①] 不过，深受乡土观念影响的温亚军即使面对旧秩序的瓦解也抱持着顺从而略显遗憾的态度，一如他对

---

① 孟繁华：《中国问题报告——众神狂欢：当代中国的文化冲突问题》，今日中国出版社，1997年，第13页。

城市秩序的顺从接纳，从而使他的作品始终弥漫着一种"乐而不淫，哀而不伤"的传统审美格调。

温亚军的乡土观念落实到作品中，就具体化为一些有趣的共性特点。其一是对人物姓名的漠然。《谁能让牡丹开成玫瑰》里人物有"父亲""母亲"，"母亲"在某些时刻、某种场景会成为"老三家的"；《问出来的事》里有"妻子""大哥""三哥"，即使那些有名字的侄子、外甥也不过像是碰巧在这里了，随手被添加了一个代号，更遑论《阿尔巴尼亚一家》中那些"春来家的""春贵家的""春和家的"。还有《东方红》《崖遍的老万》中作为乡村失意者的两个"老万"，以及作为危险因素出现的两个叫"白莎莎"的女子（《第一百零九将》《问出来的事》）。代号凸显了这些人物周遭围绕着的关系和事件，遮蔽了他们作为个体的独立性和自我意识。对代号的漫不经心或者说可以轻描淡写也足以见出作者在塑造人物时的侧重点。在强调个体独立性的中产阶级价值观甚嚣尘上的时候来谈"人是一切社会关系的总和"貌似有些不合时宜。但温亚军以密集的事件和精致的细节把这一残酷的现实摆在无数盯着《月亮和六便士》的眼睛之前。乡土中国虽然正在经受痛苦的嬗变，但很多东西在长久的历史变迁中已经植根于整个民族的集体意识。君君臣臣纵然都做了古，父父子子却仍然鲜活无比。拔出萝卜带出泥，即使那些离开乡土进入城市的人，也并不能完全摆脱关系的束缚，而只能在个体与群体、传统与现代的冲突中体味乡土中国现代化进程中独有的时代经验。

其二以偶然性事件来演绎时间维度上的必然。《东方红》讲的是一台老式"东方红"拖拉机和他的主人在时代变迁中逐渐成为落伍者的故事。然而当我们用一句话概括这种必然的时候，作者却在认真地一点点勾画"老万"人生中那些完全无法预料却影响深远的偶然事件。陈有亮的哥哥偶然牺牲成为烈士,于是老万的女友腊香"被组织出面嫁给了陈有亮,作为弥补,老万当上了农场的民兵营长";老万偶然掉进地窝子摔折了腿,于是他替代陈有亮成为"东方红"拖拉机手;又由于这次偶然帮陈有亮推土、喝酒、醉酒,引发了老万长长的思绪。偶然性总是与生命的独特性紧紧相连。温亚军习惯于把每一个个体置于他所处的关系网中进行观照,但同时也充分尊重个体的独特性。所有人物置身的情境是独特的,经历的事件是偶发性的,就像大田里的麦子,尽管看上去是无边无际的一片,但每一株都是不同的,都有属于它自己的故事。乡土社会中每一个生命都有自己的存在方式,生命的秘密藏在生长过程的时间夹层里。作家致力于让我们看到这个过程,而并不注重结果。

其三是对隐喻的迷恋。"槐花"对杨金水和小昭来说是城市和故乡之间唯一的共通物,是故乡带着"浓郁得化不开的花香气"的生活的象征。这种香气与杨金水在城市工作时身上的涂料味形成的反差恰好隐喻了他们生活中的巨大变迁(《槐花》)。《麦子》里大舅的一生都与麦子紧紧勾连,那是一个传统农民与粮食、土地之间扯不断理还乱的永世纠缠。甚至在作家那些带有西部风情的作品中,隐喻也比比皆是。《苦水塔尔拉》中的沙枣,《夏天的羊脂玉》中真正的羊脂玉,都在作家笔下被赋予了更多从属于人的想象的意义。隐喻和象征本身就与农耕文明有着千丝万缕的联系,唯有在生命不断生长、死亡、再生的循环过程我们才会产生对生命永恒的渴望和对意义的追寻,这是与物质生产、一过性消耗的工业时代所深刻抵牾的。作者对这些明显带有乡土色彩的象征物的热爱和他对隐喻本身的迷恋都暗含着对中国传统文化和民间审美趣味的高度认同。

温亚军说："我只是在努力写一些自认为认识的生活，这只是我对生活的理解和经验。我的文字所表达的那些环境和人物，不一定是真实的，可是我用心创造出来的。"① 无疑温亚军是一位始终高扬着现实主义创作旗帜的作家，对他来说，一切现代的、后现代的小说理念和技巧显然都没有"写现实"重要。然而他又不同于传统意义上的现实主义作家，在他的作品中，固然有大量细节支撑着生活的本来面目，但作家却可以通过选择呈现什么、不呈现什么和怎么呈现，来让浪漫主义的情感和理性主义的思辨照进现实，让小说中的世界呈现出作家所认为的生活应该有的样子。

---

① 杨雨颜：《小说故事是虚构的，但感情和经验是真实的——记军旅作家温亚军》，见《红豆》2008 年第 4 期。

"进入"视角与全景呈现
——评杨辉素纪实文学《给流浪儿童一个家》

杨辉素的《给流浪儿童一个家》，开篇便是"汽车行驶在石家庄去往邯郸的高速公路上……"这让我想起了周立波《暴风骤雨》的开篇："这时候，从县城那面，来了一挂四轱辘大车。"以及丁玲《太阳照在桑干河上》第一章标题赫然在目的四个字："胶皮大车"。车拉来了什么？即将进入什么？如此开头必然带给读者某种关于未来的指向和阅读预期，同时也是现实主义广阔画卷最顺利便捷的打开方式之一。当年的《暴风骤雨》《太阳照在桑干河上》从渐渐驶来的大车入手开启了关于社会主义革命建设的宏大叙事；杨辉素《给流浪儿童一个家》则从这辆奔驰在高速路上的汽车出发，敏锐切入了流浪儿童的救助保护这样一个既体现现代国家治理能力又充满人性关怀的现实话题。从另一个角度来看，当年的马车在某种程度上象征了知识分子走与工农结合的道路，体现了作家深入农村的生活和创作姿态；今天的汽车也同样隐喻了知识分子作家对弱势群体的深切关注和由外而内、逐步深入的叙事姿态。

流浪儿童无疑是一个非常特殊的群体，是弱势中的弱势。他们面对的不仅仅是一般底层人群的社会话语权缺乏的问题，更常常面对生存权危机和受教育权的无法保障。对流浪儿童的救助保护是国家重要的公共管理职能之一，也是充分体现社会公平正义的重要方式。应该说，这个主题本身就自带强烈的现实观照和人文情怀。但也很容易把作家带入一种居高临下的精英立场，使写作陷入或是对社会阴暗面的暴露批判，或是对救助者、救助政策的一味歌颂，或是对流浪儿童苦难经历奇观般的炫耀展示；作品也因之在愤怒与煽情的维度上游移不定，反而遮蔽了对流浪儿童个体经验的呈现和对救助保护工作的严肃反思。在这一点上，杨辉素显然有着清醒而敏锐的认识。她以一个平等友善的"进入"者身份，直面并书写流浪儿童救护这一特殊领域带给她的陌生体验和情感震撼。从个体经验出发，通过对"石家庄市少年儿童保护教育中心"救助的流浪儿童个人经历的追踪，在理性克制的叙述中，全方位立体呈现出围绕着流浪儿童出现、救助、未来发展等方面的个人、家庭、社会种种现实问题。

毫无疑问，相对于小说的迂回变形，报告文学是对现实世界的正面强攻。这个文体在诞生之初就与读者签订了关于作品真实性的契约。报告文学自然要写真人真事，但真事和真实是两个概念。正如捷克作家基希所言："（报告文学）被用来作为一种选择的原则，跨越了事实和虚构形式的简单区别。"报告文学作家要通过叙述使人物和事件获得意义，并且在文本中建立起它们与作者、读者之间情感、思想上的共通。作品中必然会有作家主体性的溢出，作家的情感体验和理性认知将决定作品的深刻程度。当然，所有主观感受和判断都要紧贴事实，避免过度想象。

为此，杨辉素做了大量的田野调查，以保证人物、事件的真实可靠；不仅如此，她还让这种调查痕迹自然出现在作品叙述过程中，以获得现场感和真实性。作者说："我从少保中心出发，历时5年，寻访了数十位当年的流浪儿童，5年中，我无数次在图书馆、公园里、路边、咖啡厅等地方采访过那些从少保中心走出来的昔日的流浪儿童……"作品开头出现的那辆汽车把作者和三位少保中心的老师带到了从少保中心走出的童芊稳正在给儿子办满月的院子里，再没有比这个院子更火热的生活现场，也再没有比这样的今昔对比更能体现流浪儿童救助工作成效的了。文中第三章有一节叫作"寻访张陶帅"，作者在这里将与张陶帅见面采访的过程做了事无巨细的呈现，特别展现了张陶帅在接站、租车、预订餐位等方面的周到细致，正是这些细节支撑起了这个男孩作为少保中心"走出者"的典型性。在写到韩非时，作者特意设置了"补记"，韩非再也打不通的电话显然使得文中关于他的讲述不能最终完成，我们可能永远无法知道他的身份证有没有办成，读者只能无奈接受自己并非上帝一般全知的命运。

在文本的叙述过程中可以看到，为了实现对人物和事件的立体呈现，作者从历时性和共时性两个角度入手展开叙述：一面沿着时间脉络，梳理少保中心成立、发展、变迁的过程，追踪记录被救助儿童进入中心、在中心生活、离开中心之后三个阶段相对完整的个人成长经历，呈现事件中所有当事人在这种发展变化过程中受到的影响和改变；另一方面挖掘不同原生家庭、流浪经历和不同性格的儿童在少保中心不同的个人表现和离开少保中心后各不相同的人生境遇，在横向的比较中直击社会转型过程中种种社会问题对未成年人的伤害，同时带给我们关于被救助流浪儿童未来的思索和对救助政策局限的深刻反思。

这两个角度的交汇点就是少保中心这些孩子的个人经历。在个案选取方面，作者兼顾了典型性与多样性原则，每一个个案都是独特的"这一个",同时又都代表着一类人的甘苦。张陶帅被父母抛弃,流浪过程中不得不好勇斗狠求得生存,到少保中心后也是个劣迹斑斑的问题孩子,欺负同学、偷东西、缺乏安全感;但同时他也是个聪明专心的孩子,爱读书,作文写得好,甚至在少保中心老师的帮助下出版了10万字的作品《远去的童年》,长大后学习汽修技术,走上了社会;但即使在少保中心老师的全力爱护和帮助下,张陶帅的懂事背后还是带着来自原生家庭的深深伤害。杨超超是个残疾儿童,敏感善良,他热爱少保中心,但当少保中心为孩子们的未来着想把他们送到邯郸学技术时,他却从那里逃跑了;感恩并不能支撑他们度过漫长的人生,他们还需要学习忍耐、坚持、刻苦。吴浩博是服刑人员子女,他是沉默、痛苦的,同时又是勤劳、善良的;他不得不承受父母的错误带来的后果,尽管有少保中心和社会力量的大力救助,但他的人生还是不能按照我们的善良愿望前行了。

这些孩子们经历不同、选择不同、境遇不同,有成功者如考上大学在深圳曲艺界小有名气的张斌,也有从寄养家庭中偷了钱一去不返的蔡蒙蒙。作者并没有把少保中心塑造成万能孵化器,它的确有自身的局限,但这也恰恰让我们看到了它的真实和可贵。作品第二章中详细讲述了少保中心的初创和发展历程。作为司法局下属机构,也许初衷真的只是"建少保中心比建监狱强",但在实际操作过程中,少保中心体现出与其他救助中心相比更为珍贵的一面,那就是对流浪儿童平等的对待和爱的付出。比如生活上要达到石家庄中等家庭生活水平,早餐要有牛奶鸡蛋;比如每周要带孩子去游玩,每年去一次北京;等等。这些要求归结为一句话就是:"总之正常家庭孩子有的,中心的孩子也都得有。"这是政策制定者和执行者的初心,也正合流浪儿童群体最迫切的需求。我特别注意到杨超超在终于办下身份证后给作者的微信留言："当我拿到身份证的那一刻，我并没有想象中那么高兴，反而很沉重，觉得这是我应该得到的，一下子就清醒了，我不能这样混日子了。当时就觉得，路变宽了……"对于流浪儿童来说，得到正常的生活，得到一个人应得的，都是那么艰难。成年人、我们整个社会都亏欠他们一个关于"正常"生活的允诺。

在《正义论》的作者罗尔斯看来，不平等的能力和天赋不能成为不平等分配的理由，因为这些因素在很大程度上依赖于幸运的家庭，而对这些条件每个人是没有任何选择权利的。流浪儿童无法选择家庭和父母，他们太早承受了这种不平等。罗尔斯提出的"正义原则"就是希望人与人之间达到一种事实上的平等，对先天不利者和先天有利者使用形式上不同等的尺度。特别是在进行机会、财富的社会分配时，固然应该首先按照自由竞争原则，但是如果这种分配对于最弱者有利，那么就应该按照这种"正义原则"分配。

中国自古就有"鳏寡孤独废疾者有养也"（韩愈《原道》）的社会理想，为人向往的世外桃源也是"黄发垂髫，并怡然自乐"（陶渊明《桃花源记》）。2017年，党的十九大报告明确了人民日益增长的美好生活需要和不平衡不充分的发展之间的矛盾是我国社会的主要矛盾，提出新时期将建设人民满意的服务型政府，保证全体人民在共建共享发展中有更多获得感。从这一点上来说，石家庄少年儿童保护教育中心走在了时代前列，他们为新时代保障儿童权益、维护社会公平正义做出了表率。而我们的作家和她的《给流浪儿童一个家》则敏锐把握住了时代脉搏和人民愿望，在自觉服务时代、服务人民中彰显了文学的尊严。

当代河北文学的个体书写与家国情怀

叙事文学发展到今天，对"人"的重新发现，对个体存在本身和个人情感欲望的挖掘和表达早已成为文学的题中应有之义，无须赘言。但在当下的中国，"个体"究竟以何种方式存在又该以什么样的形象进入文学叙事，却莫衷一是。这似乎首先是一个政治哲学的问题。罗尔斯认为人最初处在"无知之幕"的背后，对人生道路有着充分的选择权力，个体的平等自由是第一正义原则；但社群主义却认为过分强调个体自由的自我中心主义导致了现代人的疏离感和孤独感，而孤独的人是不自由的。麦金太尔提出了"叙事性的自我"的概念，他认为，一个人的人格构成表现为这个人一生中首尾一贯、意义明确的各种活动及其叙事，这是在特定的历史传统中或社会脉络当中展开的，个人的生命意义感的形成也与这种历史和社会密不可分。也就是说，个人不能先于社会存在，"每个人的气质中，都藏着读过的书，走过的路，爱过的人"。

中国社会的发展变迁是超越任何已有经验的，其速度之快，变化之大令人惊奇，也令文学表达应接不暇，以至于我们常常会同时处在前现代、现代、后现代的作品和讲述中，"遂迷，不复得路"。如果我们仍然笃信文学是人学，那么我们就必须重视文学作品对个体的塑造和展开方式。"原子化"的自我，显然与中国的文化、文学传统并不十分一致。关于这一点，费孝通先生在《乡土中国》中有过形象的比喻，他说西方社会以个人为本位，人与人之间的关系好像是一捆柴，几根成一把，几把成一扎，几扎成一捆，条理清楚，呈团体状态；中国乡土社会以宗法群体为本位，人与人之间的关系是以亲属关系为主轴的网络关系，是一种差序格局。在差序格局下，每个人都以自己为中心结成网络。就像把一块石头扔到湖水里，以这个石头（个人）为中心点，在四周形成一圈一圈的波纹，波纹的远近可以标示社会关系的亲疏。这正是中国人在几千年"修身、齐家、治国、平天下"的儒家理想引导下形成的家国一体、休戚与共的整体观念。

河北文学始终注重从现实观照出发，去考察个体与家、国之间的良性互动。自古及今，从"梗概多气，志深笔长"的燕赵风骨到"铁肩担道义，辣手著文章"的大儒风范，都昭示了文学对个人与国家民族之间联系的深切观照。新中国成立以来的河北文学固然可以轻易从这样的文学传统中找到自己家国情怀的根脉，但更准确地说，当代河北文学中的家国情怀是在现代民族国家的建立过程中，在个体作为国家公民、国家主人意识的逐渐觉醒过程中形成的。个体成长、个人生活追求与民族解放、国家建设理想高度一致，不仅让我们的国家创造了前所未有的发展建设奇迹，也令讲述这些的文学作品具有了超越时空的经典价值和永恒魅力。

梁斌的《红旗谱》中有这样一段话：

当她（春兰）一个人在小窝铺上做着活儿的时候，把身子靠在窝铺柱上想：革命成功，乡村里黑暗势力都打倒。那时，她和运涛成了一家人了。那，他们就可自由自在地，在梨园里说着话儿剪枝、拿虫……黎明的时候，两人早早

225

起来，趁着凉爽，听着树上鸟叫，弯下腰割麦子……不，那就得在夜晚，灯亮底下，把镰头磨快。她在一边撩着水儿，运涛噌噌磨着。

恋爱中的少女无疑是最美的艺术形象。在这段话里，春兰的梦想"和运涛成了一家人""自由自在"是与"革命成功，乡村里黑暗势力都打倒"紧密联系在一起的。革命通过对美好生活的许诺来获得最广大人民的拥护，而文学则通过揭示二者之间的关系来赋予革命以正义性和感召力，同时建构起个体与家国一致的未来国家图景。

孙犁在《白洋淀纪事》里为水生和水生嫂设置了这样一段对话：

水生说："我是村里的游击组长，是干部，自然要站在头里，他们几个也报了名。他们不敢回来，怕家里的人拖尾巴。公推我代表，回来和家里人们说一说。他们全觉得你还开明一些。"女人没有说话。过了一会，她才说："你走，我不拦你，家里怎么办？"

能不能舍小家顾大家是淀上人家"先进"与否的判断标准，而"先进"并不仅仅是政治外加于这些水乡百姓身上的某种空洞概念，它还是一种具体的道德准则，是民族独立自尊的具体表现形式，更是受到革命教育之后的民众展现个体尊严的重要方式。所以，下文中战斗过后女人们有了这样的议论："水生嫂，回去我们也成立队伍，不然以后还能出门吗！""刚当上兵就小看我们，过二年，更把我们看得一钱不值了，谁比谁落后多少呢！"在这样的表述中，有没有先进的抗战思想与婚姻家庭中的男女地位、情感挂上了钩，这就使得宏大的战争叙事有了具体而微的情感化的表达方式，并使之成为文学的审美对象，获得了远远超越当时时代背景的艺术力量。

新时期以后，个人无须集体再为其代言，文学为个人欲望的表达和张扬赢得了正当性。但是河北文学与生俱来的责任感和使命感使它格外关注社会现实以及变动不居的时代中人的变化，尤其值得注意的是，它所关注的"人"始终是处在某种时代浪潮中的，具有典型性的人。谈歌的《大厂》关注到了厂长吕建国、书记贺玉梅这些必须站在潮头的人物，也关注到了不肯给厂里添乱的章师傅，关注到了五车间小魏的女儿……对于围绕大厂出现的所有人来说，厂就是家，所以工人生病、家庭困难都是厂的难题。我们当然可以认为这是计划经济时代的弊端，是现代企业的不合理负担，但我们仍然必须承认，在生产力不十分发达，社会保障不太健全的情况下，由单位承担职工一部分生活负担，将职业工作诉诸情感、责任和道德，是体现社会公平正义的一种十分正当合理的选择。当我们从建立效率优先的现代企业制度的急切和矫枉过正中回过神来，客观看待"以厂为家"和大厂爱工人如子的老传统时，也许会发现作家超越时代的敏锐和那种脱离时代语境的对平凡个体的共情。

关仁山的《金谷银山》被认为是向柳青《创业史》的致敬之作，但关仁山面对的时代话语是不断被加持的个人奋斗神话，是精英趣味在全社会的大幅度扩张。从北京返回山乡，范少山几乎可以算得上是取得了一定程度的个人成功，但是面对德安老汉的死，他失去了平静："一个人活得没指望，一个村活得没希望，那就是生不如死！乡亲们的指望在哪儿？白羊峪的希望在哪儿？从坟地走回的路上，范少山边走边朝着村子大喊：'白羊峪——等超人来拯救你吧！'"但很快范少山就被狠狠打脸，他被骗了，他不是超人。作家的可贵之处在于他并没有把范少山写成一个无欲无求的高大全人物，也没有把作品通俗化写成无限开挂的个人成功史，后一点在当下显然更为重要。范少山是一个凡人，他只能做最普通的事，但他仍然成功地做成了很多有益于乡亲的事。恰如郭沫若在《新儿女英雄传·序》中所说，主人公们是"平凡的儿女，集体的英雄"。《金谷银山》引导个人回到乡村，回到属于自己的社群和历史中去，在带领村民致富的过程中达到个人理想与国家意志的高度协调，并在这个过程重新发现自我、完善自我，这就是《金谷银山》为我们提供的最可宝贵的时代经验，可能也正是这部作品得到很多普通读者认可的关键所在。

歌曲中的"家是最小国，国是千万家"，固然是一种高度凝练的艺术隐喻，但又未尝不是来自传统和现实交汇处的百姓心声。河北文学在强烈的现实观照下成功书写了不同历史阶段中个体与家国关系的变迁，也为文学如何进入并记录时代提供了极有价值的探索方向。

把握时代脉搏　书写乡土中国

当下的中国文坛有很多活跃在市县基层文学领域的业余作家，他们是整个写作群体的巨大分母部分，也是蕴藏着无限希望和可能的部分。非职业身份也许在一定程度上限制了他们的创作水平，却也为他们带来了可以深入生活现场，获得丰富实践经验的创作红利。尤其可贵的是，区别于很多作家笔下依靠二手经验和童年记忆的乡村景观，这些基层作家作品中常常流淌出当下中国乡村也是整个社会神经末梢那些真实而强烈的悸动。在他们笔下，乡土不是被观照、被建构的"他者"，而就是他们自身，他们本身就是活着的"乡土"。他们和他们的叙述一同构成了极具主体性的乡土书写。

他们是能够在庸常的日常生活中提炼出诗意的人，是能够在琐事中发现人生困境和生命感动的人，是能够凭着并不专业的学习和某种天分赋予日常语言以文学性的人。

魏东侠是衡水武邑县财政局的一名工作人员，她的《借钱》《再偷最后一次》《取舍》等小小说，在极短的篇幅内以民间世情立场书写中国乡土社会亦即人情社会的冷暖悲欢。也许与职业有关，她极善于讲述围绕钱、粮等物质媒介所发生的故事，在现代小说中常见的物对人的异化书写之外，建构了一个人与物矛盾共生的有情世界。花雨是河北阜平县的一名高中英语老师，2016年她写下了小说《一个人的葬礼》，作品讲述了贫困村整体搬迁过程中，坚持留下来的村民罗朱生的生活困境与心理失落。乡镇党委书记靳军的《最后的冬天》以农村基层民主选举为关注点，因具有强烈现实性被一些报刊介绍为"经验之书"。作者在小说中试图以有效的秩序建设抵挡农村发展进程中的某些混乱无序，以民主监督机制的建立来填补李老太为代表的传统道德崩溃后的真空，在不断地思考和实践中，求索中国农村发展建设的出路和未来。

但必须看到的是，相较于职业作家，很多时候基层作家的身份感是模糊的，很多人缺乏对自身作家身份的认同和明确的文学观念。这导致他们在创作时与写作对象之间的距离感不足，在对日常生活的去蔽和批判方面方法不多、力度不够，往往极容易被所谓的真实性绑架，被束缚在浅层生活经验上难以自我超越。

即如花雨的《一个人的葬礼》，虽然已经触及了社会发展与个人情感之间的悖论，但在具体行文中，却将罗朱生不肯随村人一起搬迁的原因落在对村主任个人的不满上，这在一定程度上降低了作品的批判性。靳军的"经验之书"中善恶对立壁垒鲜明，有将复杂多元的社会问题简单化处理的倾向；魏东侠的小小说显然也还停留在经验层面上，缺乏对现象的进一步提炼和探究。

这关系到另一个关键问题，这些来自乡土又书写着乡土的基层作家究竟有没有透过直接的个体经验真正看清"我们的乡土"呢？中国农村是当下中国发展变化最具体而微的现场，农民在巨大的变革过程中所表现出来的积极、忙碌、兴奋、快乐，与同时出现在他们身上的不安、怀疑、焦虑、恐慌的情绪交织在一起，成为一个个最鲜活的时代影像。农民的复杂，农村经验的复杂，远远超乎书斋中的想象。

一方面，农民的善良真诚和他们脱贫致富的美好愿望与他们在发展过程中体现出的多疑、斤斤计较形成一种悖论，这中间留给文学作品的巨大空间令人着迷；另一方面，离开土地走向城镇的农民能不能找到属于自己的位置和生存空间？他们又会怎么对待城镇化进程，怎么选择自己进入城市的姿态？"城镇化催生了一个在城乡间两栖的庞大人群……这一人群迷惘于自己的身份，寻找着精神的家园。他们聚居于城市，播散于乡村，正在让城市乡村化、让乡村城市化，这一点不仅体现在经济方面，更重要的是体现在一种观念的、文化的、价值的追求上。这是现代性的迁徙困境。"（耿相新《乡关何处——乡土文学的追问》）一个优秀的作家可以通过自己的思考和创造，以各种可能的叙事方式表达自己对这个世界的认识和重构，完成独具特色的个人化的时代书写。

从目前的创作情况来看，并不是所有的基层作家都敏锐地把握住了时代脉搏，很多人恰恰在复杂多变的乡村现实面前丧失了书写能力，陷入了无奈的失语之境。一方面是基层作家囿于自身学识和审美水平，在处理乡村经验时仍不免失于浅薄和武断，以一种肤浅的道德优势和怀乡病的角度回望乡村，矫揉造作地描绘着实际上博大精深、生动无比的中国乡土。另一方面，以各类文学期刊发稿倾向为代表的知识分子的审美对基层写作发挥着极大的规训作用，期刊作品的示范对于提高基层作家的写作技巧有很大帮助，但也在一定程度上造成基层作者在同类题材创作上的模仿和不断趋同，基层作家要突破这种规训，形成自己的乡土书写风格，仍然任重而道远。

应该说，时代为我们提供了真正广阔的生存背景，特别是在中国农村。基层作家可以替那些陷溺于日常的亲朋发声，可以用文学的方式为他们构建一个精神的家园、一座灵魂的避难所。唯有主动摒弃浮泛而滑腻的伪抒情,大胆确认自己作为作家的身份认知,才能真正承担起对农民生存境遇进行实录并展开历史性思考的使命。

关于困境与温暖的对白
——评刘荣书近期中短篇小说

尽管中国新时期小说的发展被种种文学的、非文学的因素割裂成一段又一段的代际变迁，但断裂与继承恐怕是创作内部永恒的矛盾，而这也远非"影响的焦虑"那么简单，文学作品始终是作家主体与书写对象和时代、传统乃至读者之间的对话或者博弈，端看哪种要素在哪一阶段占比更重而已。在刘荣书近期的中短篇小说中似乎很容易找到与新写实小说之间一脉相承的关系，那些去崇高的冷静书写，那些"小"人物的卑微企望，那种对于现存秩序的无条件接纳，以及来自人物灵魂深处的疲惫冷漠，似乎不难从《烦恼人生》《不谈爱情》《塔铺》中找到丝丝的血脉联系，但这并不能掩盖刘荣书与新写实作家"冷也好热也好活着就好"的价值观在本质上的极大不同。

如果我们认同"文学是我们从直觉上把握生存境遇的基本方式"的说法，那么我们完全可以从他那些既务实、又理想，既冷漠、又温情的小说中，从那些关于出走城市又返回乡村，割断历史又寻找历史的叙述中，发现刘荣书在对新时代普通人生存境遇的深刻思考和独特把握中呈现出的对精神价值的不断追索，发现他关于人在变动不居的时间、空间中的人性困境的个性化书写。文学史中可见的作家对乡土或底层的讲述往往基于这样几种姿态：或是站在现代性立场以启蒙者的姿态批判乡村的愚昧落后，或者是以流寓者的姿态写一曲田园牧歌，新时期以后很多作家则更倾向于文化立场，在作品中进行文化寻根或文化批判。刘荣书为我们呈现了一种新的可能，他写乡村，写底层，他沉潜于现实，并不试图加以打捞、粉饰；他与笔下的人物共情、共生，却又始终保持必要的疏离；这使他的作品整体上显得冷凝而不失温情，批判却并不苛责；最可贵的是，他从不在作品中对人物做道德评判，却始终有着鲜明的善的指向。

　　刘荣书的写作不回避现实，《虚拟爱情》《雪人》以网络社交媒体为叙述背景，从交友陷阱延伸到对个体存在境遇的探究；《燃烧》以一起意外事故为切入点，抽丝剥茧般讲述意外背后的谋杀骗保和人性冲突；《他们把地球凿穿了》从一起绑架案入手，揭示了民间集资造成的社会问题和背后的道德困境；《一百零一夜》试图对一起女性被拘禁的案件进行道德之外的重述；其他如《滦南姑娘》《寻书录》《盛宴》等都不同程度直面非正常死亡、争产诉讼等社会生活热点。时下关于各种事件的海量资讯以及事件背后传播媒介的倾向性解读型构了我们的日常生活，遗憾的是文学在这些讯息和事件面前显得过分怯懦苍白。余华的《第七天》曾勇敢地选择对海量资讯的正面强攻，但作品对新闻事件表象的沉溺招致了读者和评论家的不满。刘荣书的小说也直接以这些事件为素材，但独特的观照视角和叙述立场使这些作品有足够的力量带领读者出离事件本身，直指被遮蔽的人性。

　　讲述是刘荣书小说最主要的呈现姿态，《一百零一夜》中男人、女人在对自己经历的讲述中度过一个又一个秋毫无犯的日夜，《他们把地球凿穿了》在李馨书和杜立德的交叉讲述中逐渐还原事件的本来面目，《寻书录》《难以启齿的身世》都涉及如何讲述并面对个体所身处其中的那段历史的问题……我们很容易把刘荣书对讲述的热衷和依赖比附到20世纪哲学、文艺学的语言学转向上去，实际上他的《扯票》也的确有这种特征。存在主义认为"语言不是工具而是存在本身"，"不是我们说出语言而是语言说出我们"……与此相一致的是海登怀特、福柯等人对历史的叙述性特征的认知和对历史真相的质疑。很明显刘荣书受到了这些观念的影响，这给他的作品带来敏锐的哲思力量，使他对事件的观察和思考更加多元也更加深刻；但他并没有全盘接受这些观念，甚至对在这些观念影响下出现的先锋派的形式主义探索表现出一定程度的反拨。他的作品会竭力呈现关于事件的多元视角和多种讲述方式，但所有作品都遵循着表象——事件真相——人性真相的基本结构，展现出抽丝剥茧、层层递进的揭示过程。不管是现实事件还是历史叙述，刘荣书都很愿意在作品中给定一个真相，而不是仅仅停留在质疑和解构之上。

  与新写实尤其异乎其趣的是，刘荣书的小说中有着明显属于现实以上主义的审美趣味。他会为最底层、最残酷的现实生活赋魅，将最悲惨的与最美好的并峙起来，让悲凉与诗意并存，痛楚与温情共生。《扯票》的话语环境不离城中村、垃圾场，但从头至尾却弥漫着淡淡的童话意味，文中有随口编故事的"扯票"的小女孩，有关于"后母""幸福而稳定的生活"的想象，这些表达中固然隐含着对生活本身的讽刺嘲弄，却也的确显示出向上向善的生命指向。《一百零一夜》明显有向《天方夜谭》致敬的用意，而《雾夜坦途》中那位半路搭车的大学生总不免让人与《聊斋》建立某种可疑的联系。我们似乎可以说，作家的审美想象力不仅来源于哲学的、历史的、文化的种种因素对

235

作家的综合作用，更来源于他对人之存在的深刻认知，来源于不甘于在喧嚣的日常生活表象面前缴械投降的出离愿望。

总而言之，刘荣书以一个成熟作家的多元视角、丰富想象和鲜明而确定的生命意向将"一地鸡毛"的现实书写从简单的认同和浮泛的虚无中解放出来，在一次次叙述的历险中努力重构新时代文学作品的精神价值，在所谓"拯救与逍遥"之外，发现文学新的目的和意义。

评刘素娥《搬进城里的房子》：
错位的人生

　　作为出生于20世纪50年代后期的作家，刘素娥从来没有忘记过城乡二元对立格局下，农村人对城市以及所谓现代生活的强烈渴望。她笔下的那些人物，内心都有着某种强大不可遏抑的欲望和力量，他们被这种欲望和力量驱使，在社会生活的变迁中载沉载浮，在实现梦想与接受现实之间辗转腾挪，成为一个个中国版的于连、河北版的高加林。作者习惯将日常生活作为小说叙事重点，通过对感官化、欲望化的生活描写，展现个体生命在这种载沉载浮的变化中的现实境遇和精神境遇，从而折射出陷溺在日常中的普通人人性深处的战栗和纠结。

　　《搬进城里的房子》中的刘白女一生都在试图改变自己被农村生活和女性角色的惯性所预定的命运。她渴望工作，渴望城市，但命运和她开了一个又一个玩笑，始终迫使她在一次次努力之后又回到原点，消磨了她的青春和意志，却也强化了她心中的执念。刘白女把自己变成了推着巨石上山的西西弗斯，永远奔走在通往城市的道路上。《金玉缎夹袄》中的王小芝有着同样的不甘和渴望，所不同的是，王小芝身上除了对城市生活的向往之外，还有传承自家族的对权力的美化和渴慕。这种渴慕使她将权力本身和权力的持有者进行了审美化想象，并把这种想象作为自己毕生追求的目标。

改变既定命运的渴望几乎可以说是促使人类进步的原始力量之一，这种渴望的正当性毋庸置疑。但刘白女、王小芝们的人生悲剧很大程度上不仅在于她们的梦想与现实之间的错位，更在于她们的城市想象是建立在人的物化基础上的。在她们眼中，城市文明就是生活条件、社会地位的改变，就是物质主义、消费主义。其实在作者笔下，我们分明看到这些女人具有先天的审美生活理想。这些几乎是自发的审美生活理想，与她们毕生对物化的城市文明的追逐之间构成了更深层次的矛盾，也成为她们悲剧命运的真正来源。

错位所造成的矛盾是该书九篇作品中叙事动力的最主要来源。城市与乡村、理想与现实、男人与女人、个体存在与权力体系、个人欲望与道德评判，这种种矛盾使得作品中的人物大都处在看似不同实则相同的人生困境之中，抵死纠结，欲逃无计。

《母亲回家》写一位知识分子母亲并没有从同为知识分子的父亲那里找到被爱的感觉，丈夫去世后她主动选择一位工农干部作为再婚对象，为的是寻找到夫妻生活的烟火气。但生活现实狠狠打击了她的想象，她只能孤独地回到家中。《父亲回家》则通过"我"的视角，隐约暗示父亲的婚外情，但婚姻中的责任义务使父亲一生都处在夹缝之中，最后的回归故乡不过是人生终结时不得不放手的无奈。

刘素娥是一位非常善于处理日常经验的作者，对于细节的把握和人性幽微的发掘一直是她作品的突出特色。《我有感觉》折射出个体与权力话语、道德话语之间的趋附和冲突，使得这篇作品更像明清世情小说，显示了作者在处理细节和描摹世态方面的高超驾驭能力。《丢手绢》中的范小闲是一个典型的混淆了梦想和现实，在感情上拒绝成长的悲剧人物。她把少女时代对老师的爱情幻想延续到现实生活中，并以老师的外貌为标准选择丈夫。被轻掷的青春和爱情，不仅给范小闲带来混乱的人生，也打扰了戴老师可能的平静。其他如《埋着的心思》中对洪先生身份的错位认知，《堂哥想娶亲》中堂哥的主观愿望与每况愈下的生活状况之间的错位，都在作者笔下有着细致入微的呈现。

　　刘素娥笔下的这些人物，有机关干部，有华侨，有知识分子，但归根结底他们都是中国社会巨大变迁过程中的小人物。作品中一个很耐人寻味的地方是，这几篇小说中都不同程度存在一些画外音。作者会不时用到一些"人们说""都说""有好心人说"之类的话语，而主人公或者叙述者"我"显然对于这些画外音是持接受态度的。这些来自外界的评论、评价，有时候还会成为情节发展的推动力。由此不难看出，作者笔下的这些人物始终活在一个被他人窥视、评判的世界里。这些人物不仅是由作者塑造的，更主要是由"他者"塑造的。缺乏鲜明独立的主体意识和个性色彩，使得这几篇小说中人物的现代性特征不强，这恐怕也是作者在处理类似题材时不得不面对的遗憾了。

因为我对这土地爱得深沉
——《筑梦·2020》阅读印象

在当下，重申一个人对于土地深沉的眷恋和感动似乎一点也不时尚。然而我们无法对农村、农民视而不见，更何况在那里，在他们中间，正在发生着前所未有的巨大变革。也许正是基于这样的思考，保定作家尚未离开了自己的书斋，一头扎进莽莽苍苍的太行山脉，前后驱车几万公里，在一年半的时间里，与那些平凡朴实的农民、回乡投资的企业家、各级各部门的扶贫干部们一起，见证并记录下了这场正在进行着的变革。当然，他笔下的重点，是太行山深处那些可爱可敬的父老乡亲。

尚未是"70后"作家，他身上那种对生活的热情，对历史的忠诚，甚至对理想的执着，曾经令我无数次想要探究这个军人出身的作家到底是什么材料锻造出来的。为什么经历过那么多生活的坎坷，他仍然选择全身心地投入和热爱？他进入农村的姿态是那样虔诚并充满敬意，既没有带着任何先入为主的概念，也没有戴着五光十色的眼镜去冷眼旁观。他以一个农民儿子的身份真实地记录着当下农村所发生的一切，既不虚美，也绝不刻意地丑化。在这本书里，作家的个体经验和我们民族的历史融合在一起，他无数次地从那些老人、青年、孩子身上，从那么多真实可敬的人物身上，发现了那么多相似却绝不相同的悲欢故事。

尚未说："对于贫困，如果不设身处地去考量，那就无法真正地触摸到它的冰冷。"为了亲身体验，他走访了25个贫困县的70多个贫困村，采访了无以计数的老乡和基层干部，写下了25万字的笔记资料。从另一个角度说，这个人好像有点笨。在信息爆炸的时代，互联网新媒体每天都为我们带来海量的资讯，空间被压缩，时间被消解，生活变得庸常。在这样的背景下，花一年多的时间去做一件看不见回报的事情，该说他傻呢，还是为他点赞呢？

我在尚未的书里读到了这样一段文字："两位年过七旬的老人，正在山坳里砸野生杏核。烈日炎炎，什么都不干的我，尚且浑身是汗，而两位老人就那样坐在地上忙碌着……'这砸一天杏核能挣几块钱啊？'我好奇地追问。'能赚三四块呢。'旁边，老太太抬起头说。"

触目惊心的贫困让作家忍不住叹息。离开那个山坳的时候，尚未回过头来，仍能望到深深的山坳里砸杏核的老夫妇俩，他们的身影在灿烂的阳光下，显得那么渺小而焦灼。

贫困，让人们无法安坐，当然不仅仅是作家，更有党和政府，有那么多自强不息的致富带头人和走出大山又回乡反哺的燕赵儿女。扶贫，从来就不是轻而易举的事情。好在，我们这个历尽沧桑的民族，最不缺少的，就是克服困难的勇气和持之以恒的毅力。从中央到各地各级政府，扶贫政策越来越具体，越来越接地气。借着作家的妙笔，我们看到一项项政策如何一点点化作老百姓心头的温暖，一天天融入日常生活的点点滴滴，构筑起燕赵大地新的梦想和希望。

"为什么我的眼里常含泪水，因为我对这土地爱得深沉。"这是著名诗人艾青脍炙人口的诗句。在这片土地上，每天都有很多琐碎细微的日常，每天也都发生着许多可歌可泣的故事。文学作品所承载的生活内涵和它所蕴藏的力量往往超乎我们的想象，从中，我们总是能寻找到真正的精神家园。作家对社会现实的反映和对人类情感的把握也经常会超越他个人的预期。只要作家俯下身子，贴近土地，贴近人民，贴近现实生活的点点滴滴，就能够为我们奉献出有筋骨、有道德、有温度的精品佳作。

山村孩子的音乐世界
——评翟英琴《大山里的音乐会——共产党员邓小岚的故事》

翟英琴的《大山里的音乐会——共产党员邓小岚的故事》显然属于党员模范人物主题创作之类,但她创造性地选择以一个孩子的视角切入主题,将邓小岚扎根阜平山村的事迹与孩子在音乐中的个人成长过程交汇在一起,以故事的形式生动呈现了邓小岚带给山村、带给孩子们的改变,讴歌了一位老共产党员无私奉献的党性和对老区人民的一片赤诚。

主题创作类作品所处理的现实一般都是当下的社会热点问题,诸如改革开放、脱贫攻坚、新农村建设等。对于这些时代主题,广大读者是有着丰富渠道接触并了解的。我们可以通过自媒体、网络、电视等各种渠道,从社会学家、经济学家、历史学家那里获得相关的现实认知。那么,文学作品如果只是按照现实本来的样子去再现这些主题,仅仅停留在作品中放入了很多真人真事,或者仅仅是作品中的故事能够代表现实中一部分人的真实生活,就会产生一种尴尬:读者已经先行知道了这些现实,只能等在原地,看文学能不能赶上来,文学创作实际上已经落后于现实了。

一部具有现实感的优秀作品,要依赖作家对现实的提炼、升华和想象，使之在我们面前展开一种生活的可能。这种可能是我们熟悉的，然而又是陌生的、新鲜的。文学并不着力于反映世界的真实，而更着力于创造一个真实的世界。在这个过程中，它会高度关注在当下的时代变迁中个体的现代境遇，以文学的方式深度介入个体的生存、成长困境，以此达到文学对人的关注，实现作品的文学性目标。翟英琴在《大山里的音乐会——共产党员邓小岚的故事》这本书里对主题创作书写进行了非常有趣而有益的探索。

作品是从马兰村一个调皮的男孩子王小乐对跟随邓小岚老师学习音乐的热切期待开始的。儿童文学作品常见这种顽童被教育成好孩子的叙事模式，但是在翟英琴的叙述中，王小乐在邓小岚老师的引导下始终处于一种自发自觉的成长过程中，成人的教育作用被淡化，音乐的示范作用和审美感动对孩子的成长发挥了主导作用。

作品中一个极为生动且富含童趣的细节就是王小乐的"变来变去"。作品开篇就浓墨重彩地渲染了王小乐对于跟着邓老师学吉他有多么向往，为此他抢先报名，报名不成又篡改登记表，还跟邓老师签订了"君子协定"，终于拿到了那把最漂亮的橘红色吉他；但是在初次练琴遇到困难后，王小乐马上产生了畏难情绪，从一心学吉他改成想学手风琴；而在看到北京来的阿里老师弹奏橘红色吉他后，他再次决定学吉他，而且作者特意剧透了一句"从那天起，王小乐抱着吉他再也没有放下了"。这种"选择"焦虑固然可以理解为王小乐的"没长性"，不肯下苦功夫坚持，但也折射出孩子对这个世界的新鲜感和强烈的探索欲望。值得一提的是，翟英琴充分注意到了在这个过程中邓小岚的态度。邓老师从没有指责王小乐，而是认真对待他的每一次选择，接受他的每一次尝试和改变，只是在王小乐做选择时加以适当的引导，体现出对孩子个体性和主体性的充分尊重。

对于贫困地区的孩子们来说，生活向他们展示出并不那么美好的一面。王小乐虽然被塑造成一个顽皮快乐的男孩，但从文中可以看出他其实是一个父母不在身边的留守儿童，后来奶奶还瘫痪在床，需要他照顾。但儿童的天性中并没有"苦难"的概念，他们是可以把苦难游戏化的。王小乐欺负女同学、在课堂上调皮捣蛋都未尝不是他对抗生活境遇的一种方式。对于尚处于懵懂中的儿童来说，他们并没有意识到人生中的艰难困苦，当然也同样没有意识到生活中的美与善。

邓小岚长期扎根山村，带领孩子们学习音乐，组建小乐队，积极认真地参与到孩子们的成长过程中，就是要以音乐特有的方式，把孩子们从懵懂日常中带入审美领域。她和他们一起重新发现身边的铁贯山、胭脂河，和他们一起歌唱身边的生活，演奏他们的心情，让"音乐从身体里流出"。

邓小岚带孩子们唱《故乡的路》："美丽的家园，故乡马兰，铁贯山高高，胭脂河水潺潺……"铁贯山、胭脂河，尽管日日在这些孩子们眼前，却并没有真正看在他们眼中。这些孩子们一出生，山水就在他们周围，对他们来说，这是可以拾柴火、挖野菜、找药材的地方，是可以游泳、捞鱼、打水漂的地方，但从来都不是风景。我们的乡土书写经常会面对这个问题，长年在田间劳作的农民看待乡土时，眼中没有风景。只有当他们离开故土，回望家乡时，山川河流、麦稻桑麻才会成为审美对象，成为游子眼中的风景。邓小岚是曾经生活在马兰村又回到马兰村的人，她眼里心里都是风景。山村的孩子们可能会像父辈们一样，一直在大山里埋头劳作，但邓小岚希望他们有另一种眼光和视野，一种由音乐赋予的审美眼光。她和她的音乐让这些孩子能够更早地发现美，感受美，热爱美。这种审美能力塑造是比单纯的知识传授更高一级的启蒙，是对孩子们人生观、价值观的深度陶冶。邓小岚和大山里的孩子们一起，创造了一个充满音乐、充满快乐的世界，儿童的内在生命力在这个小环境中得到自由舒展、释放，体现出对自由与美的不懈追求。

邓小岚的行为本身就是充满美和诗意的，尽管其中不乏艰难困苦。翟英琴在讲述这个故事的时候也巧妙地把儿童世界的轻快与现实世界的沉重做了明暗处理，使得全书始终充满明亮的色彩和快乐的语调。儿童世界在全书的明处，以王小乐的个人成长为主线，贯通起邓小岚扎根马兰村的一系列故事；现实世界则在叙述的另一面，作者并没有忽略它们的真实存在，但正如前面提到的，在孩子眼中，在热爱孩子的邓小岚眼中，"苦难"是不存在的，他们都相信没有不能被克服的困难。王小乐奶奶瘫痪，邓小岚第一次骑电动车被摔伤，这些都是可以被大书特书的人生艰难，但作者的着力点在于王小乐宁可每天气喘吁吁跑着来回，以便既能给奶奶喂药，又不耽误训练；邓小岚受伤后，作者重点讲述的是几个孩子如何照顾邓老师，当邓老师的拐杖。艰难困苦可能在任何环境任何时候都会存在，邓小岚教给孩子们的恰恰就是如何在日常生活中发现美，在艰难困境中找到光；而对孩子们来说，成长就是逐渐实现人生态度的改变，不断获得坚韧、豁达、宽广的视野和心胸。

但令我不安的是，作品同时呈现了教育的地区差异问题，尽管呈现方式是美好光明的。当邓小岚带着马兰小乐队走进北京、上海等大城市的时候，我们看到了山里孩子开阔眼界、融入世界的美好一面；但孩子们被要求用英语演唱《友谊地久天长》时，主办方志愿者的不信任充分显示出地区教育水平的严重落差。当然，小乐队的孩子们在邓老师的精心辅导和自己的努力下完全做到了用英语流畅演唱，但其背后的现实仍不能不令我们心惊。走出大山的孩子该如何面对与生俱来的教育资源不均衡、不平等的问题？邓小岚老师的个人牺牲与无私奉献是可敬的，但大山里的美育恐怕还要依赖更加长期化、制度化的教育投入。这可能也恰恰是邓小岚老师不仅带孩子们看到世界，也要让世界看到马兰的目的所在，也是翟英琴这部作品更深远的社会意义之所在。

"80后"女作家的民间想象
——评左小词小说《棘》

在左小词或其他"80后"作家的作品中读到对自我的解读剖析、对人性的探寻追索、对人与世界关系的反思诘问并不令人意外，有意思的是当现代性的洗礼与中国传统文化特别是传统文化中富有民间色彩的部分在她的这部新作《棘》中相遇时，所呈现出的那种无与伦比的瑰丽与奇幻。

神秘色彩或者说巫风腔调在《棘》开始的时候就被当作了全书的底色，此后的叙述中这种色彩和腔调不断被强化并反复皴染。在一片如雾似霾的叙述氛围中，作者将一个似真似幻的"雾云村"，一干真实又幻梦的女性，一段段被遮蔽的女性个体精神秘史抽丝剥茧般地呈现出来。

○ 一 ○

小说以映山为核心，围绕着这个不健全的谜一样的孩子，营造了一个由葵哑巴、于秋茧、于喜楼、画四娘、姜玉玉、徐徐、柳叶黄、张黍这些女人的故事所形成的场域。映山的遭遇激活了这些女人，激发了她们认识自己、讲述自己的欲望。作者在这里并不是她们的创造者，她只是不断引导并诱惑她们发出声音。在不同的声音中呈现出女性人生的各种可能，在众声喧哗中让世界的真相或者不存在真相的那种荒诞自然呈现。每个身在其中的人都既是叙述者又是主人公，她们在不断讲述自己和别人的故事中发现自我并完成自我。

《棘》一开篇，作为叙述者的非健全人的映山甫一出场，很容易令人联想到停止生长的奥斯卡、傻瓜吉姆佩尔，但显然与映山血缘更近的应该是《尘埃落定》中的傻子二少爷。不可靠的叙述者在民间神秘主义的衬托下显得更加变化莫测，但与上述作品不同的是，映山的叙述并没有延伸到全篇，于秋茧、画四娘的出场让接下来的叙述变得常规并且可靠，至少表面看来如此。但我们很快发现，在对映山母亲宋结衣的回忆和叙述中，画四娘与孙如汀发生了龃龉，他们的叙述明显都经过了各自的想象和加工，其他如徐徐、柳叶黄都成为不可靠的叙述者，每一个女人的故事都显得似是而非，每一个人物都变得缺乏实在性。特别是在徐徐的故事中，秘密和讲述构成了这部分文本的基本构架，徐徐对许玲的讲述，保镖对徐徐的讲述，以及谢鹏和秦牧北分别对徐徐的讲述，还有徐徐关于自己的讲述，这些纵横交错的角色和他们的声音构成文本和它的现场，但这样的讲述是否就是真正的现实真相，或者真相到底是否存在，显然在作者有意地忽略下被无视了。

小说的重点恰恰只是这些讲述过程，也正是讲述本身构成了人物在作品中的存在方式。柳叶黄的出场是随着她的发声开始的，姜玉玉短暂的人生在冯一鸣的讲述中被还原，还有被不断重构的宋结衣。作者有意拉开自己与叙述者之间的距离，让人物和文本在一个自维的空间中互动，让各种声音充满文本。作者鲜明而主动的叙事意识，使叙述更丰富，更多变，但同时她并没有失去对人物和文本的控制，反而享受着人物的自说自

249

话，并竭力维持文本的这种开放性和不稳定性。

然而与时下一些现代派小说相比，《棘》具有更高的完成度。这首先体现在它对映山这个人物的塑造上。作为群像作品中的核心人物，映山的身世秘密和性格成长自然成为全书的主要线索。然而这又是一个非健全人，如何在这样一部并不以塑造人物形象为核心的小说里实现对映山人格完善过程的展现，就成为作者写作中的一个难度问题。作者依靠高超的细节表现能力完成了这个展现过程。开篇时的映山就没有被简单化符号化，作者用"千鸟魂"托生的说法为映山的身世蒙上一层神秘色彩，又通过她与大鹅的相处，与山和风的相处，从她对酱羊、对老莫、对韩醒岩的认识和态度等角度立体地勾画着映山的形象。在随后其他人的故事和叙述中，映山一直都在。她是葵唯一的朋友，同时在葵这里她爱上了女性特征明显的衬衫，开始有了懵懂的性别意识；在被张黍拐带诱惑离开雾云的时候她的女性身份被揭开；在于秋茧的家里，她学会了刺绣，获得了画四娘认可的生存技能；直到全书最后，映山所执着的河流成为韩醒岩、于秋茧、画四娘等一干人的精神寄托。在贯穿全书的叙述过程中，映山完成了对自身性别的认知，对以雾云山为代表的自然的感悟，对韩醒岩、孙如汀的灵魂救赎，不管是在人物自身塑造或是在人物功能上都体现出极高的完成度。

《棘》的完成度之高还体现在作品高度完善的结构体系和前后呼应首尾相连的内部设置。这部作品里有一个确定的空间——"雾云村"，尽管它更像一个属于女人的乌托邦；有准确的时间，尽管这几乎是完全自维的叙事时间。历史和时代背景被虚化得如同雾云山的雾，它们存在的最大作用是反衬出"雾云村"出离现实的虚幻和其存在的脆弱。作者在这样的时间和空间维度下，承接了中国传统文化中的民间性，在叙事过程中熟练运用传统叙事技巧，将民间想象与现代性思辨相融合，完成了对"雾云村"女性在传统思维和现代性认知两个层面上的深刻剖析。

此外，与文中不可靠叙述者相对应的是稳定的传统小说写作技巧，如草蛇灰线、伏脉千里的前后呼应；如各个章节之间榫卯交错般的衔接；叙述过程中行云流水的诗意语言。小说开始处写道："映山会捏各种各样的泥人……那个姓韩的支教老师喜欢，他说拿咧嘴泥人可以换他的软糖。"接下来就有韩醒岩在映山家看到"在映山的床底下摆满了泥人、泥动物"，并且第一次听映山提起"再捏一条河就差不多了"。到了第七章："映山更加执迷如何捏出一条河流。韩醒岩能做的便是给映山画出他能想到的各种河流的形态。"而到了最后，整部作品索性以"河流"做结，"于秋茧说不上什么感觉，只是内心有一种迫切的想法，那就是在这些天，如果可能，尽量帮助映山将她的河流捏出来"。映山要捏的这条河流成为全书最重要的隐喻，而关于泥人和河流的线索却是在小说起手处便早早埋下的。再如文中时隐时现的"冬凌草""雾云山"，无不提醒我们作者的整体构思和各条线索之间的相互呼应。

更能体现作者在谋篇布局时匠心独运的是小说中各章节之间，各叙述者之间转换时的巧妙衔接。通常，打破文本中间的关联，刻意制造阅读障碍似乎是现代派作品的常见特征，但《棘》有意用前后勾连顺水推舟的传统手法对抗这种障碍和断裂，作者娴熟地运用铺垫、收束、别开、另表等传统小说叙事手段，使整部作品拥有了流水般波澜不惊、水到渠成的叙事节奏。映山给老莫送鸡，老莫说着说着提道："也不知道老姜家的闺女去哪儿了……你说姜玉玉在哪儿？"极自然地为下文中寻找姜玉玉的下落做好了铺垫。第二章以"葵哑巴"为题，开头却不说葵哑巴,先说"映山平常说话磕磕巴巴,颠三倒四,但有一个人爱听。这个人叫葵,雾云人叫她葵哑巴"。诸如此类的自然转换在小说的叙述中俯拾皆是。

二

《棘》对现代性和民间性的双重吸收不仅体现在作品形式上,更重要的是体现在对人的精神世界的追问上。谢有顺认为:"(中国文学)必然是以书写世俗生活的幸福与残缺为主体,而少有追问存在困境与寻找精神救赎的意识。"他认为《红楼梦》是贯穿着精神性、超越性母题的作品,虽然也写实,多表达日常人情之美,但它以实写虚,创造了一个精神幻境。[①] 从某种程度上说,《棘》继承了以《红楼梦》为代表的传统文学创作以实写虚,对幻境的营造和对人类精神的追问;同时又在现代性思维的影响下,致力于对现代人特别是女性个体不断发出关于存在和救赎的深度追问。

传统文化的民间性和哲学意义上的现代性在小说中相遇,一如西方世界的"灵魂"遇到了画四娘们的"魂灵"。小说中通篇弥漫的巫风,绝不仅仅来源于山、林、雾的神秘,更主要的是来自这种对于"魂"的崇拜和信仰。或者与其说左小词是在营造一种巫风,不如说她是深受楚风的影响。那种肇自《九歌》《九辩》的对大自然的奇幻书写和对鬼神的敬畏以及源于《天问》的对宇宙人生的不能停止的追索探寻。

画四娘的"叫魂"是书中除"河流"之外又一重要隐喻。

[①] 谢有顺:《小说中的心事》,北京:作家出版社,2018年,第53页。

雾云村人对"魂"的重视几乎是与生俱来的，是来源于他们祖祖辈辈继承下来的传统人文精神的。更重要的是，雾云村人看重的"魂"不仅仅是人的魂，还有鸟的魂、河的魂、山的魂。被传说"千鸟魂"托生的映山尽管来历不光彩、发育不健全却还是受到村人的接纳，某种程度上体现出中国民间泛神论与自然崇拜在当下农村生活中的遗存与演变，反映了村人对生灵的敬畏，对"魂"作为一种未知存在的敬畏。但作者显然并不满足于对"魂"的敬鬼神而远之，她还要追问人的魂灵与身体，精神与物质，女人与世界的一切深层次的矛盾纠结。

"千鸟魂"在文中的隐喻性显而易见，一方面是因为垛爷的一番作为，映山的出生与千鸟魂之间被紧密联系在一起；另一方面，那些雾云村的女性们，或是外来的，如于喜楼、柳叶黄、徐徐……或是土生土长的，如姜玉玉、于秋茧……分明就像降落在雾云的鸟儿，那么多美丽忧伤的灵魂坠落在这个乌托邦一般的地方，她们在这里落脚、疗伤，抚慰自己受伤的灵魂，安放自己无处安放的梦想，逃避并栖居。

于是，"飞"成了作品中被反复提及渲染的命题。映山想飞，她会爬到树上去感受风，她相信她的大白鹅会飞，她相信自己"坐在它的翅膀上，看到好多白云，头真晕啊"。在映山这里，身体的不健全与灵魂的自得以及身体的被束缚（伏天也不许着短衣短裤）与灵魂的飞翔渴望共生着。但映山的一切矛盾和渴望都只是自发的、懵懂的。另一个会"飞"的女人姜玉玉则不然。这个想要把自己活到电影里去的女人，与张抗抗等在文学史上塑造的"作女"形象一脉相承。她追求的显然并不是一个电影放映员的工作，不是与冯一鸣的婚姻，她要的是自我的确认，是梦想的实现，而这并不为传统观念和男性话语所认同。实际上，小说在处理姜玉玉的出逃时略显粗糙，但围绕姜玉玉的下落所渲染的神秘气氛则恰到好处。于是，最终于秋茧也选择了相信映山的话，"姜玉玉长出了漂亮的羽毛，五颜六色，她展开翅膀，从悬崖那儿飞走了，飞到她喜欢的那个叫云彩国的地方"。

更值得品味的是于秋茧，这个处事周全谨慎、安分随和的女人，她说："雾云山是鸟山，鸟的魂说不定就扎谁身上了，是福气，不用受人间的罪。"于秋茧埋葬了母亲，送走了丈夫，又丢掉了儿子，她不得不把自己紧紧绑在雾云，"还得继续等，等两个男人"。于秋茧是一个主动按照男性观念规范自己的女人，丈夫姜岫说："大声讲话，讲自己的看法，表达激烈的情绪，都是张牙舞爪的表现，一个女人不能这样。"姜岫这样说，于秋茧愿意按他说的做。但最终，她仍然被丈夫和儿子轻易地舍弃了。她的束缚不是映山身上的长裤长褂，她的束缚在灵魂深处，对男性话语及其所确立的价值体系的主动接受认同紧紧绑缚住她的灵魂，以至于她甚至连如映山一般偷偷脱下衣服的越界行为都不曾有过。所以她会羡慕姜玉玉的冢："如果有一天自己能有一个这样的去处，该多好。"

莫言在《丰乳肥臀》中也曾塑造过一个如鸟的人物——三姐上官领弟。那个鸟仙附体的女人也和姜玉玉一样从悬崖坠下。大概在鸟与女人、飞翔与灵魂之间、一直存在着神秘的联系，身体的束缚与灵魂的漂泊，肉体的坠落与精神的高蹈之间，那强烈的存在悖论也给了作家无限的想象空间。但与莫言对民族历史极具反讽意味的变形不同，《棘》在处理现实经验时尽管也存在变形、夸张，但并没有那么强烈的寓言性，作家字里行间仍不失对现实人生的诗意想象。她笔下的女性和她们的故事更细腻、更具象、更温暖。

作者是如此热爱她笔下的这些人物，因此为她们营构了雾云村这个并不坚固也并不完全世外的桃源，并且愿意为她们提供一个至少表面看上去安稳平静的生活。就像于秋茧做冬凌草茶，"人人都需要一个慢慢翻晒、烘烤的过程"。做茶的过程是一个缓慢长久的忍耐接受过程，喝茶时更要在品尝过无尽的苦涩之后，才能得到那一点点甘甜。于是，画四娘平静地走向衰老，映山在捏一条河流的执着中沉溺，于秋茧在陪伴映山的过程中获得平静，姜玉玉得到了一个冢，柳叶黄结束了自己，徐徐学会了做冬凌草茶，张黍的阴谋失败但却得到了身体上的满足，雾云村的女人们都得到了一个勉强可以称作归宿的东西。

　　遗憾的是，这也显示出作者对于女性精神的追问并不彻底，虽然她明确地意识到了传统社会中女性存在的被削弱和无视，意识到了女性在被压抑状态下灵魂与肉体之间的分裂，意识到了男性话语下女性身体被恶意加诸的原罪。但是在整体的乡村叙事背景和作者刻意追求的诗意表现手法的遮蔽下，对女性存在和命运的诘问和质询一定程度上被弱化了，女性存在的状态和她们的命运被美化了。恰如刘小枫在《拯救与逍遥》中所表达的，西方人在面对苦难时会选择旷野呼告，以期待拯救者的出现和来临；中国人则通常选择对苦难进行自我消解，进入一种逍遥、自在、忘我的境界，一起实现对苦难的忘却（《小说的心事》）。

沿着日常的脉络，匍匐或者飞翔
——河北基层作家作品简述

其实，既然是作家了，又何必冠以"基层"之说。然而我们又真的知道，确乎有那样一群人，是可以被称为"基层作家"的。他们与莫言、贾平凹这样传统意义上的纯文学作家不同，因为他们不专业，不职业；他们也与郭敬明、唐家三少等流量作家不同，因为写作几乎从未给他们带来收益。他们可能是当下中国文学创作金字塔最底层的人，但同时他们也是孕育着当代文学无限生机的一群人，是支撑起整个作家培养体系的守望者。基层作家并不等于底层人群。他们不是沉默的大多数，他们是执笔人，是以文学的方式不断尝试讲述自己和生活的人。文学是基层作家没有屋顶和四壁的"异托邦"，孤独的写作者在这里辨认出熟悉的气息，他们彼此接纳，互相鼓励，不断前行。

非职业的身份和非专业的环境是基层作家从事写作的双刃剑。与烟火日常的零距离既为他们提供了丰富的生活经验、现实素材，也常常遮蔽了他们透过现象直面本质的超越之路；自下而上的立场和思维方式让他们的作品中充满了来自民间的纯美和善意，但也常常隐含着对大众审美和主流意识形态规训的主动趋附。这就使得基层作家的创作往往呈现出既丰富又单调，既真实又虚幻，既诚挚又矫饰的矛盾面目。

这次进入作品展的小说不多，只有李月玲《跳舞的箕子》、翟桂平《桂花奶》、杨振国《野人传说》三篇，但却正好展示出基层小说创作两个奇妙的维度：一是紧贴地面表现生活日常中的切肤之痛；另一方面却是脱离日常生活，传奇化了的民间叙事。

李月玲《跳舞的箕子》属于第一类。小说讲述的是春兰、木生一家三口在城市、乡村之间来回游移的纠结人生，因母亲去世、父亲瘫痪，已经进城打工的木生不得不重返乡村，但妻子春兰和儿子却留在了城市；小家庭的分离折射出的是农民进城之后留守老人赡养的社会问题。可贵的是，面对老爹的赡养难题，作家并未将之简单处理成木生和春兰是否孝顺的二元对立的道德批判，而是在"没有一个坏人"的忧伤氛围中，把一个普通农家在城乡冲突下艰难挣扎、竭力周全的故事娓娓道来。小说以细腻的笔法写出了老爹对农事的依恋，木生的孝顺淳朴以及春兰隐藏在不满、抱怨背后的善良体贴。这篇作品是有着悲剧底色的，即如王国维所谓"普通之人物、普通之境遇"，却造成了如此两难的痛苦挣扎；然而它并没有被写成一篇悲剧作品，是因为作家对人性的善仍抱有信心，这构成了这篇小说的温度；但最后开放式的结尾仍令我们心头一颤，生活并没有结束，善并没有得到稳定的结果。尽管小说在对人物的处理，对生活的挖掘上仍有失于简单之处，但能够以一个开放式的结尾来实现小说较高的完成度，也可见作家功力。

翟桂平《桂花奶》、杨振国《野人传说》走的是民间传奇一路。传奇也好，现实也好，就文学来说并无高下之分。传奇是人对生活现实的变形想象，种种变形隐含着人类最原始的欲望和对宇宙人生的奇特幻想，反而常常超越道德羁绊呈现出奇特瑰丽的色彩。《桂花奶》中有着当下最热门的传奇元素：女性、爱情、出轨、抗战、背叛、杀戮……小说在战争风云背景下写

257

人的渺小无助，写人对爱情的执着坚守，大有"一座城倾覆了，只是成全了他们两个人的爱情"之意。"攻其一点，不及其余"，正是传奇的写法。而文中对"我爷爷""我奶奶"故事的追溯式讲述也会帮助有一定阅读经验的读者轻易进入《红高粱》所营造的那种历史与传奇交汇的绚丽语境。《野人传说》更偏向于民间故事的讲述方式，以"五灵脂"也就是寒号鸟的粪便作为叙事线索沟通全篇，体现了作家对细节的把握和对历史上普通民众苦难的观照与同情。

米兰昆德拉说："一部接一部的小说，以小说特有的方式，发现了存在的不同方面：在塞万提斯的时代，小说探讨什么是冒险；在塞缪尔·理查森那里，小说开始审视'发生于内心的东西，展示感情的隐秘生活'……"基层作家的小说在发现并提供给我们鲜活的生活经验的同时，也以他们观照、处理经验的立场和方式丰富了文学的表现领域。

散文可能是基层作家更擅长的文体。散文的个人化和叙事性、抒情性特点都与日常生活、乡间时序有着天然的亲近感，但如何从托物言志、咏史抒怀的窠臼里推陈出新，从对自然景观、生活现场的低空逡巡中生发出深刻的哲思和出离套路的情感，仍是作家必须时刻警醒的问题。我们评价小说时会看重文本的完成度，但散文的完成则要等到它进入阅读领域时才能最终实现。散文是作家袒露着的情感和思想，是作家与读者共同完成的作品。能否产生更多维、更广泛的共鸣、共情，是我们评价一篇散文优秀与否的重要标准。

孟宪丛《瑟尔基河的温度》和路军《雾灵山笔记》一写水，一写山，山水之间既有自然的风光无限，又有历史积淀下的民族集体情怀；山水既可以成为咏叹的对象，也可以作为岁月的见证者，所谓"子在川上曰'逝者如斯夫'"。《瑟尔基河的温度》也秉承了这种河流本身自带的时间隐喻，在流逝感中为我们敞开关于草原和蒙古民族的想象；《雾灵山笔记》虽是游记，却写得不疾不徐，有节奏，有味道，在山水的描绘中渗入作家的个人体验和生命感悟。

　　李文通《桥家河记忆》以桥家河庙会为引，讲述抗战的惨烈艰难和军民鱼水深情；于国平《红颜·苏子·沉香》借东坡之酒杯，浇作家之块垒，这两篇散文都将叙述目光转向了历史。克罗齐的"一切历史都是当代史"常常遭遇各种误读，但放在历史散文上来说却再合适不过。历史本身就是讲述性的，讲述者的主观判断、价值立场一定会体现在行文中，而历史散文无疑会更加放大作家主体性。作家主体性的贯注会为历史散文增添更多的时代色彩和情感的多维表达，拓宽历史散文与当下读者之间的沟通路径，但主体性的过分膨胀也常常会影响散文的深度和独特性。特别是当作者始终在同样的抒情模式里打转，在不同的历史叙事中贯注几乎相同的情怀的时候，就会落入某些套路化的抒情陷阱。韩进勇《乳名里的故乡》是个人史，作品从乳名入手，讲述个体与故乡之间的联系，在对来处的追溯中建构人的现实存在。人永远无法摆脱自己所处的社群，也永远不能超越这个群体在历史上形成的文化积淀。有来处，有历史，便有根脉，在中国的文化传统中，我们习惯于用对史的讲述来对抗现代社会中个体的"原子化"孤独。

　　范春兰《枣语成树》、黄俊里《品蝉》《玉米，玉米》大体上可以算作咏物一类的散文，但又不单纯是咏物。如果说《品蝉》尚未摆脱托物言志的传统方式，到了《玉米，玉米》已经体现出作者由物生发开去，写农人、农事的倾向。而范春兰《枣语成树》则基本上做到了"不立文字，不离文字"的境界，句句不离写枣，却分明不止写枣，充斥其间的分明是乡情、人事、

259

历史、文化。咏物而不被物绑架，可以自由生发开去却又能随时返回物本身，是这类作品比较令人满意的境界了。

相较于小说，对语言的雕琢锤炼似乎更是散文的题中应有之义。这几篇散文语言大都明白晓畅，清新自然。《瑟尔基河的温度》《雾灵山笔记》轻盈灵动，《桥家河记忆》朴实沉郁，《红颜·苏子·沉香》因借了东坡朝云故事而颇有几分缠绵悱恻之意，《乳名里的故乡》平淡悠长，《品蝉》《玉米，玉米》言近旨远，其中别具一格的是《枣语成树》。《枣语成树》有明显而明确的语言意识，作家不是以语词修饰内容，而是在语言中发现存在："羞且傲的枣子们神情怡然，成山成景地在着……"在对语言的刻意拆解、省略、重组中，以强烈的陌生感强调物作为存在本身的力量，同时也强调语言本身。这样的表达方式当然便于我们跟随作者去重新发现那些习焉不察的生命和它们的美，这似乎也已经成为当下散文非常时髦的表达方式。但我常常疑惑，被过度强化的语言会不会反而遮蔽了叙述对象呢？能否用"绘事后素""辞达而已矣"的审美追求来中和语言的过分膨胀？当然，这也许只是我的个人"偏见"。

诗歌可能是当下受时代发展特别是传播媒介发展影响最大的文体了，超长文本的网络文学不在今天讨论范围之内。网络、手机新媒体的出现改变了诗歌发表的渠道，期刊审美标准不再一统天下，诗人们在虚拟的空间里以类聚，以群分。写诗的人从小众变成了大众，写作从喃喃独语走向了众声喧哗，个体的文学创作变成了被围观的社会事件，"梨花体"、会写诗的"小冰"、余秀华……这些喧闹构成了我们这个时代关于诗歌的想象。与热闹的诗歌现场相对的是诗歌作品严重的同质化、浅表化。高速、便捷的传播带来轻率速朽的写作，偶然出现的优秀作品常常很快被大量模仿、复制，甚至因被戏仿而失去其庄严感和经典性。在大众文化、消费主义和膨胀到自以为无所不能的传播媒介的围猎之下，实际上已经有部分诗人和诗歌成为它们的猎物，并以此沾沾自喜；当然，坚守新诗百年传统的人也不在少数，而更值得尊敬的是在"诗人"被大众妖魔化时，仍在基层坚持探索诗艺，并敢于以诗人自居的人，那些一腔孤勇的人。当然这并不意味着他们在创作上的无懈可击。表现内容和情感表达上的同质化依然存在，陈超先生批评过的田园牧歌式的写作、赞美诗式的写作从未退出基层作家的文本，而真正有穿透力，有精神性的作品仍不多见。

张沫末是一位善于将个体经验融入自然万物的诗人。我们常说随着人类的社会化程度越高，科技越发达，我们就被自然放逐得越远，越难以与自然对话，与其他生灵通感，这造成了人类在现代社会中根深蒂固的孤独和焦虑。但在张沫末的《印象草原》《庄稼人》等作品中，我读到了一个主动向自然、向生活敞开着、倾听着的心灵。她在诗歌的语言中找到了重返伊甸园之路。李唱白的诗是及物的，但并不拘泥，那些源于经验的点滴妙悟支撑起他对世界的诗意讲述；三月的诗有闹中取静，返归自省之意；王超英的诗是家园化的、温暖的絮语；闻墨的诗则指向旷野，有游吟之意；张健良善于静观，却并不冷峻。

实际上，尽管带有几分空间化的意思，"基层"这个词并不能真正限定出一个固定空间，来定义处在这个空间中的作家。反而是这个词里天然包含的某种向上的趋势常常诱惑着人们冲出"基层"的限制，走向更高更远的地方。哪一个作家不是曾经"基层"呢？纪录片《文学的故乡》追溯了莫言、贾平凹、阿来……出生成长和创作的来路，基层于他们也曾经是桎梏，如今却是最深的灵魂记忆和创作源泉。就文学而言，"基层"从来就是广阔而开放的。

叙写生活的"向光性"
——阿英《光之翼》阅读印象

阿英这篇小说以"光之翼"为名，也就暗示作者意在从尘埃中开出花来，在暗沉的底层生活中发现光之所在。小说讲述了无妻无子带着老父独自生活的辅警马瞭"我"，在热心的苍蝇小店老板娘帮助下，相亲认识了离异后进城打工的郑洁。由此，郑洁和她的儿子乌冬以及好赌的前夫都逐渐走进了"我"的生活，并渐渐揭开了"我"失去儿子、老父疯癫的前尘往事。小说中的人物都是生活在城市底层的边缘人——"我"名义上是警察实际却只是个辅警，郑洁进城打工不仅要带着孩子还要时刻面对来自前夫的威胁，苍蝇店老板娘独自在城市开店未到文末便已经黯然离开，还有始终隐在暗处的郑洁前夫、作为路人甲的出租车司机……他们都属于远离资本和权力的人群，挣扎在城市生存底线的边缘，也就是通常所谓"沉默的大多数"。

但作者的叙述姿态既没有知识分子高高在上的启蒙批判，也没有贩卖廉价的同情，而是竭力贴近他的叙述对象，以自下而上的方式观照并书写他们的生活。在阿英有节制的叙述之下，这些人物以一种极自然坦荡的姿态面对人生苦厄，他们固然无暇享受城市生活的悠闲、多彩，但也并不无底线地炫耀伤疤、分享艰难；默默承受是他们独自时的姿态，互相温暖是他们对待彼此的方式，他们足够成为彼此的光。

当然，作家不是上帝，上帝说："要有光！"于是，就有了光。作家必须让光从人物的生活里生长出来，从他们的心灵中氤氲开来。一旦有失，这些光就会成为不自然的人工灯泡，作品就会在某种主流话语的照射下失真。

小说中几次提到"光"的意象，一次是乌冬深夜去"我"家，"我"跟他互相寻找："我只好又原地跃起，钥匙串抽打屁股，如一条碍事的尾巴。我举高一只手，仰头，发觉恰好位于路灯正下方。一蓬光线，花洒般泄下。"孩子的信任和他的快乐同时照亮了这两个人，"他嘎嘎笑，在我怀里打挺。我抱了很久，不出声，也没放下"。另一次是在"我"抓赌迷路之后，电话里乌冬告诉"我"岸上有一座宋朝石塔，塔尖有一盏长明灯。于是，在荒凉寂静的深夜，我在一系列意识回溯之后回到现实："沟陡且滑，那道光线在天空弯曲、悠荡，鱼线般甩来甩去，渐渐抵近我。我甘愿被它垂钓。"这些光都其来有自，有绝对可靠的现实依据——路灯、长明灯；同时又充满象征意义，它们是来自同类的简单而真诚的关怀、温暖和爱。

作家并没有把对财富、地位的追求，对权力、资本话语的膜拜强加给他的主人公。驱动这篇小说不断前进的恰恰与这些都毫不相干。从表面上看，小说的叙述动力来自对马瞭婚姻的期待，小说在随后的演进中也始终沿着相亲、抓赌两条线索交错前行。但从更深层次来看，则是底层人物对稳定生活，对温暖人生的本能向往推动了小说的叙述。"我"、郑洁、老板娘，甚至半疯的父亲、还有些童稚的乌冬，都明确表达出了这种向往。这也就注定小说将走向与余华《活着》、刘庆邦《神木》截然不同的方向。

《光之翼》似乎很容易被归到底层叙事一类文本。底层叙事的功绩之一就是通过文本将城市边缘人带进大众视野，为高歌猛进的现代化书写添上了一抹沉重悲悯的色彩。但这种叙事往往基于作者（通常是知识分子）对底层的想象而不是直接经验，于是其中就不同程度地带上了作者自身的主观判断和道德臆测，从而呈现出对生活困境奇观式的消费和对底层人物道德化的表达。

阿英对于这种叙事套路显然是有所警惕的。困境固然是人物挥之不去的存在底色，却不是作者用来炫耀的奇观。小说中对人物困境的呈现多用曲笔，浅淡勾抹，留白无限。比如借老板娘之口讲述郑洁的经历，始终是在保媒拉纤的氛围中进行，只用淡淡的一句："你都多久不笑了，是吧？"同情悲悯自在其中，何用大肆铺排煽情。更有趣的是，小说中马瞭关于茶室的一段评说颇有底层对精英阶层审美进行调侃解构之意，也可见主人公们在生活困境遮蔽下内心的丰富与强大。

人在城市中生存与乡村中不同，乡村是熟人社会，人们见面会打招呼，彼此攀谈，互相了解；而城市中的人，即使在小区、饭店长时间同处一个空间也可能不攀谈不交流，人在很多情况下是匿名的。而小说文本让人物从无名中凸显出来，发现并认同他们作为个体的特殊性。阿英在他的作品中建构起了一个相对闭合的小型熟人社会，郑洁、马瞭、乌冬甚至饭店老板娘，在相互对望中建立起对彼此的伦理期待，也就是我们通常所说的"抱团取暖"的渴望，一旦这种期待得到满足，他们就成功地从对方那里获得了安全感，也就在一定程度上战胜了城市生活的荒凉与陌生，建立起对未来的信心与期待。

米兰·昆德拉说："（小说）去探索人的具体生活，保护这一具体生活逃过'对存在的遗忘'；让小说永恒地照亮'生活世界。'"（《小说的艺术》）来自他人的爱与温暖照亮困境中的心灵，小说则照亮被遮蔽的底层生活现场。基于此，这篇小说倒也的确堪以"光"为名。

胡不归
——读黄军峰短篇小说《立夏》

"斗指东南，维为立夏"，立夏是农历二十四节气中的第7个节气，《月令七十二候集解》中说："立，建始也，夏，假也，物至此时皆假大也。"这里的"假"，即"大"的意思，是说春天播种的植物到此时都已经直立长大了。黄军峰这篇小说（《人民文学》第十期）以"立夏"为题，显然着意借重了"立夏"时令在人们传统意识中所衍生出的隐喻意味，也彰显了作者高扬传统文化大旗的写作意图。瓜果的成熟是一层意思，儿女的长大是一层意思，而农村在立夏这一天迎来不同于以往的热闹和希冀又是另一层意思。小说中说："立夏，是代梅村一年中唯一有别于其他村子的节日。这一天是代梅村的庙会。"显然，立夏、庙会以及由此引发的老人对子女回家的期待，对于热热闹闹生活日常的向往，就成为这篇小说的叙事动机。

然而小说的不凡之处在于并没有就此跌入对老人和子女两代人生活方式、处世差异的叙事套路，而是轻轻一点便借力使力，荡漾开去，以王木根老汉一天的经历为线索，渲染出立夏也就是庙会这一日农村的热闹生活场面，营造了充满生机和活力的新农村印象，从而试图在更为广阔的历史层面上重建乡村生活的意义。

王木根老汉无疑是农村传统生活方式的代表，小说开篇处对王木根早起后的一通"忙活"有着平实详尽到近乎自然主义的描写："从东屋耳房拽出水管，一头接了院中央旱井的水龙头，一头甩进黄瓜地，插上插座，井里的水就哗哗哗跑了出来。院子昨天晚饭前就扫了一遍，现在还要来个回场。角角落落又划拉一遍，王木根拿来脸盆和塑料水瓢，一盆水又一盆水，把整座院子泼了个湿润。一直泼到大门口，泼到大门外的半道街。刚入五月，乡村的大清早还有些凉，王木根已经冒了汗。浇好黄瓜，王木根把水管扔到茄子地。这工夫，他才直起腰，从口袋里摸出一根''兰草'烟，吸一口，缓缓气。"

而此时，他的劳动对象，正以等同于他付出的收获回报与他："满院子的菜蔬，黑绿黑绿，冒着使不完的后劲。初春下了地膜，院里的菜要比市场上早半个月。西葫芦已经长到了手腕那么粗，一个就能炒顿菜；茄子有乒乓球那么大了，青紫青紫，水灵灵的好看；西红柿开着黄花，有的还挂了指头肚儿大的果，白白青青，调皮可爱。"

传统农耕方式下，人是工具的使用者，是生产的组织者和实施者，是果实的收获者。劳动本身和收获的喜悦一样，是对自我存在的有力确证。人在对劳动的全程参与和与自然的直接接触中体现自身的完整性，并由此得到审美愉悦。"看着满院子青青翠翠的玩意儿，王木根就像看见了小时候的孩子们，打心眼儿里高兴。"但这种方式已经随着现代化进程，在"发展"的咒语下成为明日黄花。年轻人的出走、农村的凋敝不仅是客观事实也是近年来常见的文学景观。然而《立夏》却在貌似不经意的叙述中为我们呈现出新的文学景象，一种热闹的、充满希望的乡村生活场景。

小说在一条时间轴上有条不紊地推进着："街上已经零零

星星有人了。缸炉烧饼、果子糖糕的叫卖，换豆腐当当当类似木鱼的敲打，断断续续。"……"街上渐渐热闹起来。卖菜的，卖衣服的，卖玩具零食的，套圈、射箭孩子们杂耍的，陆陆续续开始摆摊了。"……"邻里街坊也陆陆续续出来转悠或购物了。见了面，大家老远笑脸相视，点头问好。"……"平日里稀稀落落的小饭馆正热火朝天，还多了几个攒忙的人。"这样的生活场景与我们在当下文学作品中习见的关于乡村景观的表述大相径庭。尤其值得玩味的是两件事。一是小说中写道："王木根给孙子和孙女买了俩陀螺，一会儿来了可是很好的耍物。这东西不多见了，那可是儿子们小时候的最爱。王木根记得那时候可给他们削过不少。"二是王木根为迎接孩子们回来，尽管家中有西葫芦、茄子、韭菜，他仍然选择到小饭馆叫菜。王木根购买的陀螺本是农民完全能够自己制造的传统玩具，做几个家常菜也难不倒一个农民，但固守土地者如王木根，也并没有在这些问题上胶柱鼓瑟，而是自然而然地选择了市场化方式。可见，商品、资本早已涌入农村，它们正在与农村传统的生产生活方式媾和，在传统习俗的根脉上生长出一套新的生活秩序和审美模式。

相对于王木根在农村的"劳动"的存在方式，孩子们在城里的"工作"则是以换取报酬为目的，是在社会运行整体过程中割裂出来的一个环节。与"劳动"带给人的满足感相比，他们的"工作"不仅不能为个体的自我完善起到任何作用，反而会加剧人的分裂和虚无感。当下中国的发展速度使得两种生产生活方式得以存在于同一时空，同一个家庭中的两代人面临着前现代性与现代性的巨大鸿沟。一面是坚守土地但正在逐渐接受并依赖市场和消费的农民，他们由于种种原因也对城市心生向往；一面是离开土地生活在城市的农民子女，他们被资本、技术、消费等现代性话语左右，同时又不断回望乡村。不管身在何处，他们仍然要在某个节点回到家乡，过庙会和立夏。小说于不经意间表现出离开土地的农二代们对传统和土地在另一种方式上的认同，也敏锐把握住了原有城乡壁垒正在日渐消失的蛛丝马迹。

应该说，在后现代的话语系统中，对农耕生活的亲近和回溯正在成为一种新的时尚，成为当下国人在焦虑和分裂中寻找并确认自我的最驾轻就熟的手段。我们曾经艰难地适应从乡村到城市的嬗变，一点点消化掉骨子里的龃龉和不适；却又那么轻易而驯服地完成从城市到乡村的转身，带着我们的出生在城市的孩子，回到乡村。即使这种回归还并不能成为当下个体存在方式的一种，还远远不能成为我们解决自身矛盾的真正途径，但它却在向我们展示一种新的可能。这个拥有着厚重历史和文化的民族，这个对传统和土地有着无穷向心力的民族，也许将用属于它自己的方式来实现个体在文化意义上的真正完成。不管这种可能在现实中会不会实现，小说的可贵之处就在于它在对日常生活景象的琐碎摹写中向我们呈现了这种可能的现实依据。遗憾的是作者尽管已经敏锐地触摸到这种端倪，却并未将其作为小说的重点加以充分展开。反而将大量的内容放在乡村城市两代人生活方式的断裂与调和的语境下展开，未免令人有不足之叹。

第三辑
对话与升华

第三辑

幼岛之开步

文学批评不只是写，
同时它也是行动本身

2020年，有三部由文学批评家、北京师范大学文学院教授张莉编选的作品集问世：《我亦逢场作戏人：2019年中国短篇小说20家》《与你遥遥相望：2019年中国散文20家》《2019年中国女性文学选》。随后，腾讯文化以这三部选集为基础，在互联网云端先后组织20位小说家以"众声喧哗、杂花生树"为题畅谈短篇小说的"调性"；20位散文家以"与你遥遥相望"为题畅谈新媒体与散文写作；18位女作家以"女性写作与我们的时代"为题讨论当下中国的女性文学创作，引起热烈反响。同时，张莉出版了她的文学评论集《远行人必有故事》，9月又出版了由她的《浮出历史地表之前》修订再版的专著《中国现代女性写作的发生》；而她自2018年启动的"我们时代文学的性别观""性别观与我们的文学创作"调查，已有127位当代作家参与，由此引发的关注仍在不断深入。

◦ **编选是文学批评工作的一部分** ◦

■吴媛：张莉老师您好，我最近读了您编选的这几部作品集《我亦逢场作戏人：2019年中国短篇小说20家》《与你遥遥相望：2019年中国散文20家》《2019年中国女性文学选》和您的文学评论集《远行人必有故事》、专著《中国现代女性写作的发生》，这些作品的出版发行都是在2020年完成的，我特别震惊于您的勤奋，一年之内您完成了这么多工作，出版了这么多本书。

■张莉：真惭愧，我并没有你说得那么勤奋。这些书不是一个时间写的，有的是一年前，有的是四年前，还有的是十多年前，只是都赶上今年出版，就显得天天在忙活。《我亦逢场作戏人：2019年中国小说20家》《与你遥遥相望：2019年中国散文20家》和《2019年中国女性文学选》，从去年7、8月份就开始做的工作，11月底完成交稿。《远行人必有故事》是两年前要出的一本书，是我调离天津师范大学时就已签好的合同，在那个时候初稿就已经给了出版社，本来是去年10月份要出版的，但因为封面一直没有定下来就耽搁了。只有《中国现代女性写作的发生》这本书是按时出版的，因为先前那本《浮出历史地表之前》断货了，这是再版。所以呢，这些书在一年内出版只是赶巧，是一个意外。

很多人奇怪我为什么忽然会有年选，这其实是一个偶然。2019年，我的两位出版人找到我，希望来做年选。他们觉得我是现场批评家，又读了大量文学作品，就希望我做一套年选。一开始我很为难，但后来经过讨论，也觉得有一定的可行性，所以就接受了编选邀请，现在看起来做对了。我只能说我很幸运，遇到了很好的出版人。

■吴媛：您刚才说这五本书同年出版是个意外，我倒觉得更像是一个特别美丽的巧合。而且它们的出版发行正好是在疫情有所缓解的时候，这些作品和它们带来的话题一起极大地丰富了我们那段时间比较寂寞的文化生活。

■张莉：《我亦逢场作戏人：2019年中国短篇小说20家》出版后赶上了疫情。出版人问我能不能召集小说家们一起开个视频会，所以就跟腾讯合作做了个活动。没有想到的是，几乎所有小说家都特别高兴来参与，没有来的也发来了视频。这是我没有想到的，要特别感谢同行支持。散文年选也是这样，原本以为散文年选关注的不多，但其实不然。推广过程我并没有做什么，都是出版团队在工作，我只负责露脸。老实说，疫情期间跟朋友们在线上见面聊聊文学还是挺好的，非常亲切，节目结束后我们在云端畅谈、喝酒，很开心，那是今年非常美好的时刻。

7月份，《2019年中国女性文学选》出版的时候，出品人原本想做线下宣传，但又赶上第二波疫情，只好又在线上，据说收视率和影响力也很大。后来《China Daily》（《中国日报》）用了很大篇幅来介绍这本书。记者告诉我，《2019年中国女性文学选》是100年来第一本中国女性文学作品选，这是我没想到的。上次遇到戴锦华老师，也得到了她的支持，她希望我把这件事情长久地做下去，那不仅仅有当代意义，同时也有文学史意义，是重要的文学工作。当然，三本年选目前的销量很好，也是我特别欣慰的地方。

■吴媛：一般在我们的理解中，批评家主要就是评论作品，撰写评论文章，但是我看到您是真的很认真在做作品的编选工作，也非常重视您编选的这几部作品集。那么在您看来，批评家是不是应该更多地从旁观的立场走出来，真正下场，更深入地参与到文学作品的生产和传播当中去呢？腾讯组织的那次关于短篇小说年选的云端畅谈吸引了14万读者在线上参与，这样的参与量也就意味着这部选集已经获得了非常广泛的传播，产生了比较大的影响了。

■张莉：今天我们常把职业划分得特别细，比如常常说有人是做现代文学研究的，有人是做当代文学研究的，有人是做当代文学批评的，等等。我没这些界限，我以前做现代文学研究，后来做当代批评，我觉得很正常。不论做现代还是做当代，其实都要在百年文学的框架里看才好，做现代还是做当代，哪有那么重要。很多界限和框架在我这里不存在，不能画地为牢。我对自己的理解是，我是一个读书人，一个教书人，一个学者，我做现代文学研究，也做当代文学研究，还做女性文学研究，这些都是本分。做研究不仅仅要写论文，也要写批评文章——如果我不关注文学现场，就不能真正理解什么是当代文学。要知道此刻正在发生什么，才更有利于去理解以前发生的事情；又反过来说，理解以前发生的事情，才可以更理解当下为什么会发生这样的事情。

所以在我看来，学者首先要有视野，不能让自己躲进书房。我写文学批评，表达对一部作品的理解，说出判断，这是工作的一部分；同时，批评家也该是一个选家，要有好的眼光，那眼光体现在哪里？就体现在编选的作品里。编选一直都是文学批评家的重要工作，从古至今，一直如此。文学批评通过写作判断经典，而编选则通过选择来实现。其实我不是例外，孟繁华、李敬泽、张清华、谢有顺、洪治纲各位老师，也都在编年选的。你看文学史上，胡适、鲁迅、周作人、朱自清、茅盾、郁达夫他们也是新文学大系的编纂者，他们是作家，是批评家，也是选家。我的意思是，文学史上，编选从来都是构建文学史重要的部分。所以，整体来说，我看重自己的编选工作，编选我认为优秀的作家作品结集出版，使更广泛的读者阅读，是我文学工作重要的部分。

我认为，文学批评不只是写，同时它也是行动本身。在我眼里，我认为构成我工作的就是三部分——研究、批评、编选。而做新女性写作专辑，性别观调查，也没有下场，因为我一直在场中。整体说都是我的文学工作，我只不过有时侧重这些，有时侧重那些。最近我一直在做女性文学研究，可能过一阵子我就想去做别的了，也有可能，我要看自己的学术兴趣。

另外，我特别想告诉你的是，我喜欢和我的学生们交流。老实说，我的文学批评和研究受益于我和本科生、硕士生、博士生的交流，我的教学经验深刻影响我对文学批评的理解。

◦ 我的选本有"偏见"，带有强烈的个人趣味 ◦

■吴媛："文学批评从来不只是写作，同时它也是行动本身。"我特别喜欢这种说法，让人觉得批评一下子丰富有趣起来了。编选过程本身就是批评家的在场，行动本身就是批评。这其实也是我一边在文联作协工作，一边在学校读书的过程中经常困惑纠结的问题，今天您正好也给我解惑了。那您觉得当一个批评家选家来选作品的时候，会更看重作品的什么呢？中国作协《小说选刊》也编选了《2019中国年度短篇小说》，两部选集中除了迟子建《炖马靴》、徐则臣《青城》完全一致之外，也都选了邵丽、双雪涛、张惠雯、董夏青青，但选的是他们的不同作品。批评家选择作品时会更注重文学史眼光吗？还是会更多体现个人好恶？

■张莉：后来发现，我的选本不仅跟《小说选刊》有交集，也跟人民文学出版社的选本，包括跟洪治纲老师的选集都有交集。这很正常。但交集也就只有几位作家，几篇作品，我想，那很可能就是我们达成共识的部分，这说明不同选本在各自的理解上还是有共识的。

好作品是许多人共同推选的，彼此交集的作品是属于我们时代批评家公认的部分，所以从这个意义上说，选本重叠很正常。当然，出版社或者选刊、月报，他们在选的时候，会有自己的一些标准，一直形成的一个传统。而批评家的可能会侧重个人趣味。具体到我本人，我得坦率承认，我的选本是有"偏见"的，带有强烈的个人趣味。我不喜欢的肯定没进来，但是我喜欢的是不是都进来了呢，也并没有。因为是中国短篇小说20家、中国散文20家，有数字限制。对我来讲，限制的是人数、篇幅以及文体，我不能把我喜欢的中篇小说放进来对吧。

我的选本里边会有新人，甚至是从未在文学期刊上发表过作品的。我的选本不仅仅我选，也有一部分是我的研究生一起参与，我和他们有时候意见一致，有时候意见极为不同，最后听谁的呢，我们团队讨论时有一句玩笑，"还是主编说了算吧"。但我会认真考虑他们的意见的，这是真的，他们给我提供很多的视角和经验。整体而言，我的选本强调新异，也不希望有圈子化趣味，要开放，要多元，要有杂花生树之美。

■吴媛：我特别喜欢您谈到的编选标准，就是要符合您个人的喜好，要坚持一种选家的个人"偏见"，我觉得这种说法特别有意思，而且这种理直气壮的姿态也特别棒。

■张莉：每本选集的序言，都会看到我的标准。《新异性，或短篇小说的调性》《散文是有情的写作》《是讲述，也是辨认》这三篇序言是我对这一年度短篇小说、散文及女性文学作品的理解，也是我对这一年度文学现场的理解，我是围绕着这个理解去编选的。

■吴媛：对，我读每本选集的时候都会先去看您的序言，每篇序言都像个总纲，也像个宝库，信息量非常大。也就是在读短篇小说选的序言时，我看到您在谈小说的调性、异质性，之前我读您的评论作品的时候，也看到您非常推崇鲁迅先生评价萧红作品时提到的"越轨的笔致"，我就在想异质性和"越轨的笔致"是不是有某种程度上的类似，您评价李修文和周晓枫的散文的时候，也谈到过"越轨"这个词，您是不是在选择作品的时候一直在追求这种"越轨"的新异性？

■张莉：我特别看重新异性。在文学现场时间越长，就会觉得同质性的作品太多了，同样的生活，同样的情感，同样的语言方式，会心生厌倦。

当然，一方面我也可以理解，因为我们大家的生活都这样，千篇一律；但另一方面，我觉得这种相似也是写作者互相传染，不由自主地寻找共同气息，这样可能会有一种安全感，但是，这种所谓的安全感或者抱团恰恰是艺术创作的天敌。因此我每年都特别渴望看到那些不合众嚣、独具我见的作品出现。哪怕作家或者作品看起来不那么完美我也要选进来。我宁愿要一个青涩的、有光泽但也有不完美的作品，也不要那种圆熟的、四平八稳的东西。

寻找安全感是人的本能，却是艺术家的天敌

■吴媛：您刚才谈到"安全感"，您觉得为什么作家会主动选择这种趋同，选择安全感呢？是不是存在着某种期刊或者说是批评家的审美导向，从而塑造了或者说给予了作家这种安全感？好像作家要进入这种习俗里头，才能获得安全感。

■张莉：寻找安全感是人的本能，却是艺术家的天敌。一个好的作家他首先得自认自己是一个艺术家，同时他也得自认

自己不能是平庸的、面目含混的人吧？如果一位作家不认自己是艺术家而只是码字的，那他就会寻找安全感，他的作品也就是码字。

■吴媛：还有一个有意思的事，我不知道是巧合还是故意，您这三部选集选的都是20家，为什么会选择20呢？这代表您对可能具有异质性的短篇小说、散文、女性文学作品在数量上的预估吗？

■张莉：之所以是20家，是因为一本书的容量大概是20多万字，20个短篇小说差不多会有25、26万字，这样的篇幅刚刚好。完全从出版角度考虑的，而且，20家说起来也比较好听而已。当然，我也以此方式提醒自己做选本听从内心，但不能任性，要有所限制。

■吴媛：除了编选作品，最集中体现您的文学判断的应该还是您的评论文章了。我们回到您的批评写作上来，您作为理论水平很高的批评家却并没有被生硬的理论话语拘泥，写出了那么多有温度的评论文字，我总觉得在您的笔下作家作品都是活的，似乎您并没有拿着解剖刀去切割作品，发现它的骨骼肌理，而是整体观照，让读者通过您的文字领略作品的整体气质，领略"蓝田日暖，良玉生烟"的美妙，这种理解您认同吗？

■张莉：谢谢，这样的评价不敢当。这几年我一直在补课，系统读书。关于文学理论，我认为那是批评家的基本功，坦率说，我觉得自己这方面还不够。在我看来，好的文学批评不是把批评文章写得生吞活剥、晦涩难懂，那不是好的文学批评境界。好的文学批评境界，要深刻，要有力，也要有趣生动。伍尔夫的作品也好，桑塔格也好，乔治.斯坦纳也好，包括哈罗德.布鲁姆，这些批评家的批评都有一种文体感，发人所未发，见人所未见。好的文学理论和文学表达应该是共融、互生，文学理论不是为了让我们把文学批评写得很难看，而是为了让我们写得更好看。

当然我很感谢你这样评价我的文学批评，但是，做文学批评这个工作时间越长，我就会觉出自己文字中的问题，因此这些年我一直跟某种写作惯性、思维惯性搏斗，要跟那种陈词滥调搏斗。我希望自己的文学批评做到不敷衍、不虚美、不隐恶，当然，说起来容易做起来很难，只能说虽不能至，心向往之吧。我一向认为，每个人都是有限度的，只能在自己有限的能力范围之内，尽可能达到自己渴望达到的那个目标就可以了。

■吴媛：相对于现代文学或者是相对于同时代的西方文学，您觉得当下的创作会成为文学史上的重要一环吗？您现在做现场批评，当您进入文学现场的时候，可能跟作品和现象之间还没有拉开距离，这时候去看这些作品和文学事件的时候，会不会有离得太近，反而看不太清楚的感觉？

■张莉：判断一部作品，离得近有离得近的优势，离得远有离得远的好处，不能说离得远就一定会好。《阿Q正传》也好，《呼兰河传》也好，《倾城之恋》也好，当时一发表就都得到了同时代批评家的赞扬，很多年过去了，我们依然觉得这样的作品是好的，我们和当时的现场批评家的判断是一致的，甚至有时候我们觉得现场批评家的看法很新鲜，很有启发性。我们并不认为当时的同行离得太近对吧？从这个角度上讲，同时代人的评价极为宝贵。大部分作品的评价都与同时代人的批评有关系，否则它留下来很难，这是同时代文学批评的重要性。

另外，我也相信，大部分批评家也都会对自己所处的文学时代表示不满，包括别林斯基，你看别林斯基的文集，你会发现他对当时的俄国文学很不满，但同时他也在发掘陀思妥耶夫斯基，也在读普希金，给很多作家写评论，编杂志，写年度综述，写下他的第一手评价。批评家是什么样的呢，我有一次跟朋友开玩笑说，他们通常都是生活中有些"毒舌"的人吧，是那种一边吐槽，一边赞叹，还一边埋头写评论的人吧。

我深知文学批评这个工作被人轻视，前几天跟一位学长见面，他还幽默地说，同情我现在的工作。怎么说呢，每个人都有自己的命定之选的，写博士论文的时候我没有想过自己要做文学批评。但是我做批评后也对这个工作保有了一份热情。我在当代文学批评工作中获得乐趣，也获得成长，这很好。我对我的研究对象当然有不满，但我不抱怨，没什么东西是完美的，完美的都是皮相。

○ 女性文学选就是要把我们时代那些细微边缘的声音收集起来 ○

■吴媛： 批评家在文学现场做的这种披沙拣金的工作，可能就是批评一开始出现的时候所承担的使命责任，但是当批评或者说文学研究成为职业的时候，就像您说的，随着分工的细化，反倒越来越离开了它最原生的使命了，也随之更加案头化，离现场更远了。

您刚才说您推动新女性写作也是因为对中国当代女性文学创作有不满，我之前看到王富仁先生在您的《中国现代女性写作的发生》序言里有这么一句话："中国的女性与中国的女性文学实际是沿着向他者、向社会的方向发展的。"您觉得时至今日这种向度有所改观吗？

■张莉： 王老师的序言写得很好，十年前第一次读到时，我深为感激。正如你看到的，他对这本书评价很高，这对我是极大的鼓励，当年我还在博士后工作站工作，前路渺茫，他让我对要走的路有信心。

每个人都对中国女性写作有不同理解，我很尊重王老师的看法，但我同时也认为中国现代女性写作的方向有很多种，它要有对自我身体或者欲望的挖掘，同时也要有向外的关心社会、关注他人的方向，我认为这些向度不是非此即彼，它们并不相悖。我自己是这样理解的，但是我非常理解王老师这样说，因为在他的体系里边，他更看重于向外的、向他者的写作，我也很尊重。

我们对诸多事物的理解，不该只有单一或唯一的答案，大家各自说出不同的理解、不同的判断，才能够完成我们这个世界的丰富性，对吧。文学批评、文学创作也是如此，并不是说只有放入社会系统的女性创作就是好的，也不是说只有向内的或者是表达自己的作品是好的，而很有可能的是，好的女性作品可以既包括这部分也可以包括那部分。

■吴媛：我其实一直有一个困惑，当我们谈论女性文学的时候，我们究竟在谈论什么？当然不能说所有女性写的文学作品就是女性文学，但是当我们来谈论女性文学的时候，更多的好像是在谈偏向于女性自身的一些书写，而对于另外一些作品，比如女性关于社会问题的书写，并非出于女性视角的一些书写，表达离性别意识比较远的一些情怀的时候，我们还能不能非常坦荡地说这是女性文学呢？

我看到您的《2019年中国女性文学选》的时候，就觉得挺有意思的，因为它也是一个选集，但是它的名字并没有像另外两部选集那样直言体裁和数量，而是强调年份和"女性文学"，我觉得这部选集中的作品似乎更偏向于女作家的性别化的文学表达，更多的是关于她们的情感经验，内向化的一些表达，您是有意滤过了一些她们关于社会问题的写作吗？

■张莉：《2019年中国女性文学选》所选的全部都是女作家写的作品，我强调的是女性意识的表达，我强调社会性别意识，比如说有人就喜欢写"霸道总裁爱上我"，但这句话显然出自男性的逻辑。那不是真正的爱，真正的平等与霸道和总裁这些标签无关，这样的作品即使是女作家写的，我也不会把它收入女性文学作品，因为它是一个女人带着男人的面具和声音在写作。

《2019年中国女性文学选》强调的是用女性声音，女性立场，而不是男性立场。所谓的女性视角指的是什么呢。举个例子吧，比如说拉姆案，男人把他的妻子烧死了，站在女性立场的文字，会告诉你女性的恐惧和痛苦以及弱势，会告诉你她一直生活在暴力之下；而男人的立场呢，就会说这个女人一定是哪里做得不对、让她男人不满意了，最后激怒了她的男人，她死掉是因为她的不服从、不顺从。我肯定不会收入后者的声音，肯定不会，我要收入前者的声音，因为我认为前者的声音是和弱者站在一起的声音。《2019年中国女性文学选》强调的是这样的声音，是微弱的、边缘的和没有被倾听的声音，可能是家庭主妇的声音，可能是年老母亲的声音，可能是被抛弃的妻子的声音，可能是深夜扫街的女工的声音……我所做的就是把这些声音收集起来，告诉读者这些声音的重要性，这些声音在文学里边本就应该有，这也是与"五四"文学传统一脉相承之处。

■吴媛：在您的专著《中国现代女性写作的发生》新书发布会上，您和戴锦华老师也谈论了女性文学的话题，我觉得听得特别过瘾。戴锦华老师谈到阅读女性文学作品的过程中也是在"为自己的生命解惑"，您觉得当下的女性文学，包括您的年选提供出来的这些女性文学作品，它们的作者和预期读者可能还有更广泛的女性大众之间，能够形成一个良性的循环吗？我们能够在阅读这些作品的过程中实现为自己的生命解惑的目的吗？现在的女性文学作品能满足女性读者的需要吗？

■**张莉**：整个社会的文学阅读能力在下降，这是为什么要编选这些作品的一个原因。首先要让这些作品能见度更高，具体到作家、读者愿不愿意来读，这不是一个人所能做的一个事情。现在不爱看书的人太多了，包括很多文学专业的研究生，阅读量都不广。我不能推动很多事情，只能把选出来的女性文学作品和当代文学作品推到书架上，推到书店里，供大家选择。

也许，有一个女孩她非常热爱文学，她生命中有很多的困惑，她拿到了《2019年中国女性文学选》或者拿到了《2020年中国女性文学选》。她读到了孙频的《猫将军》，读到了张天翼的《我只想坐下》，读到了邵丽的《风中的母亲》，读到了淡豹的《女儿》，然后深深被打动，听到了自己内心的声音，在我这里，这是一个美好文学愿景，但我同时也相信它是存在的。今年《2019年中国女性文学选》很受关注，序言在《光明日报》上发表，后来被很多报纸转载。一位读者看完作品后，跟我进行了一个非常深入的交流，比如哪部作品写的是什么等，这样深入的交流让我相信理想读者还是在的。尽可能给读者多提供营造女性文学共同体的机会，这是我的想法，我想，《2019年中国女性文学选》作为100年以来第一部女性文学作品选，其意义和魅力也在这里。

■**吴媛**：您的这个愿景我觉得特别美好，通过编选作品把来自现场的文学经验和情感体验提供给读者，真是一件非常有意义也非常有意思的事。很多时候我们说阅读好像还是更多针对文学经典，但是当下的文学作品能够给我们提供更鲜活的体验，更切肤的感受，也就更能为我们解惑，而恰恰是这些作品可能没有得到广泛的阅读。您编选的作品集，包括《2019年中国女性文学选》《我亦逢场作戏人：2019年中国短篇小说20家》《与你遥遥相望：2019年中国散文20家》，我觉得不仅仅是满足女性，也能满足很多普通人的内心需要。

■**张莉：** 对啊，编选其实就是把自己认为好的物料放在一起，然后做出属于我的独特味道，我不能要求所有人都喜欢这个味道，但是我相信会一定能吸引它远方的同道、同行，我一直相信，"吾道不孤"。

感性批评与文体学自觉
——胡亮访谈录

■吴媛：胡亮老师您好，我觉得说您是一位特立独行的诗歌批评家，应该不为过吧。人们似乎很难用学院批评和传媒批评的传统评价体系去衡量和框架您，我在您的批评文本中也看到了您超越既有批评模式的用心和信心。去年您的《窥豹录》获得了建安文学双年奖（2018—2019），这也让您的"感性批评"更为广大诗友熟知，我相信很多人都在期待看到您关于个人化诗歌批评的真知灼见，但今天我们的谈话不要那么开门见山如何？我们先把诗歌批评的话题放一放，先从您做的诗歌编选工作谈起好吗？曲径也能通幽。

茱萸在《琉璃脆》的序言中赞您为诗歌选家，这让我很感兴趣。编选诗歌常常是一件费力不讨好的事情，但又着实很见选家功力。钱钟书《宋诗选注》并不比一部长篇诗论的研究价值低，但在当代的语境下编选尚处于创作中的诗人作品，显然更加考验选家的立场和眼力，我很想听您自己谈谈你费如此大的精力编选诗集的用意所在。

■胡亮：吴媛您好。茱萸博士的谬赞，我觉得不敢当。我认为，"选家"，这是一个非常庄重的称号。一位重要的选家，不会逊色于一位重要的批评家。甚至可以这样认为，一位重要的选家就是一位重要的批评家。清代就出现了很多这样的选家，比如沈德潜，他编选的《历代诗别裁集》，又如蘅塘退士，他编选的《唐诗三百首》。《唐诗三百首》没有选入李贺，固是大疵，却也不影响这个选本的重要性。这样的选家，通过编选他人的作品，"不著一字"，却清晰地出示了某种批评企图，所以我说他们本身就是重要的批评家。你提到的《宋诗选注》也是如此。二十多岁的时候，我就逐字逐句读过《宋诗选注》。那会儿，我是钱锺书的铁粉，当然，现在也是。我觉得《宋诗选注》虽然没有摆脱某种时代局限性（读其自序可知也），选入了较多草根阶级的作品，但仍然是我所看到的最好的宋诗选本。钱锺书为每位诗人所写小传，堪称透彻、精妙而令人莞尔。这个选本不仅展示了钱锺书对唐诗阴影下宋诗何为的洞察，而且还展示了他对特定语境中选家何为的机智（一种迂回的机智）。洞察与机智，都不同寻常。

我也编选过几部诗集或诗选，比如，《出梅入夏：陆忆敏诗集》。陆忆敏是极重要的诗人，但是一直拒绝出版诗集。我编选和笺注这个诗集，说服她惠允出版，就是要填补当代新诗史的一个文献空白。如果文献工作做不好，很难谈得上有效的研究。关于陆忆敏，大家读来读去，都是那几个名篇，比如《墨马》《对了，吉特力治》《避暑山庄的红色建筑》。很少有读者知道，陆忆敏从前期到后期的变化：一种"从唐诗滑向宋诗"的变化。这种变化，水准虽有下降，却也可以视为绝地反弹。因而这部诗集，有利于我们认识一个更加完整的陆忆敏。我还编选过《力的前奏——四川新诗99年99家99首》，以及《永生的诗人：从海子到马雁》，动机都很单纯，就是把基础性的文献工作做扎实，以便在此基础上展开更加有效的研究。从某种意义上讲，选本也是选家的心血结晶，甚而至于也是他的"著作"。鲁迅的唐传奇选本，朱自清的古典诗选本，闻一多的古典诗或新诗选本，最后也都收入了他们的全集。我希望读者能够从这些选本的字里行间，除了看到若干诗人或作家的面目，也能看到一个躲藏在幕后的编者（批评家）的面目。

■吴媛：对于文学批评来说，文献整理真的是非常重要的基础工作，没有文献，批评就是空中楼阁。生活在当下文学现场中，如果我们不能向未来提供有文献价值、有特色的诗歌选本，那真的是批评家或者说选家的遗憾，我想这也是您花那么多时间精力从选本做起的原因吧。您谈到选家是躲藏在选本后面的批评家，那么选这个人的诗而不选那个人的诗，选这个人的这首诗而不选那首诗，您的选家立场和标准是什么？

■胡亮：我必须老老实实地承认，任何选本，都充满了偶然性。选这个人，没有选那个人，选这首诗，没有选那首诗，此种偶然性荡漾于任何一部选本。但是，一个好的选本，首先引起我们注意的，肯定不是这样的偶然性，而是某种内在的必然性。因而这才是值得我们深究的问题：为什么要选这个人，为什么要选这首诗？很显然，选本的必然性，不是来自选家的某个标准，而是来自选家的若干个并存的标准。作为诗人，可以趣味化，可以有个人的倾斜度；作为选家，不可以趣味化，不可以有个人的倾斜度。我并不反对趣味化的选本，但是也要看到，选家选诗和诗人选诗有很大的区别。诗人的趣味化，是趣味的专制；选家的非趣味化，是趣味的民主。

■吴媛：您的"趣味的民主"，用中国古代的观点来说，好像有点让选家随物赋形、与物迁化的意思，就是一定要就诗论诗，摒除选家的个人喜好。在您的《窥豹录》中，也存在这个选择的问题吧，选谁的作品来作为观照和批评的对象呢？既然说"窥豹"，那么一定是存了对于某个整体"可见一斑"的用意吧？

■**胡亮**：我的小书《窥豹录》，当然也存在选择——取舍——的问题。为什么选择周梦蝶作为凤头，选择郑小琼作为豹尾，都有某种深思熟虑。除了周梦蝶和郑小琼，这本书还论及了九十七个诗人，一共是九十九个诗人。我选择论述他们，这是第一次选择；我选择像这样来论述他们，这是第二次选择。通过这样的两次选择，我试图靠近两个目的：第一个目的，就是书写一部当代新诗史；第二个目的，就是书写一部个人化的当代新诗史。要实现第一个目的几乎不可能，要实现第二个目的相对较容易。我想，如果在写作的过程中，只欲实现其中一个目的，我这部小书都会归于彻底的失败。也许，《窥豹录》的一点儿价值，就在于我在两个目的之间的左支右绌。简单地说，在写作这部书的时候，我试图让主观性和客观性实现危险而微妙的平衡。当然，这部书并不能完整地呈现出当代诗的谱系，凭借个人之力也永远难以呈现——而只能无限靠近——这样的谱系。所以，我还会写下去，把一卷《窥豹录》扩写成三卷《新诗谱》，让这部书更加匹配新诗的复杂性。等我完成手头的几部书，专著《涪江与唐诗五家》，专著《狂欢博物馆》，论集《新诗十二讲》，诗集《片羽》，再来继续这项工作吧。

■**吴媛**：其实我从"选择"这个问题开始我们的访谈，一部分原因是我一直在思考评论家和诗人，或者说评论家和诗歌现场的距离问题。我有时候会觉得评价陌生人的作品容易，而评价熟人的作品有时候就不太容易了，这倒不一定是因为人情面子等庸俗化的因素，而是评论是需要拉开一定的审美距离的，这可能也是很多学院派批评自矜的原因，我以为您应该算是一位在场的评论家，您怎么看这个距离的把握呢？

■**胡亮**：你提出的这个问题，我觉得非常有意思。但是，我的观点可能异于你的看法。评论熟人的作品，人情障碍，可能会给判断力带来干扰。对这种干扰已有免疫力的批评家，也许反而会认为评论熟人的作品，远比评论陌生人的作品更加得心应手。了解一个诗人的各方面，比如他的学历，他的经历，他的情史和痛史，他的发型、衣着和怪癖，乃至他生活的环境，房子前面有没有一条河，房子后面有没有几棵松树……我觉得，了解这一切，有助于深入理解他的作品。

蜀中有位诗人批评家——钟鸣先生，提出过一个概念"语境批评"，我觉得甚为重要。我所理解的语境批评，就是说，要像侦探一样通过作品去还原一位作者，通过作者去还原一个语境，或者反过来，通过语境去还原一位作者，通过作者去还原一件作品。批评家的理想，就是要——小心翼翼地——逼近三重真相：作品的真相，作者的真相，语境的真相。这个理想的重心是"在场"，甚至已经不再是"审美"。批评不是冰冷的解剖，而是批评家和批评对象的拥抱。像这样的批评方式，或者说批评路径，与"某种学院派"有很大的区别。说实话，我非常乐于与这种学院派区别开来，甚而至于，这正是我从事批评的动力和理想。

■吴媛：您提到钟鸣的语境批评，我觉得这跟您的"感性批评"似乎有着某种共通性，都是想让批评回到文学的肉身，在批评话语中保持偶然性和现场感。关于您的"感性批评"很多学者和您自己也都谈到过，您认为您的"感性批评"与李健吾那种印象批评有什么异同呢？

■胡亮：关于感性批评，我在《窥豹录》的《后记》里就曾谈到过："感性批评者，作家之文也；理性批评者，学者之文也。今日批评界，千人一面，皆学者之文也。为此，我要求得一种别开生面的鲜榨的感性。"可能有人会对我说，难道就

291

不需要理性了吗？非也，感性批评需要更加丰沛而曲折的理性。因为，首先要将作品的感性转换为认知的理性，接着要将认知的理性转换为批评的感性。冰火交替，风情万种。

你提到李健吾先生，毫无疑问，他是感性批评——而非印象批评——的先驱者，而且是最重要的先驱者。李健吾是我的英雄，我走上批评这条路，跟他有莫大关系。我在青年时代读到《咀华集》《咀华二集》，惊为天人，视为中国文学批评的典范。此种感性批评，后来成了空谷足音。这样的中断，我认为是中国文学批评的巨大损失。当代中国文学批评，株守欧美文论范式，与李健吾相比，无异于山鸡之于凤凰。凤凰绝迹，山鸡扑腾。所以，我非常感谢，你在这里提及李健吾，并让他和我——或者说让我和他——发生某种跨时空的关联。我也非常乐意在这里再次向李健吾致敬：他不但是我的英雄，还应该是中国文论界的英雄。

■吴媛：我想您的这种批评理想在《窥豹录》中得到了突出呈现，《窥豹录》打破了人们对于一般批评文字的阅读预期，没有完整的体系，不强调线性的、连贯的逻辑推演和结论，反倒更像是触类旁通的札记。常常会看到您把这个诗人和其他诗人放在一个并峙的空间内，呼朋引伴，去发现他们之间的脉络联系。像谈管管，先说"余光中太雅，郑愁予太雅，洛夫太冷又太雅……"谈瘂弦，先说"晚年何其芳……"这样的文章当然是别开生面，能谈谈您是如何结构这种新的批评文体的吗？其中有故意打破秩序感的用意吗？

■胡亮：打破读者的阅读预期，我想，不仅应该是诗人或作家的一个基本任务，也应该是批评家的一个基本任务。难道不应该这样吗？打破预期，推送惊喜。说到线性、逻辑、推演或体系，这似乎是学院派的擅长。但是恕我直言，当代学院派批评，又何曾建立过什么体系？所以我觉得，从某种意义上讲，体系就是跟文学批评关系不大的一个乌托邦（或者说一块口香糖）。想你早已看出，我的文章具有一种札记或断片的特征。法国的思想家波德里亚曾说过："断片式的文字其实就是民主的文字。"另一位从罗马尼亚来到法国的思想家齐奥朗也曾说过："所有系统（哲学）都是专断的，而碎片化思想保持自由。"他们说得多么有意思，两位思想家都强化了我的批评文体学自觉。至于角度的选择，比较的运用，确实令我煞费苦心。我试图——当然很难做到——每谈论一个诗人，都能像大海捞针那样找到一个新的角度。比如，商禽或郑愁予的名字，梁小斌的两个病友，吕德安的三个居住地，蓝蓝的一条亡犬，沈浩波主编的一本民刊，都可以成为我进入他们作品的入口。比较更是常见，须知，我曾经深陷于比较文学（尤其是法国学派）。海子与凡·高的比较，可能在大家的意料之中；顾城与庄子的比较，也许在大家的意料之外。不管怎么样，这种比较，让两个乃至多个意义空间发生了有趣的关联。不管什么角度（哪怕很小的角度），不管如何比较（哪怕很偏的比较），最终，我都尽可能不失公允地谈到诗人的主要特征。看起来，这是一个两相矛盾的任务。如果不是两相矛盾的任务，那又有什么意义和挑战性呢？所以，我乐于这样去书写每个对象。可能你会觉得，我的文体，我的角度，我的风马牛，打破了一种秩序感。也许，这也恰好就是秩序的曙光。我要给你的，如假包换，恰似一杯鲜榨芒果汁。

■吴媛：您的"断片"式批评与中国传统文化也是有着莫大的联系吧，我看到很多论者把您的评论与中国传统"诗话"相联系，您自己也多次在多个场合推崇《诗品》《二十四诗品》《六一诗话》等，强调新诗批评和写作向传统学习的重要性。

这一点我非常赞同，但我也一直很困惑，传统诗话中常说"气韵""风骨"等，这些批评话语都很依赖灵感、顿悟等思维方式，当下的评论家们又该如何把它们应用到诗歌批评现场中呢？

■胡亮：确实是这样。很多学者都已经看出，传统诗话对我的影响。我自己也多次谈到钟嵘的《诗品》，司空图的《二十四诗品》，一直到王国维的《人间词话》，吴宓的《空轩诗话》。其实钱钟书的《谈艺录》《管锥编》，也都是此类的著作。这些著作都是札记或短片。司空图的《二十四诗品》对我影响尤大，我觉得这部著作既是诗，也是诗学，是两者的难分难解，可以说实现了诗与诗学的完美交媾。传统诗话如何转化为现代批评？这样的问题也许可以换个提法：现代批评，如何承芬于传统诗话？也许可以这样说：现代批评是用理性去分析感性，而传统诗话是用感性去再现感性。在尊重理性的前提下，完全可以插入感性对感性的再现，感性对感性的模仿，或者说感性对感性的竞争。这样就相当美妙了。传统诗话不必全死，现代批评不必全活，只要运用得当，传统诗话就是现代批评。

■吴媛：新诗在面对传统的时候似乎常常进退失据，您论及木心的诗时也曾谈到新诗"既缺古人之情怀，又乏西人之肝胆"。您好像更欣赏那些能够贯通中西的作品，木心的作品是您眼中理想的作品吗？

■胡亮：我一直反对的两个东西，一个是西方中心主义，一个是白话原教旨主义。你可以参读拙文《新诗去从论》。我们或许尚可期待西洋诗和古典诗毫无偏见地成全正在发生的当代诗；却仍然难以指望西洋诗学和古典诗学毫无偏见地成全正在发生的当代诗学。我一直在期待，写作与批评，能够同时辨认着我们的传统，辨认着我们的生命，辨认着我们的处境。只有当两者——写作与批评——实现了金镶玉一般的联袂，我们才有可能在废墟之上，再次锻造出神龙也似的汉语，并敦促后来者愈来愈坚信汉语对于文体学建设的不可估量而没有止境的潜力。

在这个方面，木心已经做得比较好。由于他长期在国外，被忽视的程度也比较严重。你看看，木心写一片法国风景或是一片美国风景，也可以写得像是一幅宋元山水画，他写普罗旺斯就像写江南。像木心这样的诗人，他走到哪儿，母语就在哪儿，他走到哪儿，传统就在哪儿。当然，我并不认为木心堪称典范，达到了极高的境界，只不过在当前这种风雅断绝的落差中，他显得特别突出而已。这个向度上的写作，事实上很早就开始了。像陈东东、陆忆敏、王寅、柏桦、钟鸣、宋渠宋炜，他们都取得了很重要的成果。最近这十几年，我觉得一个耀眼的佳例就是陈先发。从某种意义上讲，陈先发可能比木心更重要。我们读陈先发的东西，会感觉他是一个有西方背景的传统知识分子，或者说有传统底蕴的西方知识分子，会感觉他是现代派和桐城派的一个综合体。这是一种奇妙的、令人惊喜的美学景观。我对陈先发寄予了很高的指望，我认为他是合乎我的诗学理想的一位重要诗人。

■吴媛：我注意到您的阅读量很大，阅读范围很广，中西古今都有所涉猎，您认为时下的诗人和批评家们需要增加自己的阅读量，拓宽知识面吗？有意思的是王国维的评论也是贯通中西，他曾经谈道："客观之诗人不可不多阅世，阅世愈深则材料愈丰富、愈变化，《水浒传》《红楼梦》之作者是也。主观之诗人不必多阅世，阅世愈浅则性情愈真，李后主是也。"您怎么看？

■胡亮：王国维的观点，是一种二元论。比如，李白这样的诗人，可能就是"主观之诗人"；杜甫这样的诗人，可能就是"客观之诗人"。又如,海子,主观之诗人;臧棣,客观之诗人。换一个角度来看,前者就是情感本体论者,后者就是经验本体论者。我们可以姑且认为:客观之诗人需要多读书多阅世,主观之诗人不需要多读书多阅世。或者,我们还可以姑且认为:批评家比诗人更需要多读书多阅世。这些观点是否成立,具有很强的个体差异性。但是,有一点确定无疑:任何二元论,都是表面上讲道理,骨子里不讲道理。主观与客观,情感与经验,又何曾有过截然两分的时刻?

■吴媛:蜀中多才子,看您的文章,才气纵横,不是某种文体所能局限的。您觉得您的这种批评创作方式受到四川地域文化的影响吗?

■胡亮:蜀中气候,较为潮湿;蜀中饮食,较为麻辣;蜀中言语,较为放肆。山清水秀,云遮雾障,这些地理及人文特征,自然会在文字或文化中留下痕迹。蜀中因而出了一些重要人物,单以理论家或批评家而论,除了前面提及的钟鸣,至少还有柏桦、欧阳江河、蓝马和敬文东。当代新诗史上几部有点意思的诗学著作,大都出自蜀人之手,比如说蓝马的《前文化导言》,柏桦的《左边》,欧阳江河的《站在虚构这边》,钟鸣的《旁观者》,以及敬文东的《抒情的盆地》。相对于其他省份,这个优势可以说是非常的明显。这些蜀中才子,各有各的特点,却也有一个共性,就是都具有强烈的文体意识。有一次我跟柏桦喝酒,他喝多了,站在板凳上对我大喊三声:"文体!文体!文体!"北方重问题,问题意识;南方重文体,文体意识。这种南方小传统,或者说蜀中小传统,深刻地影响了我的写作和批评。我非常乐意认领这样的小传统,并对某些大传统心存狐疑。想你已经看得很清楚:话语的旁逸斜出,方言的花枝招展,杂糅,俏皮,麻辣,古灵精怪,随心所欲不逾矩,可能都在我的文章里得到了一定程度的呈现。

■吴媛：是的，您的批评文章带给我非常新鲜生动的阅读体验，我相信很多诗人和普通读者也都会有这样的感受。最后，我们一起来展望一下未来吧，能谈谈您对新诗写作和批评的理想化的想象吗？什么样的诗歌写作和批评状态是您所期待的，或者说是您所追求的？

■胡亮：关于最理想的批评境界，我觉得可以打个比方：批评家和批评对象就像两匹赛马，争先恐后，你追我赶，充满了悬念，有时候这匹马胜出，有时候那匹马胜出——这就是批评的最高境界。任何批评家，都不能自以为真理在握。因为，批评家既不是裁判，也不是观众，而只是其中一匹气喘吁吁的赛马。

■吴媛：您这个比喻太有意思了！也许我们的诗歌写作和批评需要的正是这样一种动态的、良性的互动，需要具体的而非概念化的，生动的而非僵化的，多元的而非专断的话语环境。这样的环境当然不会自行到来，它需要今天的和未来的诗人、批评家们不断地探索和努力。感谢您带给我们这样富有启发性的谈话！谢谢胡亮老师！

需要对自我的局限性保持充分警醒
——王士强访谈

■**吴媛**：士强老师您好，仅看您的年龄我以为您是一位学长，后来读过文章和著作之后发现在新诗批评领域您绝对是位行家、前辈。您关注新诗批评有十几年了吧，从读研究生时开始吗？在高校学术领域里新诗批评似乎是一门让人难说爱恨的学问，新诗本身的多元化和未完成性一直在给批评家的理论体系和理性认知制造麻烦，走上这条新诗批评的道路，是受导师影响还是您的一贯梦想？

■**王士强**：谢谢吴媛！很高兴接受你的访问。"行家""前辈"之说实不敢当，年龄上痴长几岁倒是真的。已然是人到中年，却并未做出什么像样的成绩，更多的是光阴虚掷、马齿徒增，说起来真是羞愧！如你所说，我关注新诗批评有十多年的时间了，大概是从 2003 年在山东师范大学读硕士研究生开始比较集中地进行新诗和新诗研究方面的阅读积累，不能算是真正的学术研究的开始，应该是一种前期准备吧。那时的专业是中国现当代文学，并没有专门集中于新诗，就几种体裁来讲，关注小说其实要更多，因为我的导师张清华先生小说研究与诗歌研究兼擅，我自己也同时关注小说与诗歌，并有意识地进行一些作品与理论的恶补。到后来写毕业论文，我做了 20 世纪 90 年代以来中国新诗的民间化趋向的题目，阅读了一些材料，下了一些功夫。到快毕业的时候准备考博，老师说既然论文做了诗歌，建议我报考首都师范大学的吴思敬先生。吴老师是新诗研究方面的大家，且只做新诗，后来我有幸到了首师大中国诗歌研究中心吴老师门下继续读博士，也便逐渐明确了将新诗研究作为志业。我个人认为如果说学术研究的起点的话，或许可以从在首师大中国诗歌研究中心读博算起。中国诗歌研究中心是教育部人文社科重点研究基地，是中国诗歌研究的重镇，与学术现场、诗歌现场都有密切的互动，在此期间我逐步进入了新诗研究的"场域"，明晰了自己的目标与方向。现在回头看来，走上诗歌批评的道路有偶然也有必然，自己喜欢诗歌、爱好诗歌当然是一种基础，但是两位导师的影响确实也很重要，因为如果当时跟其他老师读书，就可能走上不完全相同甚至完全不相同的学术与人生道路，就此而言，要非常感谢两位老师。我之所以取得一点成绩，很大部分要归功于老师的指引，而之所以做得不够好，是因为个人天赋、努力、知识结构等方面的不足。

■吴媛：这得好好祝贺一下您了，能够遇到好的老师，找到喜欢的研究方向并且一直坚持下去，是一件很幸运的事啊。这些年您的研究领域既涉及新诗史溯源，也面向当下的诗歌现场，既有对诗歌现象的客观评判，也有对诗人个案的细致言说，但是不管哪一领域，对人还是对事，我看到您都力持一种公允客观的研究态度，亦即所谓"理解之同情"，比如谈到新时期的政治抒情诗时，我很敬佩您兼顾共时性和历时性立场，对诗人诗作得失所做的分析评判。您是如何做到这种坚守的呢？尤其是对新诗来说，要在众声喧哗中做到持中秉正，是很考验批评家定力的。

■**王士强**：公允客观是我从事研究工作的努力方向，至于做得怎么样自感还有很多不足。就我个人而言，无论是面对过往之物的历史，还是面对现在进行时的诗歌现场，都希望能够保持一种超越性、客观化、公正、公允的态度立场。这就要求一方面要"设身处地"、要"入乎其内"，也就是你谈到的"理解之同情"，要回到具体的历史场域和关系网络之中，不可脱离了诗人诗作的具体性来谈论其价值意义。另一方面，又要"脱身而出"，要"出乎其外"，不可拘泥、沉溺于具体的时空环境和细枝末节之中，要以更为宽广的坐标系来观照、匡辨诗人诗作。这在很大程度上与我们常说的"历史标准与美学标准相结合"是一致的，历史标准与美学标准这两个方面当然是有矛盾的，特别是在中国的具体语境中尤为突出，但是，两者的确又是需要兼顾的，历史的标准不应僭越美学的标准，而美学的标准也不应僭越了历史的标准，历史标准替代了美学标准在现实之中很常见，但是美学标准也并不必然就是更高的、唯一的，两者之间还是需要有一种张力和平衡。联系到具体的批评实践，每个人都处在局限性之中，这里面既有历史的、认知的局限，也有美学观念和趣味的偏狭、盲视，需要对自我的局限性保持充分警醒。然后，在此基础上开展自己的工作，尽量地客观、谨严、持中秉正。在当今的社会语境下，从事诗歌批评这样的工作确实是需要"坚守"，要有所为有所不为，然后也需要较劲，跟自己较劲，跟流俗较劲，跟"时代"较劲，不容易！但唯其如此，才更有意义。

■**吴媛**："对自我的局限性保持充分警醒"，您说得太对了，正是有了这种"警醒"才能让我们对纷繁的诗歌现象保持清醒。我注意到您对当下诗歌现场种种诗歌现象如"底层写作""梨花体""口水诗歌""身体写作"等都非常关注，这些现象乱纷纷你方唱罢我登场，甚至已经溢出了诗歌领域，成为传播领域的引流话题。诗人特别是很多诗歌爱好者往往会在快速更迭的写作潮流面前无所适从。针对这种情况，有人说批评家应该是踩刹车的人，您觉得当下的诗歌批评家该不该踩下刹车？目前的状况批评家能不能踩得动这个刹车呢？

■王士强：现在的社会已然是被速度、数量所挟持，成功学大行其道，财富与权力的欲望空前高涨，而人们的价值观念则空前地扁平、单一、贫乏。在这样的情况下，诗歌应该是一种反制的力量，应该反其道而行之。就此而言，批评家的确应该是踩刹车的人。而今的欲望列车已经携带着巨大的惯性高速行进，已经产生了诸多的严重问题，如果不能有所警醒、做出改变，其结局恐怕只能是加速走向灭亡。诗歌在其中应该发出自己的声音，指出问题，做出预警，努力使这列高速列车回归到理性、健康、可持续的轨道。当然，关于批评家能否踩得动这个刹车，也不应对批评抱有过高的、不切实际的期待。但是，有这个意识、有这个行动，这是最重要的。能否改变世界倒在其次，首先是改变自己，先从自己做起。由己及人，每一个人都做好了，整个社会、整个世界自然也会变好，鲁迅所说的一段话我认为用在这里也非常合适："能做事的做事，能发声的发声。有一分热，发一分光，就令萤火一般，也可以在黑暗里发一点光，不必等候炬火。此后如竟没有炬火：我便是唯一的光。"

■吴媛：除了对现场的关注，您还特别注意新诗发展史料的整理研究，在对"前朦胧诗"的研究中，我看到您和"白洋淀诗群"成员芒克、林莽、宋海泉等人都有很多访谈，您在研究过程中对这些口述史的辨析和使用方面有什么心得可以和我们分享吗？我是绝对相信诗人们口述那段经历时的真诚的，但终归是以"后见之明"去追述前史,您如何分析鉴别他们的叙述并公正客观地使用这些材料呢?

■**王士强**:如你所知,我的博士论文做的是20世纪60到70年代的"前朦胧诗"研究。做博士论文期间,采访了十多位与之相关的写作者、知情人,形成了十多万字的访谈稿,其中有一部分用到了博士论文中。由于20世纪60到70年代的极端特殊性,口述史我认为是非常必要,也是不可替代的,能够抢救性地记录、留存、还原一些有价值的事件、资料、观点等。当然,这里面的确需要对口述性材料进行甄别和审视,这需要发挥研究者的主观能动性,同时也是对于学术功力、研究能力的考验。这里面的情况非常复杂,有的时候需要凭借主观的"感觉"来做判断(因为着实没有证据证实或者证伪,比如我搜集到一些抄在笔记本上的作品,本子的主人说是他六七十年代的作品,但读后我感觉从词汇、语感等方面更像是此后80甚至90年代的作品,故而未予采信。这里面抛开写作者的虚荣或者自我"加冕"的可能性,个人记忆的偏差、错讹也是存在的),有的时候则需要在不同的叙述中(不同人关于同一对象的叙述,以及同一人在不同时间、不同场合对同一对象的叙述)进行考辨、比照、爬梳,在文字的缝隙里找寻可能的真相,努力靠近事实本身。有时能够将若干史实辨析得更为清楚,有时则只能提出疑问,或者列出若干种可能性,真相暂付阙如。

■**吴媛**:其实我觉得对这些口述史的记录、整理和研究是当代文学领域非常重要和有价值的部分,这些现场的访谈终将进入文学的历史,成为"当代"对于历史和未来的呼应。谈一个离现在不远但似乎已经进入历史的人物吧,鲁藜。我注意到您在谈到鲁藜的诗时说:"鲁藜的诗歌必须是有意义作为支撑的,要具备现实的指向性和功利性……"这可能也是很长一段时间很大一部分人对诗歌创作的要求，这种要求目前也仍然存在。当下的诗歌该如何回应这种关于"意义"的追问呢？当然，这里所说的"意义"显然不是指对个体的意义。

■**王士强**：诗歌的意义之维、诗歌的现实性与功利性很长时间里都是中国新诗评价体系中的金科玉律。游戏、无意义、脱离现实、自娱自乐等往往是负面范畴，是政治"不正确"的。中国新诗的发展历程中对"意义"的追求是一种主流，有一种强烈的意义焦虑和功用传统。对于意义的追求本身并没有错，诗歌写作最终还是需要意义的，否则就会陷入彻底的虚无和迷乱。这里面关键的问题是需要追求怎样的意义？这种意义是一元论的、规定性的，还是多元的、丰富的、自由的？是前置的、先行的，还是自发、自然的？是工具性的，还是本体性的？等等。总的来说，还是希望诗歌能够拓展接受者的"意义"边界，"参差多态乃是幸福本源"，对于诗歌的意义来说，开放、自由、参差多态、百家争鸣是一种理想状况。

■**吴媛**：真希望诗歌领域能够实现您说的"开放、自由、参差多态、百家争鸣"，不过具体来说，当下正在逐渐回到边缘、回到肉身、回到日常的诗歌该如何处理与时代主题的连接呢？您也谈到了地震诗歌、疫情诗歌，您觉得它们能成为诗人回应时代召唤的代表吗？

■**王士强**：我觉得回到边缘、回到肉身、回到日常与处理时代主题、回应时代召唤应该并不矛盾。恰恰是诗歌回到边缘、肉身与日常，才是可靠的，才能更好地回应和处理时代，否则，可能就是虚假的、姿态性的、概念化的，没有真正的生命力。个人与时代之间并不是个人投入其中、亲密无间就能表达时代，有的时候恰恰相反，需要保持距离，对之进行审视、凝视、反思，正如阿甘本在《何为同时代？》中所论述的："诗人——同时代人——必须紧紧保持对自己时代的凝视。""同时代的人是紧紧保持对自己时代的凝视以感知时代的光芒及其黑暗（更多是黑暗而非光芒）的人。""同时代人是感知时代黑暗的人，就像这黑暗关涉他，不断吸引他那样。"诗歌不应该是工具性、阐释性的，而应该是本己的、生产性的。地震诗歌、疫情诗歌是对于重大公共事件的呼应，也体现着社会公众思想观念的分化、冲突与震荡。在其中有凝重的、让人肃然起敬的诗歌，也有滑稽的、愚蠢的甚至挑战人伦底线的诗歌，这倒也是社会真实状况以及诗歌界真实水准的体现，表征着当今时代诗歌与文化的某种典型征候。就其中的优秀部分而言，应该说诗人是履行了他的职责的，他们以自己的精神性创造留下了时代的证词。当然这里面更多的是复制性、跟风式、情绪宣泄的写作，没有多少艺术独创性，也谈不上对于时代的真正发现、穿透与表达，意义并不大。不过这在历史长河中也是普遍现象，在任何时候都大致如此，没有什么特别。对一种诗歌现象的评价，还是要看其中最为优秀的部分成就如何、品质如何，看其是否提供了新的思想观念、人生经验和美学经验。

■吴媛：您曾经谈到网络给诗歌带来的去编审和民主化等新变，也注意到了其中出现的创作同质化等问题。网络或者说是新的媒体传播手段正在改变我们的世界，传统的感受、认知和表达方式不断被媒介重塑，曾经被称为大写的"人"的创作主体似乎被渐渐削弱了。您如何看待网络传媒时代保持诗人的主体性，坚持创作的独特性问题？

■王士强：网络确实给诗歌带来了很多东西，甚至可以说在一定程度上重构、重组了诗歌的生态链条，其正面意义是远大于负面意义的。关于网络诗歌的去编审化、民主化等新变，在一定意义上是成立的，特别是在网络诗歌刚刚兴起、快速发展、野蛮生长的那几年，这种现象是比较明显的。当然"去编审"也只是一个暂时现象，众所周知，"网络不是法外之地"，此后网络新媒体的编审制度也是逐步完善的，甚至关键词的筛查等更为严格，我较早所做的一些断语恐怕还是需要修正的。网络时代的诗歌的确有了更多的自由空间，但这种自由有时或许也只是一种幻象，网络让人更容易接触到自己想接触的内容，习惯于待在同温层、舒适区，安坐"信息茧房"而变得极为封闭、狭隘。网络不鼓励深度思考，"屁股决定脑袋"，更容易被套路化、"带节奏"，情绪替代思索、极端代替理性，个人主体被抽空而成为空洞的符号化的人，个人往往成为被裹挟、被塑形、被导引的"乌合之众"的一分子。就对网络诗歌的评价来说，我自己近年也发生了一些变化，早先还是乐观更多一些，现在至少是不那么乐观了，虽然或许还称不上悲观，但的确是没有以前那么乐观了。这和诗歌本身的发展、社会环境的变化有关，还是和个人的年龄、心智的变化有关，我也不太清楚。

■吴媛：我同意您的看法，说实话我也不太乐观。网络其实也是个话语场，掌握话语权的可不是诗人。在某种程度上网络可能更加剧了当下诗歌领域的众声喧哗吧，它把很多诗歌现象都放大了，比如诗歌年选、评奖等活动。您曾经谈到诗歌年选、评奖等活动对新诗经典化的意义，同时也注意到了很多评奖、评选针对的其实是诗人而并非诗作，也就造成目前诗歌现场诗人很多，佳作不多。您觉得这是诗作本身不够优秀还是传播方式造成的优秀作品被淹没在大量同类复制品中？当下还会有诗歌作品成为超越时代的经典吗？

■王士强：时代的确不同了！像20世纪80年代那样产生诗歌经典的方式或许再也不可能出现了。它是可遇不可求的，也是非常态的。而现在的这种状况，或许才进入了一种常态。

305

现在的诗歌"产量"很高，据说每年至少达到了千万量级，其中好诗、优秀的诗为数并不少，但是，重要的、产生广泛影响的、能在历史上留下痕迹的、得到社会公认的诗，又的确非常之少。诗歌更多地需要在边缘地带实现、完成自己，这或许也是它的使命、宿命。我相信我们时代还会有诗歌经典出现，但是这一过程应该是更为长期，更少戏剧化和事件性的，它更多地需要依靠艺术本身的力量来征服读者，需要"无限的少数人"的持续阅读和遴选，需要时间的大浪淘沙来凸显真正优秀的作品。这样产生的诗歌经典或许也是更可靠、更有生命力的。

■吴媛：在等待"经典"出现的过程中我们先来关注一下具体的诗歌艺术吧。诗歌是语言的艺术，新诗虽然年轻，也已走过了一百年的历程，很多言辞和言说方式也面临着创新的问题。您觉得当下的诗歌语言如何保持创新性和独特性？在网络用语的飞速迭代和大量繁殖中诗歌语言该如何自处？一面是"扎心""老铁""凡尔赛"这些网络热词能否入诗？另一面是本应是语言艺术高峰的诗歌是否在不自觉中失去了语言的创新性和生长性？

■王士强：诗歌应该是开放性的，诗歌应该具有容纳、消化一切的能力，它应该是民族语言中最为敏感的神经末梢。就此而言，网络新词、热词入诗并无问题，诗歌应该与语言的新变同行。但同时也应该看到，这些网络新词、热词毕竟更多的是流行文化、大众文化的产物，而诗歌应该对流行文化、大众文化保持警惕，跟着网络新词、热词、热点走很容易成为看起来时髦，但却转瞬即逝、过眼烟云的段子，缺乏真正的诗性内涵。所以，网络新词、热词入诗最重要的还是要有对之进行处理、提升的能力，要在一个更高的高度赋予这些新生事物以内涵、诗意和生命力。诗歌的语言仍然是有创新性和生长性的，但这种创新和生长我认为主要的倒并不表现在诸如新词、热词的创造、使用上，而在于对于日常语言的擦拭、打磨、赋能、增容，它能让一种本已被用旧的语言再次焕发光泽，焕然一新，有如神启，有如再生。

■**吴媛**：您不止一次在文章中谈到对于诗歌来说"这是最好的时代""这是最坏的时代"，刚才其实我们也谈到了很多关于时代与诗歌关系的问题，但我还是想请您总结一下，到底这个时代好在哪里、坏在哪里？面对这些好和坏，诗歌创作和批评又能做些什么呢？

■**王士强**：众所周知，"最好的时代""最坏的时代"的说法来自狄更斯的《双城记》，我引用自然说明我认同这样的说法。但后来认真想想，这恐怕也反映了自己的自恋与矫情。作家这么说作为一种文学修辞自然并无问题，而且非常生动、有概括力。但作为研究者来使用却不一定恰当。实际上，对于现实之中的个人来说，这个时代既不是最好的，也不是最坏的，它是唯一的时代。你处在这个时代，它是唯一与你产生实际关系的时代，无论它好还是不好，你面对的只有它。这个时代的"好"与"坏"，自然都可以列出很多可以做成大文章、写成大部头的著作。就最基本的特征而言，或许可以说，这个时代的好在于它的变化与丰富，我们所见证、所经历的中国的巨大历史转型不只是空前的恐怕也是绝后的，这样的时代可遇而不可求，这是书写"史诗"、召唤"史诗"的时代，对于诗歌而言也是最好的时代。而另一方面，一定程度上当今又是最缺乏文化修养与教养的一个时期。固有的传统在很大程度上已被拦腰斩断、元气大伤，而外来的文化则是立足不稳、水土不服，当今文化的粗鄙化、空心化程度是前所未有的，说它是最坏的时代一定程度也是能够成立的。对于我们时代的诗歌创作与批

307

评来说，应该与时代"打成一片"，而又"抽身而出"，亲近这个时代，而又克服这个时代。这当然是很难的，但，唯其难也，正是诗歌从业者的职责所在。

图书在版编目（ＣＩＰ）数据

"现在"的现场 / 吴媛著 . -- 石家庄 : 河北教育出版社 , 2024.9. -- (燕赵秀林丛书 : 文学). -- ISBN 978-7-5545-8851-2

Ⅰ . I206.7-53

中国国家版本馆 CIP 数据核字第 202466PP25 号

燕赵秀林丛书·文学

"现在"的现场

"XIANZAI" DE XIANCHANG

作　　者	吴　媛
出 版 人	董素山　汪雅瑛
责任编辑	汪雅瑛　刘　明
装帧设计	李关栋
出版发行	河北出版传媒集团
	河北教育出版社　http://www.hbep.com
	（石家庄市联盟路 705 号，050061）
印　　制	石家庄名伦印刷有限公司
开　　本	787 mm×1092 mm　1/16
印　　张	19.75
字　　数	227 千字
版　　次	2024 年 9 月第 1 版
印　　次	2024 年 9 月第 1 次印刷
书　　号	ISBN 978-7-5545-8851-2
定　　价	98.00 元

版权所有，翻印必究